情迷江城

紫小耕 著

SPM
南方出版传媒
广东人民出版社
· 广州 ·

图书在版编目（CIP）数据

情迷江城 / 紫小耕著. -- 广州：广东人民出版社, 2017.9

ISBN 978-7-218-12101-7

Ⅰ．①情… Ⅱ．①紫… Ⅲ．①长篇小说－中国－当代Ⅳ．①I247.5

中国版本图书馆CIP数据核字（2017）第240910号

QING MI JIANG CHENG
情迷江城

紫小耕　著

版权所有　翻印必究

出 版 人：肖风华

责任编辑：李锐锋
特邀编辑：戴程志
装帧设计：蓝美华

统　　筹：广东人民出版社中山出版有限公司
执　　行：何腾江　吕斯敏
地　　址：中山市中山五路1号中山日报社8楼（邮编：528403）
电　　话：（0760）89882926　（0760）89882925

出版发行：广东人民出版社
地　　址：广州市大沙头四马路10号（邮编：510102）
电　　话：（020）83798714（总编室）
传　　真：（020）83780199
网　　址：http://www.gdpph.com
印　　刷：广州市岭美彩印有限公司
开　　本：787mm×1092mm　1/16
印　　张：16　　　　　字　　数：260千
版　　次：2017年10月第1版　2017年10月第1次印刷
定　　价：48元

如发现印装质量问题影响阅读，请与出版社（0760-89882925）联系调换。
售书热线：（0760）88367862　　邮购：（0760）89882925

目 录

第一章　初来江城　　　　　　1

第二章　医院邂逅　　　　　　12

第三章　还是想他　　　　　　24

第四章　回艾城　　　　　　　36

第五章　工厂管理风波　　　　52

第六章　奇怪的买房要求　　　65

第七章　假离婚　　　　　　　80

第八章　他结婚了　　　　　　97

第九章　失　恋　　　　　　　114

第十章　另起炉灶　　　　　　127

第十一章	合同期满	138
第十二章	文粒的日记	154
第十三章	袁小雅的愤怒	163
第十四章	随　行	178
第十五章	文粒的离去	191
第十六章	冤家路窄	207
第十七章	钓　鱼	213
第十八章	李嘉梅怀孕	223
第十九章	"非典"时期的爱情	230
第二十章	小瓷扇	243

第一章 初来江城

1997年7月9日，晚上八点。

屋外雷鸣电闪，大雨瓢泼，噼噼啪啪的雨声直敲打窗玻璃。李嘉梅一个人守着偌大的房子，蜷缩在沙发上看韩剧，可那雨声却一直在敲进她的心。雨水如河流一样倾泻在玻璃窗户，似乎就要破窗而进，像魔鬼般的爪子朝她抓来……

电话铃声夹杂在雨声里，叮叮叮地响起。李嘉梅如获救星一把抓起话筒，油然想起了文庆延，心想只有他才会这么贴心地知道她此刻的孤独和害怕。

"梅梅吗？"清脆的女声响起。李嘉梅这才在脑海里切了线，换上表姐苏鸥的形象。

"姐，是我。"

"做什么呢？"

"看电视啊，刚刚吃完饭回来……嗯，你明天过来吗？好啊，好啊！好久没见你啦。"她顿时兴奋起来，表姐温暖的样子似乎从电话线另一边穿越而来。

"妈妈今天去大姐家了，大姐明天要去市里开会，妈妈去带东宝儿。"李嘉梅很专注地讲着电话，门外咚咚咚的敲门声也没注意到。

"没事。你明天来……嗯，好。医生的事，一会儿我再打电话确认，之前打过了，是可以的……"她继续说着，但隐约之间听到敲门声。

"姐，有人来了，我先去开门。噢，好的，那就这样了。拜拜。"她刚放下电话，屋外的雨声好像又忽然加大许多。昨天跟文庆延约好今天去打球，李嘉梅心想应该是他来了。然而当她静心倾听的时候，门外却寂静了。

李嘉梅屏息静气，又等了好一会儿，真的又有敲门声响。因为门铃坏了，维修的师傅说要明日才过得来，来客就只能敲门了。

她起身从猫眼往外瞄——夹着从楼梯拐角处飘进来的雨丝，文庆延穿着白色运动装，焦急又无奈地站在门口。那一刻，李嘉梅差点感动得流泪，对他的成见蓦然消失了七八分。他一定在门外站了许久，李嘉梅想。雨声太大了，起初她根本没分辨清楚是敲门声还是雨声，过了许久才过去开门。

"哇，我脚都快站麻了，怎么才来呀？"李嘉梅果然没猜错。文庆延一进门就劈头盖脸地埋怨，然后又下命令，"走，一起打球去。"他就是这个样子，不容人有丝毫的质疑，仿佛每个人都是他自己的下属。

"对不起，雨下得太大了，没听见！快进来吧。"李嘉梅笑着解释，因为他的及时出现而喜出望外。然而当她接到邀请，却犹豫了。屋外，大雨倾盆，介哗哗的水声充斥在耳边。

"这样的天——也去？"她犹豫了。

"若是成了落汤鸡也还有我的份儿呢！又不是真去淋雨，我们去羽毛球馆，室内的！好不好？"说完，文庆延便霸气地催促快走。

"等等，"李嘉梅快速地往屋里走去，"总要准备一些东西吧。"

她迅速收拾好一套浅绿的运动服、一条白毛巾、两支矿泉水，一并塞进褐色的休闲背包里。李嘉梅看着这个青春阳光的大男孩，心想只有他心血来潮才会在这个大雨滂沱的日子约她去打球。这不是很近的距离吗？记得他之前曾开玩笑说："你的气场实在太大了，我要和你保持安全的距离……"

汽车在倾盆大雨中前行，李嘉梅看着挡风玻璃上幕墙一样的雨水，忍不住问："庆延，整个江城都在流传你耍了卑劣的手段抢来霖盛公司。这是真的吗？"

"原来江湖上有哥的传说，哈哈。"他不以为然地哈哈大笑。

"你被逼的？有难言的苦衷？"

"你答应我以后天天陪我去打球，就可以考虑告诉你。"他带着一抹玩世不恭的微笑，两只大手牢牢地握着方向盘，臂膀上健硕的肌肉映入眼帘。

"怎么可能！我不用上班挣钱啊？不用逛街啊？天天陪你？美死你！再说了，明天苏鸥和译南要过来，我得陪着。"她轻松惬意地坐在副驾座上，刚刚的害怕抛到了九霄云外。

"哦，我养着你，你不就可以不用上班了，可好？"他转过头来，笑着瞥了她一眼。

"不要。陪你那么无聊。"她扑哧笑了，心里想他对自己还蛮好的，就是有些行径不可理喻，让她感觉不踏实。

"现在可以说了吗？"她又问。

"不能。可以说的时候我会告诉你。"他一本正经地说。看到她嘟起小嘴，他又笑了，"苏鸥就是你表姐？译南又是谁？"

"表姐的儿子喽！"李嘉梅怏怏不乐地回答，"喽"字尾音拖得老长。

"他们来了要不要请我做司机？"

"请不起。"李嘉梅倔强地一挺胸，语速变得飞快。

"生气啦？"

"哼！"

"可以告诉你的时候自然会告诉你，以后别提这件事了。"他直直地看着前方，刚刚还含笑的嘴角顷刻间僵硬了。

李嘉梅听了，霎时睁大双眼，盯着他片刻，怒从心起。"好你个文庆延！说好了跟你打球，你就跟我说实情的，原来你是个大话精！我是一刻也不要跟你这种石头人待在一起了！喂，停车，停车！我要下车。"她边说边剧烈地晃动他的手臂。

"你悠着点，开车呢！简直就是一疯婆子！有你这么性急的吗？"汽车被迫靠路边停了下来。"早跟你讲过，这是个不能说的事，你就别老揪着不放了好不好？哎呀，我的公主哟！"他急急地解释，脸涨得通红。

李嘉梅也不回话，气汹汹地把车门打开，头也不回地冲进雨里，一阵狂跑回了冷清的家。

紧接着，门外响起了文庆延狂风骤雨般的敲门声和叫喊声。李嘉梅却无动于衷，自顾自冲着热水澡，发誓宁愿让魔鬼一样的雨水浸泡，也再不理会这个姓文的家伙了。

第二天天放晴了，曙光微露，鸟儿在阳台上、树枝里啁啾不停。李嘉梅早早地起了床，也不去公司上班。洗漱之后，去了趟惠欣超市，买了牛小肋、鸡肉、排骨和一些夏季果蔬，还有棒棒糖、鳗鱼丝、薯片之类小孩子爱吃的零食。她将冰箱塞得满满的，招呼即将来到的表姐苏鸥和外甥胡译南。

她有两年多时间没有见过表姐了。表兄弟姐妹里，大的大，小的小，只有李嘉梅和姐姐李嘉兰与苏鸥年龄相仿，所以李嘉梅小时候，特别上小学那会儿，一到寒暑假就和姐姐往苏鸥家里跑。苏鸥当时也就读小学五六年级，比她大三岁，与李嘉兰一个年纪。她们最爱去的地方，就是离苏鸥家不远处的镇政府办公楼后面的一座小山丘上。她们搬来砖头垫高脚，翻过镇政府两米来高的围墙。进到里面时，早就有三五个小孩在那聚集。

山丘上野草满布，野树纵生，她们玩捉迷藏游戏，挖屎壳郎，收集蝉蜕，灌水进蟋蟀的巢穴……她们天真烂漫，无拘无束地玩耍，欢快的尖叫声有时还会惹得门卫前来驱赶。

后来她们长大了，有了姑娘家的矜持，不再像小时候那样乱闯乱跳的，更别说去翻越围墙了。但经过那堵高墙时，李嘉梅还是会情不自禁停下步伐，聆听里面传来的稚嫩孩童的阵阵笑声。

再后来苏鸥就去成都读大学了，她们姐妹见面的次数少了，只能通过写信联系。到苏鸥大四那年，李嘉梅也跨进了大学的校门，相互联系却更少了。

李嘉梅读大一那年的寒假，表姐苏鸥毫无征兆地结婚了，对象是同在鹿家镇的高中同学胡明熹。在鹿家镇，胡明熹家是镇上为数不多的商贾之家，做陶瓷日用品的，家境在当地算得上殷实。只是苏鸥的妈妈——李嘉梅的大姨，好像并不满。据说胡家有三个孩子，表姐的夫君排行第二，从小放在亲戚家里养着，至于为什么要在别人家养着，李嘉梅不太清楚。胡家最小的孩子是个女孩儿，只有几岁大。令大姨最不满意的是胡家的老大，似乎是个好吃懒做的"祖宗"。表姐刚成婚，这"祖宗"夫妻俩就吵着闹着分家。但亲戚们都开解大姨说，苏鸥嫁的人又不是他，更不是小姑子，至于分家，早分家虽然对新夫妻有生活压力，但胡明熹无论人品长相都是极好的，这才是最重要的。大姨心里的石头这才慢慢放下来。苏鸥结婚的时候，李嘉梅还去做了伴娘。

七年过去了，表姐家的生意蒸蒸日上。先在离鹿家镇一百公里外的艾城建了厂房，随后店面升级变成公司，全家也随迁去了艾城。大姨这才笑逐颜开了。

结婚后的苏鸥仍旧很关爱李嘉梅，这种由小到大的关怀和爱护使得嘉梅一想起她就觉着很温馨很踏实，感觉她总能带来宁静和安全。这是李嘉梅跟任何人相处都得不到的感觉，包括她自己的母亲。

这会儿，李嘉梅正穿着宽松的运动装，忙活着午饭，心猿意马地摘地瓜叶子，还不忘不时地朝橱窗外张望进小区的林荫小道，生怕一个疏忽，表姐走进了小区而她没看到。

清早七点，此时苏鸥在艾城的郊外。

清新的空气浸洗，满眼的绿色。每次她站在这块无拘无束的旷野上，就心情畅快。放眼远处的山麓，小鸟矫健的身躯掠过树林，清脆的鸣叫回荡在旷野；近处小溪清澈见底，潺潺地流向远处的山脚；脚跟下的泥土充满芳香，田野上遍地是车前草、蒲公英。晨风轻抚着七月金黄的稻谷，让灌了浆的谷子翩翩起舞。

　　每天到田野散步是苏鸥的必修课。

　　晨曦褪去，草上滚圆的露珠了无踪迹的时候，苏鸥也从田间走了回来。

　　闲庭信步，她不自觉便已经行至楼下。如果不是隐隐约约地传来婆婆说话的余音，她都没有意识到已经走到四楼了。还没到楼梯拐角处，老太太铜锣般的声音就清晰地从五楼传来："林嫂，让你在译南和燕子的面条上加两根香肠，怎么还没加？"

　　"嗯，在做苏小姐的燕窝，一会儿就加。"林嫂回答。

　　"什么？谁让你做这个的？"老太太听这话，嗖地从阳台闪到了厨房。

　　"妈，我让做的。"苏鸥已经进了客厅，正换上拖鞋。"妈，你过来怎么不通知呢，我好让林嫂做多一份。"

　　"那东西有什么好吃的！死贵！"老太太扬起浑浊得有点泛黄的白眼球，尖锐的话语从皱巴的嘴角传出来，齐耳的鬈发翻翘着，仿佛也生气了。

　　"吃了还不照样要上阎王府报到。"她嘟哝着补充一句，趿拉着拖鞋啪嗒啪嗒走到沙发上，一屁股陷进了沙发里，接着跷起了二郎腿。

　　"今儿一大早就看见靳平进了工厂，一问才知道你们要去江城。我回屋跟燕子说了，燕子说也要跟着你们去。"老太太边说着边嗑起了瓜子。燕子是胡家的小女儿，与老太太住在二楼。

　　"那燕子呢？"苏鸥走了进来，"林嫂，东西可做好了？"

　　"做好了。苏小姐。"她恭敬地端来了炖盅，轻轻地放在檀木饭桌上。接着她两手搓搓围裙，又出去回到了对面的厨房。

　　林嫂三十六岁，扎着短短的马尾巴，圆脸，言语不多。

　　"刚刚还在被窝里呢，这会儿该出来了。"婆婆回答道。

　　苏鸥轻轻"哦"了一声，提了下声线说道："林嫂，都开饭了吧。"

　　趁着林嫂张罗早餐的空闲，苏鸥去到胡译南的房间，把正在玩砌汽车积木的儿子叫出来。

　　清晨的阳光射进偌大的饭厅，照在檀木餐台、茶几上，角落里绿油油的发财树折射着太阳的光芒，饭桌中间安插的雪白荷花，绽放着泛黄的花蕊，阵阵清香，沁人心脾。

她们刚刚起箸，扎着马尾巴的青春少女胡晓燕就急匆匆赶过来了。

早餐过后，在晨风轻拂下，趁着晌午毒辣的阳光还未到来，苏鸥他们从艾城的柏油路出发，一路向北往江城驶去。

两个小时后，一行人的身影就出现在李嘉梅所在的小区里——玉海苑逶迤的人工湖畔。

十点多的阳光穿过茂盛的芒果树叶和挂在枝头硕大的果实，将影子斑驳地投照在行人身上，树上的知了烦躁地喧嚣着。

"小姨！"小男孩一见到李嘉梅就高声喊起来，脱了母亲的手朝她奔来。

就在他们走进小区的刹那间，李嘉梅就看见了她们。她三步并作两步，飞快地下楼等在楼下的门口。

"燕子也来了。哇！一大姑娘了！"李嘉梅搂了搂胡晓燕，赞许道。

小姑娘腼腆地笑了，有些骄傲地回应李嘉梅："小姨好！"

按辈分，李嘉梅应该称呼胡晓燕为亲家姑奶奶，因为苏鸥结婚的时候她还是个幼儿园的孩子，长辈们就让她们免去这样的称呼了。

"哇，小南也长得好快噢。你妈给你吃的是膨化剂——吹着长的呀？"李嘉梅边说边伸手摸了摸男孩乌亮的头发，"长得真快，就跟小伙子一般了。走，回家吧，看看小姨给你做的好吃的。"

"呵呵，是长高了。"苏鸥甚是宽慰。

"译南，爸爸没跟你们一起来呀？"李嘉梅拉着孩子的手，边聊边往家里走去。苏鸥和胡晓燕跟在他们身后，听着姨甥俩谈话。

"爸爸出差到日内瓦了。"孩子欢快地说，"哇，小姨，你们这儿的芒果树上的芒果真多。"

"馋了吧？"苏鸥取笑他说，"这馋猫就爱吃这个。"

"晚上我们悄悄去摘了来。"李嘉梅做贼心虚似压低嗓音，像孩子般跟胡译南商讨起晚上的秘密行动计划。

"用个小拖车装回来？！"胡译南惊讶地停下脚步呆望着他小姨，失声惊叫道。苏鸥听了哑然失笑，径自走进屋子，脱了淡黄色的凉鞋，坐下歇息。

胡晓燕也跟着进了屋子，青春洋溢的小姑娘迅速打量全屋后，对客厅沙发旁安置的小书架沉迷起来。

进到屋里后，李嘉梅和苏鸥姐妹俩这才手拉着手互相认真看了又看对方，仿佛刚认识似的。

"哟，越发漂亮了。瞧，水灵灵的，堪比出水芙蓉嘛。"苏鸥称赞道。

"哟，想我夸你呢，嗯——"嘉梅清了清嗓准备大赞特赞她一番。苏鸥立刻笑着打断她："好了好了，倒杯花茶来喝喝吧，菊花加枸杞子，可有？"

"呵呵，还不让说了。好，不说便不说。菊花枸杞子？当然有啦。燕子也喝一样的吧？"李嘉梅把眼睛转向胡晓燕询问，胡晓燕也不理会，"好的"一声后就从书架里抽出了一本《读者》。

胡译南进屋后，轻车驾熟自个儿小跑步进了书房，不一会儿就听见他咋呼声："妈，小姨！快来看，零点还在呢。快来！快来！"

李嘉梅和苏鸥不明就里，飞一般冲进了书房。

苏鸥站在门口，看见胡译南稚气的脸蛋洋溢着惊奇。他激动得急急地说："妈妈，妈妈！我的老朋友还在，快瞧。"男孩说着，把一个长相奇丑，既没有眉毛，也没有耳朵的棉线娃娃举到苏鸥眼前，煞有介事地说："这是我的朋友零点，小时候我把它藏在这儿的，现在还在。晚上它可以跟我聊天了。妈妈你来跟它玩玩。"

"小时候？！"大家都被他逗乐了，哄然一笑。

"我还以为什么玩意儿，大惊小怪的，原来一破布偶。"胡晓燕轻蔑道。她话音未落，咚咚的敲门声响起，李嘉梅于是去开门。

李嘉梅心想应该是修门铃的师傅来了，于是快步出去开门。刚打开朱红色的木门，却意外地看见文庆延和小外甥黄子东站在铁门外，巴巴地往屋里瞧。

"东东，你怎么自个儿回来了？外婆呢？"李嘉梅觉得很意外。

文庆延居然不请自来，要是换了平时，她定然砰然关门，避而不见。她很不明白，明明跟他清楚地讲过，如果不跟她讲清楚那件事情的始末，她和他最多只能是生意上的伙伴。文庆延笑呵呵道一定与她保持远距离——昨天晚上，她就没让他进屋。只是今天她不能这么做了，因为屋里有表姐、胡译南、胡晓燕，屋外还有外甥黄子东。

"狗仔队出生的。"她脱口而出，很不情愿地开了门。

"小姨,外婆去菜市场了,她让我和延叔叔先回来。"黄子东是李嘉梅的姐姐李嘉兰的儿子,今年7岁,比胡译南小两个月,长得虎头虎脑。因为刚刚小跑回来,小脸蛋涨得通红,脑门上汗珠累累。刚回完嘉梅的问话,他一溜烟就进了屋子,一双小眼睛滴溜溜四处搜寻,嚷嚷道:"译南呢,外婆说他来了的。"

"我在这儿呢!"马上有稚嫩的童音在房间里回应道。

文庆延倚靠在门框上,一米八的个头几乎顶着门框顶了。他将左脚往右脚上一搭,拿着浓眉下两只会说话的眼睛笑眯眯地斜看着嘉梅,坏坏地说:"狗也是最忠心的。"

李嘉梅也斜了他一眼,冷冷问:"进?还是不进?"

他盯着她笑,也不进门,仿佛专门为欣赏她的冷若冰霜而来的。

"若是不进,那请便。"李嘉梅拉着铁门,准备关门送客。

"既来之,则安之。当然要进去的喽。"他哈哈大笑,还意犹未尽地补充了一句,"脾气火辣的妞——"

他刚迈脚进屋,李嘉梅便哐当一声甩上门,娇叱道:"再这样狗嘴吐不出象牙,我就不容你,下逐客令了。"

苏鸥因为黄子东进来了,就从书房里出来到客厅。她刚刚刚走到茶几旁,就听得有个磁性的男中音道:"这位肯定是苏鸥表姐了,您好!"

文庆延见到苏鸥竟然文质彬彬起来,和刚才苏鸥听到的对话相比起来,简直判若两人。他继续耍无赖:"表姐您倒是评评理了,有像她这样骄横待客的吗?"

李嘉梅对他龇牙咧嘴后,就把他晾在厅里自言自语,自己却进房间里和孩子们玩耍去了。

苏鸥一语不发地看着这对忙碌的年轻人,只见文庆延搔搔脑后勺,话锋一转道:"之前就听嘉梅时常提起您,还在照片上见过您,如今见了真人,倒比照片上的动人多了。"他似乎丝毫不在意李嘉梅对他的无礼,仍旧礼貌有加地和表姐说话。

李嘉梅火气尤在,恨不得全世界的人都冷落他,她大声嚷道:"姐,他是孬种,甭理他。"

苏鸥和他相视而笑,对李嘉梅的话充耳不闻。文庆延从容地在沙发上坐下。

苏鸥看着他们俩言语随意，且对方穿着卡其色休闲短裤，无论衣着或是言语，都如此随便，便猜测他们即便不是情侣也是关系非同一般的朋友了。

于是，苏鸥反宾为主不冷不热地招呼起他来了。他们从陶瓷聊到高尔夫，再到共同喜欢的游泳，半小时过去了，李嘉梅仍然在书房和孩子们打闹不出来。文庆延只好怅然起身告辞，苏鸥便起身送他。正要开门的这会儿，李嘉梅的母亲却春风满面地从外面进来，手里提着满满的一篮子肉菜。

"你们这是要去哪儿？"老人家急嘘嘘地说，喘着粗气。屋外七月的太阳开始炙烤着大地，老人的后背大汗淋漓，纯棉的白色开襟衫全湿透了。

"抱歉。阿姨，正好公司有点事，我要回去处理。"年轻人撒谎挺自然。

"哎呀呀，我还以为你会在家里吃饭呢。看看，你爱吃的炖粉条。"

可这话到底留不住人，他还是头不回地走了。

"二姨，我来拎。"苏鸥在姨妈和文庆延说话的时候就接过老人手里的物什，放到厨房里去了。

"老二，你到底是怎么想的？死丫头！"李嘉梅的母亲待文庆延的脚步声消失在楼梯道里，就开始数落刚刚从书房里冒出来的女儿了。

"怎么才出来呢？也不挽留下人家。他事业好，人品又好，长得也好看——比如你姐夫黄谒长，那个癞痢头你姐都不嫌弃，你咋这么挑呢？"说完她系上围裙，从带回的蔬菜里挑出了一袋子排骨。

"那是以前。妈，你怎么老拿他小时候的事说事。人家现在可是个大律师！"嘉梅慢悠悠地剔着指甲片，辩解道，"还有，今天不知道你会回来，我已经炖好猪蹄子了，青菜和小炒素材在姐姐还没来的时候就已经洗好备着了。"

"你甭岔开话题。死丫头，你倒问问小鸥，庆延差吗？你又好哪儿去啦？"她话刚说完，就朝苏鸥挤眉弄眼，示意她接话。

苏鸥当然明白，一边把一些果蔬放到冰箱里，一边按照姨妈的意思笑着附和道："这人看上去的确不错！"

刚说着，胡译南和黄子东从房间里跑出来。

"妈妈，我和东东想出去外面玩。"

李嘉梅巴不得离开母亲的视线，她从母亲买回来的一堆东西——长白山榛蘑、手拍粉条、东北酸菜、川丁子、毛豆等或有或没有明确标示产地东北的食货里，可以想见母亲有多想留文庆延在家里吃饭了。为了少挨接下来的一顿数落，她不再搭理母亲和表姐的话，立刻应和胡译南的请求，不等苏鸥开口便带了孩子们往外走去。

"嫂子，我也去。"一直不吭声的胡晓燕这时放下手里的书本，也急急地跟着出去了。临出门的时候，母亲一再叮嘱胡小燕，嫂子走到哪里她一定得跟着，回头还要盘问她。所以一听说苏鸥要出去，她就迫不及待地也要跟着了。

楼下骄阳似火，幸好有浓郁的树荫，涟涟起风的人工湖水，要不然她们绝对呆不到中午午饭时分。

午饭后，老人和孩子们都去午睡了。李嘉梅和苏鸥收拾着餐台上的一片狼藉。

"碗筷就放在洗菜盆里，阿姨下午过来收拾。"李嘉梅说。

苏鸥于是跟了李嘉梅走出房门，穿过客厅，在小茶几上和嘉梅喝起小茶，吃些水果。

"想起我们小时候真幸福。"苏鸥想起那棉线娃娃，"小南总自个儿玩了这些别人不能理解的东西，像刚才那个棉线娃娃——他却称之为知心！哪像我们小的时候，成群的孩子一起玩儿。到山涧田野，抓昆虫，追飞鸟，是多么的惬意！可他却总是一个人，真孤独得让人担心。"

"姐，你又来了。"李嘉梅安慰她，"孩子自有孩子的乐趣，你就甭担心的啦。你不看看小南是个多好的男孩，不吵不闹不捣蛋，又懂事，许多人羡慕都来不及呢。"

"等你也做了母亲了，你就知道我的忧虑不是多余的了。也不知他这眼睛到底怎么样？下午我们看哪个医生？"

"哟哟哟，还抬出母亲的头衔。懒得理你，看你怎么个愁法。"说完李嘉梅拿个苹果，干脆躺在沙发上，一小口一小口慢悠悠嚼起来。

"好你个李嘉梅。"苏鸥看她对自己的问话不理不睬，就在她的腰间坐下，伸手往她的肋骨部位挠去。

她手还没碰着，嘉梅立刻从沙发上弹起来，笑着求饶道，"好姐姐，我说。"

"他叫梅利彬。"说到医生的名字，李嘉梅会心地笑了笑。她顿时想起那个和蔼的老医生打趣说他姓梅，而她的名字里有个梅字，这里头肯定有蹊跷，说不定前世是父女，因投胎时她投错人家了，故而把梅字从最前位置倒置到最后去了。李嘉梅当然爱听他的杜撰，她是挺喜欢这老医生的，他不但医术了得，人也有趣，而且他还是文庆延的哥哥——文粒的上司。

"哦，梅医生就是你说的你大学时代解救过你的那个医生吗？"苏鸥端坐了问。

"呃，不是哦。解救过我的医生是文粒，庆延的哥哥。"

"哦，刚刚来过的那个男人。"

"是的，就是他哥哥文粒。梅主任是他们医院大名鼎鼎的眼科专家，也是我一个大学同学的姐夫。到底译南也不是什么大病，只是近视得厉害，主要就是配配眼镜罢了，你就权当到我这儿玩玩。对了，这些天天气热得慌，正好带译南去水上乐园。"李嘉梅安慰着苏鸥说。

李嘉梅看苏鸥还歪头在想，就说："很久没跟你在一块游泳了，咱们先游他半个月，译南玩他的，我们也趁机锻炼锻炼，好不？"

"也好吧，不过最多只能待一个星期。这段时间明熹去了东欧，土耳其和日内瓦有批货被投诉盘子上的金边上得不均匀。如果真的像他们说的那么糟糕，怕是马上就要回去处理。噢，你白天还是上班去吧，我和译南自己搞定。"

"你又不是不知道，我那点破生意。偶尔走开是可以的，也不看看我陪的谁！"

说完李嘉梅笑嘻嘻地看着苏鸥。苏鸥笑着嗔怪道："是，大老板，果然不一样，多金又有时间。不过，事业还是马虎不得的。"她心里一直佩服这个表妹的，居然放弃路桥公司这铁饭碗，转而创业了，更厉害的是一炮而红，才半年功夫，公司已经经营得有模有样了。像她这样一个相貌出众，又有学历的单身女子，能这样经得住折腾，真是难得。想到创业是要有有多大的勇气和毅力，要吃多少不为人知的苦头。苏鸥心底竟隐隐作痛，便怜爱道："正好和姨妈说说，帮你调理一下身子。"

"还行吧，才二十五岁，就调理身子了？想把我补成大胖猪啊！哈哈。"

"是，补成胖猪让你好生养。"苏鸥也哈哈大笑。

"好你个恶心的苏鸥，我还没出嫁呢，什么生养不生养的。"说完，脑海里掠过文庆延的身影，脸上微露羞涩。

尔后姐妹俩你一句我一句开些玩笑，聊些陈年往事，稍后各自回屋午休。

第二章 医院邂逅

午后盛夏的阳光像毒针一样刺人，屋外仿佛熊熊燃烧的大烤炉。

"燕子，外面太阳毒辣得很，你就别去了，在屋里做作业。我带小南去看医生，一会儿就回来。"苏鸥对着胡晓燕说。

"二嫂，我也要去。"小姑娘嘟着嘴，马尾巴甩得跟拨浪鼓似的，表示无论如何也要跟着。

她们在下午两点半的时候，准时出现在梅主任的诊室外。

和其他房门紧闭的诊室不同，梅主任诊室的门大开着，阵阵的南风挟着炙热的太阳气味吹面而来。她们刚要进去，就有护士过来说梅主任刚走开，请稍等一会儿。

她们只好在候诊区的长椅上坐下，无聊地看偶尔从长廊两头穿梭而过的稀落行人。十分钟过去了，还不见医生踪影。胡译南玩了自带的悠悠球，又探头在每个诊室观望过后，就腻烦了，扯着母亲说烦闷极了。

李嘉梅说临近医院的地方有个小花园。那儿大树成荫，有荷花、锦鲤、假山，还有很多不知名的鲜花，说不定假山下面压着有蝈蝈……胡译南一听到有蝈蝈，没等她把话说完，就嚷嚷着要去看看了。

其实李嘉梅也觉着闷，正好带了译南出去："姐，我们一起去呢？"

"热！我不想去暴晒，你和小南去吧。呃，燕子也去吧，医生来了我打电话给你们。"说话间，李嘉梅带着蹦蹦跳跳的胡译南走了。

胡晓燕却纹丝不动地坐在椅子上仍旧看她的《读者》。她母亲说了如果她跟嫂子苏鸥出去，就一定要紧跟着她，不看紧嫂子她就会做别人的嫂子。胡晓燕很喜欢嫂子苏鸥，她那么温柔，那么美丽，怎么舍得苏鸥离去。她母亲告诉她，哥哥经常不在家里，她有责任帮哥哥看守着苏鸥。

和艾城人民医院狭小拥挤的走廊比起来，这条长廊显得又长又宽敞又落寂。苏鸥知道主要是因为这儿的人流量少，缀上攒动的人群，再宽敞的场所也是枉然。

午间的长廊显得空空荡荡，苏鸥竟没有等得烦闷，孩子的吵闹声没了，没有人不停地催促着提货，不用去想接下来的时间做什么。也仅仅在这种时候，她可以望着长廊，发着属于自己的呆。不过，发呆的时间也不是长久的。在她的视线尽头处，已经又有一个人仿佛从天堂飘缈而来，向她坐着的方向走近。他是一个形象儒雅的年轻男医生，约摸三十岁出头，戴着折射着白光的眼镜，穿着一尘不染的白大褂，身材颀长，举止优雅。

在临近苏鸥跟前的时候，他礼貌地注视着她，并轻微地点点下颌。苏鸥心想他肯定是认错人了，抑或她很像他曾经医治过的某一个人。出于礼貌，她也轻轻地点了点头。这时，在苏鸥眼里，与其说他是医生，不如说他是个成熟的大男孩——他浑身上下干干净净的，带着浓浓的书卷味。也许是因为安逸的环境，或许是安详的心态，他看起来不世故，很淳朴，也很阳刚。

从天堂走来的医生步履轻盈地一晃而过，像早晨一道明媚的曙光，长廊因为他整个儿地亮堂起来。闷热的午后因为有他变得清凉，她混沌的思绪也清澈透亮了……

"妈妈——"她似乎听到孩子的叫喊声，于是听真确了。是的，胡译南在叫她。胡译南因为那里没有蝈蝈，和李嘉梅打闹起来，跑来向她告状。李嘉梅也不安分，活泼地和孩子玩闹。

"梅主任，您终于来了。"只见刚刚还孩子气十足的李嘉梅立马像换了个人一样，变得斯文又落落大方起来。

梅主任解释说因为医院临时开了个会议，所以来迟了。

"梅主任，这就是我表姐苏鸥。这是我小外甥胡译南。这是小姑仔。"嘉梅介绍道。

苏鸥连忙伸出纤细的红酥手，微笑着说打搅了。梅主任跟她握手道："听嘉梅介绍过你，今日一看，果然是才女兼美女。"

苏鸥一听这恭维的话，立刻觉着像是穿着衣裤在游泳一样别扭。她人在商场，却只做些运筹的工作，至于应酬或与其他生意人斡旋什么的，全由业务经理靳平或丈夫胡明熹打理。除非有时候要见十分重要的客户，她才去的。就算像这种礼仪上的客套话，她每次听了都觉着有点臊。

出于礼貌,她有点舌燥地说:"客气了,您是业界里的泰斗,今天打搅了。"

胡译南见了,忙过来嚷嚷道:"我是胡译南,七岁,很高兴见到您。"说着就向梅利彬伸出左手,而右手上还握着冰激凌。他有时跟他爸爸在公司里,见到胡明熹是这样跟蓝眼睛金头发或黑眼睛黑皮肤的外国人打交道,便像模像样学起来。

梅利彬马上呵呵笑了起来,弯下腰,故作客气地握了握男孩的手说:"梅利彬,很高兴见到你。"

这时,李嘉梅接到公司打来电话,说有客户要见她,她不假思索地说让对方稍等,她马上就到。接着叮嘱一下请梅主任关照之类的话,扭身就离开了。

开始就诊,医生称赞胡译南道:"'小伙子'长得真帅。译南,告诉医生伯伯,这是什么东西呀?"

"白菜。"男孩回答得非常自信和干脆。

苏鸥知道这是在做色盲筛选,陆续听到孩子快捷响亮地回答:"325、萝卜……"当下心里宽慰。接着做了散光测量,青光测量和近视眼测量。

"视力:左眼4.0,右眼4.3。其他正常。"主任医生宣布说,"最好佩戴矫正眼镜,注意眼部作息,多眺望远处,尽量看到眼睛看不到的地方。呃,平时多吃些水果,经常煮些枸杞、健康的动物肝脏,吃这些对视力有帮助。"

苏鸥表示要佩戴矫正眼镜。于是,梅医生开了些辅助的药物,还嘱咐一个星期后过来取眼镜。

"你先去交费领药,拿了药还过来,我告诉你怎样用药。"

"谢谢。"她说,领了胡译南坐在了医生的对面,叮嘱他,"小南,你在这儿等我,妈妈领了药马上就回来。"

胡晓燕紧巴巴地欲要跟着去,苏鸥有些烦腻了,就说:"燕子看着小南,我只是去付药钱,马上就回来的。"

小姑娘抿着嘴,嘴巴翘了起来,一脸的不情愿。这时候梅主任也开口劝说她,胡晓燕才不情愿的又坐到了椅子上。

苏鸥迈开步伐,她感觉到从所未有的郁闷。胡晓燕越长大越爱跟着她,特别近两年来,有时候连去艾城逛商场,或者小姐妹们的聚会,甚至去政府部门办公,只要她不用去学校,就都如影相随。也不知她究竟吃错了什么药,和她讲也不听。苏鸥闷闷地想着,正准备离去。

这时进来一个年轻的医生，苏鸥一眼认出就是那个刚从"天堂走来"的人。她私下里将他定义为"天堂男"。他们擦肩而过，蓦然四目相对，竟是心有灵犀地相互呆望了一刹那。他的眼神像只无形的手，倏地攥住了她的心。匆匆离去时，她忍不住回头又看了一下，他正好也扭过身来，两道目光瞬时相撞在一起。苏鸥心里怦然一跳，随即将视线转移。她羞涩地捂着突突作响的心口，落荒而去，隐约听得他轻声地说："主任，余海国明天办理出院，这是他的住院资料。"

她脑袋空空白白，浑浑噩噩的，也不知拐了多少个转角，下了多少层楼梯。她像只被夹在羊群里的羔羊，被主人驱赶只跟着人群涌动的方向麻木地走着。等她稍稍定神下来的时候，发现自己竟已随着人流走出了医院门口。屋外烈日当空，强光灼眼。道路上人潮涌动，车水龙马，噪音喧嚣，而她却两手空空的，连医药费竟也不记得交了。

第二天清晨七点。南方七月的太阳早已高高挂起，知了也"热热热"地叫嚣着。

黄子东个头比胡译南矮，但却是个小胖儿，昨夜两个小孩儿一起睡，一米二的床他占了大大的大半边。晨曦透过窗纱，照在他的胖乎乎的小脸上，他梦呓地巴喳下嘴，翻了个身，把空调被压在身下，又沉沉睡去。胡译南惦记着李嘉梅说过看过医生就带他和东东去水上乐园玩的承诺，就早早起了床。胡译南才7岁的孩子，却将近1.4米的个头，笔直的鼻梁，圆圆的脸型，白皙的皮肤。他长着像苏鸥一样水灵传神的双眼皮大眼睛，眉毛像胡明熹的那样粗犷，眼尾处稍稍往外翘。

孩子一起床就急忙褪去睡衣，换上外出的衣裤。浅蓝的运动鞋子还在门口的鞋柜里，然而他已经穿好了短袜子。穿戴完毕，胡译南悄悄打开苏鸥的房门，探头进去。

苏鸥刚刚睁开惺忪的双眼，对着天花板上橘黄的羊皮灯罩，正呆呆想着艾城工厂的清晨。这个时候工人们或许正在饭堂里吃着早餐。乒乒乓乓的不锈钢饭盆的撞碰声，工人们的谈话声，都在早饭的腾腾热气里一浪紧接一浪地翻滚着，直到早上九点多钟才消停去。她回味得正酣畅，忽然发现门口有团黑乎乎的东西，心里猛地一沉。等她定睛一看时，发现却是胡译南。她紧张的肌肉即时放松下来，嗔怪道："起来了？见了妈妈也不打招呼，把我吓一跳。"

胡译南也不回答，憨憨地拱进母亲的被窝里，贴着她的脖子，笑嘻嘻地撒娇说以为妈妈还没睡醒呢。不等苏鸥开口回答，小嘴巴又张开问："小姨什么时候起来呀，不是说好去水上乐园的吗？"

说着就拉扯着苏鸥催促她："妈妈，快快起床。"苏鸥给闹得立马收回散漫在脑海里的艾城，起床进洗手间去了。

"我去叫醒东东！"孩子吵醒了母亲，又跑去捣腾黄子东和李嘉梅了。

不一会儿，就听见黄子东懒洋洋说："还要睡一会呢！"

接着是李嘉梅的尖叫声："胡译南，再挠我脚底就不饶你啦！"

再后来就听到孩子恶作剧得逞的哈哈爆笑声，李嘉梅气败极坏的嚷嚷声，姨甥俩踩在木地板上发出的追逐声。

苏鸥在洗手间里洗漱，一边聆听一边微笑。胡译南跑进来嬉皮笑脸地告状道："妈妈，小姨捏我。"边说边喘着气，抱着母亲躲在一边。

李嘉梅也笑着"追杀"过来，堵在洗手间门口，喘着气说："姐，译南拿枕头砸我。"

苏鸥瞟了李嘉梅一眼，嗔怪道："几岁啦？还跟个孩子一样。赶快收拾了出去呀。哦，对了，梅梅，你今天不去公司吗？"

"我陪你们出去，如果公司有急事会通知我的。一年难得见你们母子一面，还不好好陪陪，一个星期后你们就要回去了。"她倚靠在洗手间门廊上，心不在焉地回答着苏鸥，眼睛却盯着藏在苏鸥身边探出头的胡译南。后者正对她挤眉弄眼的，一副胜者挑逗残兵败将的威武神气。

苏鸥"哦"了一声，回头对还躲在一旁的胡译南用甜甜的声线高声道："听到没有，小家伙？还不赶紧去准备准备，待会儿小姨不一定有时间的哦。快快检查东西带整齐了没有。东东起来没？"她话刚说完，李嘉梅和胡译南相互扮了个鬼脸就散场了。

黄子东正在洗漱的时候，李嘉梅的母亲散完步从外面回来了。她刚进家门，客厅的电话就响了。李嘉梅点头睥睨着胡译南："先去听电话，回头再逮你。"

电话是文庆延打来的，说请客喝早茶。她这边刚盖上电话，洗手间里苏鸥的"砖头手机"响了。胡明熹打来电话，跟苏鸥报告日内瓦的客户情况后，就点名要胡晓燕接电话了。

苏鸥悄悄走到书房门口，推门偷觑了一下，胡晓燕早就起床了，只是安静的她并没有做声。此时胡晓燕已经端正坐在书桌上，捧着海伦·凯特的《假如给我三天光明》，正看得津津有味。

"燕子，你哥电话！"苏鸥的到来她并不知觉，沉迷之中被忽然一叫，她猛然一回头。

胡明熹在电话里问了他妈妈的基本状况，然后又问了她们在江城的情况，最后询问她是否要他带些什么礼物回来。

"哥哥帮我带一只手表吧，Casio，就这个牌子的，款式要新的。"胡晓燕叮嘱道。挂了电话她放下书本，径直到客厅里去。她刚刚走到茶几旁，客厅的座机又响了。

"哦……好吧……既然你有票那就要吧……好，就麦田。"李嘉梅通话完毕，自言自语道，"使劲花，不花白不花！"

李妈妈看她一副奸计得逞的模样，揶揄她："捡到大便宜啦？"

"是，有人请喝茶，不吃白不吃！哈哈哈。"

"谁？男的女的？"老人家一听就紧张地挨着女儿的身旁坐下，准备谈上大半天。

"文庆延！还有谁。"李嘉梅看着母亲紧张兮兮的样子，扑哧笑了，"妈，把围裙摘了，我们一起去喝茶"。

这时的李嘉梅虽然不是很愿意和文庆延在一起，但看在平日的生意照顾上，其实也并不十分讨厌他，更何况她还为了袁小雅。

袁小雅是李嘉梅的死党兼高中三年的同桌同学，家境优渥，优雅甜美。

学生时期，李嘉梅就和她一起组织过一场与外校的学术交流。她也可以和李嘉梅一起与男同学聊民国军统，也可以和女同学聊清宫秘史，或者来一场梅艳芳成长史等等。那时候李嘉梅被誉为班花，很多女同学自然是嫉妒的，然而袁小雅却说："单凭你的蝴蝶背，尤其在夏季的时候，蝉薄的雪纺或者飘逸的长裙，就能迷死一大片人，更别说有大眼睛和高鼻梁了，校花都当之无愧啊！"

当然李嘉梅是知道自己缺点的，嘴巴大了一点点，但配在她那圆润下巴上也是恰当不过的。

然而，李嘉梅最羡慕的人却是袁小雅。

袁小雅家境优渥，声音甜美，这已非常难得，更让李嘉梅喜欢的，是袁小雅的富而不骄，阔而不显摆。

"听到你的声音真舒服！"李嘉梅绝对不是恭维她，袁小雅说话确实好听。

"男生听了，都会酥到骨头里去的。"李嘉梅经常这样揶揄她，虽说是揶揄，却也是真心赞美。也许，文粒就是被她甜美的声音迷住的吧。李嘉梅当然知道，文粒是袁小雅花了不少工夫倒追到手的。

文庆延是文粒的弟弟，李嘉梅是要不时通过他传递文粒的信息给她。她好再传达给袁小雅，免得落个不照顾闺蜜的骂名。

李嘉梅的家在玉海苑小区，是一套150多平方米的四房两厅居室。一推门进去映入眼帘的是一入室花园，前边是露台。右侧是客厅，客厅侧边还连着一个向南阳台。进了客厅左侧一条浅走廊，居中是主人房，左边是书房，另一房间在书房的斜对面。

这会儿，苏鸥正在洗手间里，梳罢大波浪卷发。

回到房间里，她脱下睡衣，穿上一套石青色底子暗红色梅花花纹的裙子，裙摆处缀了白色缎子作滚边。她一迈轻盈的步伐，裙角就飘曳起来，露出纤纤的小腿儿。

还没及得出去房外，就听得李嘉梅在主卧室里喊着问："姐，准备好了没有？"

苏鸥边回应道"早等着你了"，边走出客厅，跛步到入户花园处。胡译南和黄子东已经等在圆桌旁，正玩弄着他们的悠悠球。

胡晓燕这会儿却在阳台上，正托着腮帮，眼眺远方，脑子里沉思着母亲的话："你要紧紧地盯着嫂子，她做什么你都要看仔细了！"可是，下意识里她总觉得这是不对的，母亲是不是错了？"人有追求自由的权利……"政治老师是这样说的。她现在有些矛盾，若嫂子真的不要她们了，那到底会是什么原因？假如是她对嫂子时刻监督偷窥被发现了，这是不是就是一个理由？胡晓燕想到这儿，不禁打个寒战。她觉得，从这时刻开始，她就应该还嫂子一个信任，再不能听从母亲的这类命令了。这样在心里盘算了一番，她觉得天地之间忽地清澈起来，远处鸟儿的啾啁声也悦耳了。

走回屋里，李嘉梅左手提着白色皮拎包，右手拎着一串钥匙，时尚又性感地小步跑出来。

她匀称的身材着一件天蓝色的T恤，搭配一条黑色超短裤，格外有风韵。她做什么事总是急匆匆的，似乎任何时候都在赶时间。苏鸥打趣她："没去相亲，不急哦。"

李嘉梅瞟了她一眼，大大咧咧地穿上四寸高跟鞋，不屑的回应道："不稀罕！"

"等你稀罕的时候早有别人稀罕去了！"接话的是李嘉梅的母亲，"如果这事告诉你爸准把他气疯。"

李嘉梅朝她吐舌头扮了个鬼脸，然后俏皮问："都准备好了，走吧。妈——"

"你们去好了，我一个老太婆，不去。一会儿我还过你姐那边呢。"李嘉梅知道有文庆延在，她是不会去的，于是也不勉强她。

麦田茶楼在玉海苑小区外面，是成排的商铺里其中的一家。

文庆延一打完电话就赶着过去了，在靠窗的好位置坐下，自斟自饮。

江城在艾城的北边，这儿的粤式早茶有着悠久的历史。文庆延倒是希望，他和李嘉梅就像这些精美粤式点心一样，处在一起，沐浴人生。他还清清楚楚地记得，大二那年的第一个寒假，那时候，他就读广州商学院学工商管理，哥哥文粒就读广州医科大学眼科大四。

那夜，极度寒冷。他们兄弟俩排了好长队，终于坐上了从广州回江城的汽车。一路颠颠簸簸，途间有个歇车的时间，让乘客休息小解。

他和哥哥刚进洗手间，却看见一位大眼睛高鼻梁的女孩子傻乎乎地愣住在男厕所里。比她更愣的却是里面的男人们，他们个个都瞪大着眼睛，面面相觑。

羞赧飞速占据了女孩儿的脸，片刻后这女孩儿完全清醒了，飞一样奔出了门外，窘迫得不敢抬起头。

等她再从女洗手间定神走出来的时候，就有几个男子围住了她。

"小雅！"她惊慌地喊道，努力使自己镇定下来。

"妞，想看看哥的'神器'，来啊！"调戏的话语，伴着那些男子淫亵的大笑声。

女孩儿紧张又慌乱地呼叫着："小雅，救命！"人群里有人推了她一下，仿佛刚刚说话的男人开始甩皮带了。

"小雅！"女孩儿无助地惊叫着，"不要碰我！"她一边嘶喊着，一边试图冲出包围。

危急时刻，哥哥文粒一个箭步冲上去，拉过她，并搂住了她。

"对不起各位，她是我女朋友，刚才不经意跟着我进去洗手间的，请各位多多包涵。"哥哥作揖说。

女孩醒悟过来，紧紧攥住哥哥的手臂，仿佛攥住了一根救命稻草。

"呔——"乌合之众散去。

女孩儿惊魂未定，紧接着另一个女孩儿从远处惊慌失措地冲进来，拉着她关切地问道："梅梅，怎么啦？"

那时候，他和哥哥只知道她的名字叫梅梅。

就在两个女孩子千恩万谢的时候，停车场的方向突然跑来另一个男子，责怪道："你们几个，还不快点，车都快开走啦！"

一语点醒梦中人，四人一听，撒腿就往停车场跑去。

"快快快，就等你们四个。再不来，我就开车了，全车人都等着你们呢。"司机不耐烦地念叨。

"我们竟然是同一辆车的！"她惊讶道。哪里只是她，估计四个年轻人，谁的心里都这样想：真巧啊！

大巴车里通道的照明灯随着乘客各自就位后慢慢熄灭了。当汽车缓缓停下，人流散去，江城的深夜静得连空气的流动都能感觉到。

"你们两个女孩子多不安全啊，就让我们送你们回去吧。"哥哥提议道，女孩子们当然殷切希望，于是哥俩就一直护送她们到了江城南区珠玑巷里的某个别墅前。

临别前，大家互留联系方式。于是，哥俩知道了她叫李嘉梅，广州外国语大学广告设计专业大一；另一个女孩，袁小雅，广州医科大学社会公共卫生学大一——哥哥文粒的校友。

那个夜晚，他一直在心里暗暗取笑她，居然可以擅自闯进男厕所而浑然不知觉，天下再没有比她更粗心的姑娘了！

后来他们四人就经常相约出去游玩，电影院、某个公园的小山、上下九步行街，都留下了他们青春的气息。

不知从什么时候起，也许是坐过山车时李嘉梅惊恐的呼叫声和因为恐惧而不由自主抓紧他的手那一刻开始，也许是一起看电影的时候从她身上飘出来的淡淡的芳香开始，总之，文庆延不再嫌弃她的冒失、她的粗心、她的任性，凡是她的缺点都能使他神魂颠倒。更痛苦的是，即便这样，整个大学时期他也不敢主动追求她，更遑论表白了。

因为似乎哥哥文粒从那晚英雄救美以后，对李嘉梅更关心和爱护了。他只能在心里悔恨，为什么那晚英雄救美的不是自己，他以为他只能叫她嫂子了。"不是你欺骗了生活，就是生活欺骗了你。"他不记得这是谁的名句，但是生活真的是这样子——

毕业那天他们三个像往常一样回到江城，已经工作的哥哥文粒当着他们三人的面，送了一把火红的玫瑰花给了当天生日的袁小雅。看着笑得甜蜜蜜的袁小雅，李嘉梅和他当场就呆若木鸡。

回过神后，他却暗自狂喜了一番……

7月8号，上个星期天，他邀请她去参加一个关于销售战略与战术的有效运作的讲座，她听得津津有味，期间还和他交流销售管理的绩效与考核的相关话题。一般的女孩子听到这类话题要不就答非所问，就是心不在焉。李嘉梅却是例外，可以和他聊上半天。他心里窃喜，以为两个人的感情可以水到渠成了。谁能料到这样的美好没能延续到第二天晚上。那天晚上他们原本约好去打羽毛球的，可偏偏因为那件事泡汤了。

他的思绪淹没在茶楼里闹哄哄的谈话声里，慢慢地深沉下去，仿佛进入了无底洞。他眼光越过左边桌位，朝制造精美的楼梯扶手望去。和心里期待的一样，她亮丽的身影终于出现在他的视线里。

李嘉梅避过他投过来的热烈又暧昧的目光，招呼苏鸥和孩子们就座。

胡译南点了脆酥榴莲饼，黄子东要了菠萝味印度薄饼，胡晓燕点了最爱的肉汁濑粉，等着出品，俩小孩就在打赌谁的好吃了，其他的由文庆延依据往日的经验点了这家店好吃的，无非一些糕点蛋挞之类的东西。

吃得差不多时候，文庆延便先行离席了。喝早茶这玩意儿，多长时间都消磨得了，而他公司里还有更要紧的事。

等所有人吃罢点心，李嘉梅去结账时，服务员说刚才那位先生已经付过账了，李嘉梅也不觉得意外。苏鸥带了孩子们，率先出门去了。

她们去水上乐园个个玩得尽兴，薄暮时分才回到家里。

两个小孩趴在阳台上聊天,接着又看了一小会儿电视。看罢电视,也不知从哪儿弄的,各自提着小竹棍子玩起了打比武的游戏。他们玩了一会儿就腻烦了,接着又下楼到小区的小山丘上玩抓虫子、拔树皮、捅蚁洞这些淘气的活儿了。

反而是胡晓燕孤独了,她这个年龄,不大喜欢和大人掺和,更不会和胡译南这样的小朋友有什么交流。她虽然有许多个人想法,但都是朦朦胧胧的,并不十分清晰。她这时最想回去艾城,和她的同学们无拘无束地讨论这些并不清晰的人生见解。她无聊得很,只得又去书房里看书了。

苏鸥和李嘉梅站在露台上远眺着被晚霞染红的小山丘。山丘的树冠上,不知名的鸟雀从傍晚开始,一直在徘徊着飞翔,或许在喂养雏儿,或许在寻找各自的巢穴。

小山丘蜿蜒的小道上,胡译南和黄子东在追逐着什么东西,偶尔还停下仔细探勘,时有天真童稚的笑声传来。

"梅梅,"苏鸥赤脚踩在草坪的鹅卵石上,"有些人,一辈子就没有人真心对他好过,你说这种人活在世上是不是很孤独?"

"是很孤独,那是因为他们从不曾经关心过谁,所以就没有谁来关心他。这个世界上发生的任何事情,全都有它的因果关系在里面。"李嘉梅笑着回答道。

"这个套在这里觉得不适合啊。"苏鸥却轻轻地说,"我认为那是他不懂被爱也要付出。什么东西都有尽头的时候,这比如爱,爱也是有生命的。有生命的东西就需要格外地珍惜,靠珍惜它的人供给养分来滋养,这样才能延长生命的期限。倘或我们有生之年,养分还源源不尽,那么爱就能存活到我们老死后。然而所有的付出都想有回报的,没有回报的付出是经不住考验的。"

"姐,你想劝说我?"嘉梅白了一眼苏鸥,揶揄道,"打抱不平?想为他做和事佬?你不明白的,我和他之间只有我们自己知道。"

苏鸥先是愕然,心想这鬼精灵反应真快。但马上又觉得她说得挺对的,于是连忙说:"是的,这反而是我不对了,确实是只有你们俩最明白,我只看到表象,或许事情根本不是我看到的那样。"

这样一说,李嘉梅反而觉着过意不去,因而解释道:"他自以为他有两个臭钱,认得几个能办事的人,就很了不起了。好像觉得世界上没有他文庆延摆不平的事了,好像世界上所有的人只要他喜欢的、只要他看中的,全会投怀送抱。他以为他是谁?!"她抿了一口水,接着说:"姐,你知道,我虽然没什么本事，但就偏不爱这样的人。"李嘉梅不屑地说，鬓角的长发被风吹进嘴里也没发觉。

"不至于吧。哈哈，和平年代你真能想象。他的言行举止，并没有你说的那么嚣张跋扈啊。"

"姐，你不知道，如果你知道他的胡作非为你就不会这样认为了。他为要得到霖盛高尔夫球配材公司，做了一些不为人齿的事。那家公司曾是江城唯一的高尔夫球配材公司，有自己的生产线。文庆延的公司原来只是他们的一家生产线外临时加工点，后来他串通霖盛公司管理销售的姓马的总经理，收买大的经销商伪造产品质量出现问题要求召回，小的经销商捕风捉影不敢进货，短时间内造成霖盛滞销亏损，面临倒闭。他和那位马总经理却乘机联手低价收购了人家的公司。事变前后仅仅经历了三个月的时间。这件事业内的人都知道，你还说他是正人君子不？"

"我不认为这能说明什么。当时的情况非当事人自己能明了，你亲自参与了吗？"苏鸥漠然地说，"商场如战场，兵不厌诈，实在见得多了。世间的传闻，或与事情的真相背道而驰的。这你该亲自问问他。"她这样说着，脑子里掠过这些年历经的种种是非之说的荒诞，心里隐隐有些不快。

"问了，但每次提及此事，他总打住了不说。"

"嗯。我倒觉得文先生对你极好的，希望你好好珍惜而已。也许你是对的，何不认真地再与他谈谈？你对他这样傲慢，一时半会的，他还觉得有趣，总挑战你，想征服你。但时间长了，总归不是法子，亲密关系不是这样子的。"苏鸥不紧不慢地说着。

太阳已经沉下西山，撒下霞光一片，红云朵朵。南风凉习习地吹来，夜来香的气味弥漫在空气当中，远处偶尔传来栖鸟入眠前的长鸣。

"在这个世界，谁也不是缺了谁就活不下去的，他既是这样，没了也罢。"李嘉梅刚刚作答，叮叮叮的门铃声响起。

"你要这样想就没法再说下去了。这话不错，但对于你们的关系来说却是不适合的。"苏鸥边回答边开了门。

两个小孩精力充沛，满头大汗地拖着一米来长的竹棍子回来了。

苏鸥永远都弄不懂：为何男孩子总想拥有武器？没有机关枪坦克大炮的，来个长棍子也行。

第三章 还是想他

她们连着三天都带着孩子们去三夏水上乐园。那儿原来是座大公园，这几年到处盛行水上世界，因而改成水上乐园了。里面确实有许多好玩的，漂流已不算是什么刺激的项目了。胡译南和黄子东最喜欢那座里面充满嘀嗒的水滴声、黑乎乎的鬼屋。人走在里面，冷不防就有湿漉漉的鬼手捉住你；或是不经意地吐着鲜红长舌、毛发凌乱的人头从天而降，猛然在眼前一晃而过。男孩子们连着三天都去，乐而不疲。第四天却是去不了了，倒是要去医院了。

这天胡译南照样起床蹭进母亲的被窝。苏鸥一触到孩子的脸颊，着实吓了一大跳：孩子脸颊潮红，全身滚烫，目光迷离。

胡晓燕也咳嗽了，按李嘉梅的母亲说，燕子偶受风寒，喝些川贝母雪梨炖汤就会好起来的。老人家还说，吃过早饭后她就去张罗，反而是译南，发着高烧，非得去医院不可。

胡晓燕因为这些天玩得累出病来，浑身怠倦。她跟苏鸥已经去过一次医院，觉得那地方绝对不是什么有趣的地儿，更别说嫂子有什么不对劲的事情了。现在，她觉得她这些盯人的行为着实很不光彩。于是，她第一次背逆了母亲的意愿，被苏鸥和李嘉梅的母亲说服了乖乖地留在家里。

孩子生病了！换了往日，做妈妈的还不操碎了心，恨不得让自己替代得病。可这次胡译南发烧，苏鸥心里虽也着紧，但在去医院的路上，却没了往常的焦急，反而仿佛医院里有什么东西吸引着她，让她竟不觉得那是离痛苦和死亡最近的地方。没有谁比她自己更清楚了，她期望在那里可以遇见那个"天堂男"，出现这种念头她自己都觉得惊骇。然而只要想到他专注的眼神，想到他带着浅笑从走廊上轻盈地朝她而来，她就忍不住想见他。仿佛磁铁的正极无法抗拒负极一样，她被他深深地吸引了。

这还是让她很惶惑，觉得这种想法很荒谬，还觉着自己有点可耻。但有些事情却由不得她，仿佛正是这样才更吸引她。

和眼科候诊区的长廊一样，儿科门诊有二十二个诊室。每个诊室的候诊区里，都有三五个成人围着一个小孩的人群。隔三岔五的，候诊区就有婴孩的哭叫声、吵闹声；儿童扯着大人的衣角哭着喊着要离去，应着成人低低的抚慰、挽留的劝说声，也有不耐烦的呵斥声；或是为打发等候诊断时百无聊赖的聊天声，像极了嗡嗡的闹市。

胡译南总随身带着自己中意的东西，或是悠悠球，或是一本漫画书、一本小说什么的。总之在百无聊赖的时候，他不会像其他孩子一样纠缠母亲，这是他妈妈教他的好法子。这次，他带的书是《狐狸列那》，乘着等候的当儿，他在乱哄哄的噪音里安静地翻起了书本。读到狐狸列那在公路上行驶的汽车尾箱里偷鱼的情节，他又哈哈大笑起来，还喘着气儿讲给母亲听。苏鸥等他讲完后，就去咨询台要了一根体温计。

探完体温，母子俩依旧坐回长凳去。苏鸥不时地朝右边尽头处张望，期望那个"从天堂走来的人"，再次阳光般从自己的身旁照耀而过。

"胡译南，请到11号诊室就诊。"播音器里的播音穿过闹哄哄的人群传到母子俩的耳边。胡译南合上书本，跟着母亲走到医生的诊室里，那样子比平时不知要乖巧了多少倍。虽然很多父母喜欢孩子安分守己，他只要对大人的话言听计从的就会很安慰，但是苏鸥不是，她更喜欢儿子有主见，她认为偶尔调皮捣蛋才是正常的儿童。

"探过体温了吗？"不戴眼镜的医生看着孩子问。他方正的脸有隐约的胡楂，高鼻梁宽颊骨，但很亲切。苏鸥甚至在想，如果"天堂男"是儿科医生就好了，但明天如果她需要看眼科的时候，他最好还是眼科医生。当然，如果哪天她需要内科医生，那么他最好也是内科医生……总之看医生就该是他，那该多么好啊！

"探过体温了吗？"医生又问，熟练地为胡译南把着左手的脉象。

"啊？哦，38.9度。"苏鸥迷茫的眼神从医生的脸上拉了回来，医生奇怪地瞅了她一眼，示意胡译南换上右手把脉。

她像做错事的孩子般腼腆地低低头，医生并不理会她，只紧接着检查了胡译南的口腔、胸腔。他迅速诊断道："嗯，湿热，喉咙有炎症……嗯，邪气侵肺……普通感冒。开点清积止咳的药，再打打点滴。好吗？"还没等苏鸥回答，医生已经开好处方，点名下一个患者了。她身子还没离开坐椅，后面的病人已经愁眉苦脸地进来了。

上午 11 点左右，胡译南还未打完点滴，李嘉梅也到了医院。她一早就去了公司，工作安排妥当后，便到医院看望胡译南。

她手里拿着一枝白色的百合花，从绿色的走廊飘进白色的病房。

"好看吗，译南？"李嘉梅拿过花儿，让胡译南看。

"好看。"男孩的眼睛瞟都没瞟一眼就说。

这嘉梅，又想要哪门子戏，一个小男孩，懂得花吗？拿个玩具哄他还差不多，苏鸥想。

"译南，你闻闻这花香不香？"李嘉梅笑着说。

"香。"译南果真闻了一下问，"小姨，要这花干什么？"

"小南，小姨最爱这白色的百合花了，打小就喜欢。记得小时候，也就像你这么大的时候，有一次，我生病了，妈妈也带我到医院看医生，也打针吃药。当我病快快的就要离开医院的时候，医院门口刚好有个卖百合花的，我吵着要妈妈给我买一支。那支花养到我病好了，它就蔫了。呃，现在小姨送一支给你，你看着它，每天闻闻它，等它蔫了的时候，你就好了。"

"哦，是吗？"他怀疑地看看那娇滴滴的花朵，一点怜爱也没有，一过手就把它扔给了母亲，问："妈妈，一会儿你陪我玩塞尔号，可以吗？"得到母亲的允许后，小病人的眼里闪过一道希望的光芒，接着得寸进尺，"回去的时候，请我吃肯德基，可以吗？"

"也行，不过不可以吃炸薯条、鸡翅，不可以喝可乐，同意吗？"

"欧耶！"他高兴地从病床上跳起来，差点打翻打点滴的支架，一点生病的样子也没有。

"嘘——安静点，没输完药液呢。"

他按捺住兴奋，又乖巧地看起了书本。

李嘉梅赌气地戳了一下他的头，说："狗咬吕洞宾——不要白不要，我拿回家里自个儿欣赏去。"说完，便从苏鸥手里强夺了那支花来。

"真粗鲁，"苏鸥阙嘴说道。

第三章 还是想他

胡译南朝她吐出了长长的舌头:"不稀罕!"说完,又看他的书了。

"梅梅,帮忙看着药瓶,我去去洗手间。"苏鸥交代完毕就走开了。她三番几次想溜开,但是让孩子单独留在病床上,那一定是不行的。

儿科在三楼,眼科在四楼。苏鸥借口上洗手间的时候上四楼溜达了一圈,然而那个"天堂男"像寒冬里隐匿的蝉儿一样,了无声息,就连梅利彬主任的诊室,也大门紧锁。她们所在的二楼是敷药区、针灸区和打点滴区,有成排的临时病床,病人比雨后春笋还多。她的心里越来越煎熬——他不是在眼科吗?为什么眼科没有他的哪怕仅仅半个的影子?于是她又失望地回到胡译南的身边。

苏鸥又细细寻思那天他说过的话,"梅主任,余国海的住院资料在这里——"噢,天呐,自己怎么就没想到呢,也许他在住院部!她想到这里,顿时热血沸腾,思绪翩翩了:要不要去住院部溜达溜达?或许就能遇上他了呢?可转眼又想:这怎么行呢,译南生着病呢,去久了怎么跟嘉梅解释啊?但须臾之间又否定了:如果不去怎么能见到他呢?若能遇见他就算嘉梅埋怨我也心甘情愿。但这多难为情啊!她就这样一直踌躇着,终于胡译南的药水吊完了。

"嗳,终于搞定了,可以溜之大吉喽!小南,我们可以回家喽!"李嘉梅庆幸道。"回家喽!"译南也欢呼雀跃。他们并不知道,有人还不是很愿意走。不甘心就这样子离去的苏鸥摸摸胡译南的额头,已经一点也不烫手了。她叹了口气,知道不可能再去制造偶然了,只能失望地带着孩子跟着李嘉梅一起回家去。她在路上想着心事,只语未发。李嘉梅以为她忧心孩子的病,也只略略安慰了一下她,并不过多打扰。

胡译南刚从医院出来就沉沉地睡去,连肯德基也忘记要去了,一直睡到下午三点多。窗外,午后的太阳丝毫未曾收回它的炙热,蝉鸣一声一声附和着,热烈地颂唱对夏日的赞歌,陪伴着熊熊日光将大地煨烫。

下午三点。看到译南微微睁开双眼,苏鸥忙端来热粥,让他吃了。吃完点心,下午五点钟的光景,趁晚风未起,她带着孩子去户外小小活动了一下。

在小区露天健身器材上踩着踏板,地下音响徐徐传来肖邦的钢琴曲,胡译南精神比早上好了许多。

"东东去哪里了?"他问。

"你生病了,他姥姥带他回他家里去了。"苏鸥回答着,带他去了儿童滑梯处，尔后又玩起了荡秋千。

这时地下音响换上了李健的《传奇》：

> 只因为在人群中多看了你一眼
> 再也没能忘掉你的容颜
> 梦想着偶然能有一天再相见
> 从此我开始孤单地思念
> 想你时你在天边
> 想你时你在眼前
> 想你时你在脑海
> 想你时你在心田
> 宁愿相信我们前世有约
> 今生的爱情故事不会再改变
> 宁愿用这一生等你发现
> 我一直在你身边
> 从未走远
> ……

苏鸥听着听着，竟扶着秋千柱子入神，仿佛唱歌的人就是他——那个从长廊里走来的"天堂男"。啊，他这是在唱给她听的吗？他也这样想她？是的，只是因为在人群中多看了你一眼……

直到孩子喊了她好多声"妈妈——"她才恍然回过神来。带孩子回去的路上，"天堂男"的影子一直萦绕在心头，不曾离去。

晚饭后，胡译南躺在床上，翻看了一会的漫画书，又看了《父与子》，然后就一门心思等着胡明熹的来电了。他爸爸总在七点半左右打来电话，询问当天的行踪，并分享儿子的乐趣，最后例行问及胡晓燕。胡晓燕偶尔和他说笑，他也不像往常一样出口顶撞，只瞪大了双眼看着他母亲进进出出，显得孤独又落寂。

"爸爸！"胡译南一听到苏鸥的黑色"砖头"铃声一响，立刻拿过来听，他已经是有五次拿着电话喊错爸爸了。

苏鸥听到铃声也走过来了。

"真的是爸爸。"胡译南稍稍挪开"砖头",抬头悄声对苏鸥说。接着又对着手机那头撒娇:"爸爸,今天我生病了……看医生了,打了点滴,好痛啊……你后天来接我们呀?……好,我跟妈妈讲……"这头刚刚讲完,就对在一旁的苏鸥说:"爸爸让你接电话。"

"老婆,"手机那头传来厚实的男中音,"今天译南感冒了?不能出去玩啊?"那头明知故问地问。或许夫妻之间的谈资也就是这些鸡毛蒜皮的事。

苏鸥嗯了一声,算是回应。手机那头继续说:"日内瓦这批货也没什么大问题,只是金边有点溢出,'鬼佬'想借机压价而已,我不会让他们得逞的。"

这话倒是让苏鸥着实紧张起来,她焦急地问:"那怎么办?你怎么处理?"

"我说,手工品有一点点的瑕疵是正常的,如果老板需要完美无缺的货,那就得重新签合同,用流水线生产的。他们强说影响美观和使用,我说那真的没办法合作了,要么另就高明,要么继续收这样的货。还请仔细了解掂酌再做决定。那班人肯定是初入行业者,要不就以为我们是新入行的。我们才第二个年头参加商品交流会,这鬼佬看我们是新面孔,否则不会提这么幼稚的话。"

苏鸥听罢,终于宽下心来。然而还是有些不放心,叮嘱道:"或许明天带他们到我们的老顾客那儿看看,顺便让他们对行业、对咱们了解更深些。毕竟往后还要打交道。"胡明熹一一答应着,并告诉她说明天就要回国,后天到江城接她们三个回家。

7月16日。这天真是个好天气,太阳居然被乌云给收藏起来了,空气中还徐徐吹来阵阵凉爽的南风。早在七点多钟的时候,还零星下了豆大的雨,不过仅仅在树木花草上留了水珠后就收手了。

天空依旧乌阴,南风丝丝。胡明熹真是选对天气了,这样的天气在回艾城的路上就不那么闷热了。

胡译南早早收好了他的家当——装着衣服、悠悠球、漫画书的小旅行箱,只等爸爸一来就出发。

苏鸥九点时分开了李嘉梅的汽车去医院取眼镜。

李嘉梅家距离医院大概有二十分钟路程,正在路上的时候,胡明熹打来电话说已经到嘉梅家里了。出了柏油路，在一个大花坛左转，向前100米就是医院了。

苏鸥每次经过医院，就莫名其妙地又想起那个"天堂男"；她跟嘉梅逛街时，甚至到菜市场买菜时也想起。总之，只要出了李嘉梅家的门，她就期望还能与"天堂男"偶然相遇。然而期望过后，她对这种愚蠢的想法哑然失笑：他无论如何断不会出现在这种场合的，只有在医院里，在手术台上，或者在某个学术交流会上才有可能出现他的踪影的。他就像不食人间烟火的神仙，不会出现在像她这种凡夫俗子所去的菜市场，更遑论逛街了。她甚至还想象他的家里肯定摆设着成屋的书籍和一个医用人体头部标本，眼球里的每条神经，每个构造都清晰的标示在上面；而在他下班的某个时间里，她跟着他回到他的家里，就俏皮地摸摸这个人体头部标本……她会害怕吗？想到这儿，她就会心地笑了。

梅利彬主任是忙碌的，有职位的人总是很忙碌的，苏鸥很理解。

"那么，我们的眼镜到底是配好了没呢？"苏鸥询问前来告知她的护士，但心里希望她回答说——是的，还没配好呢，麻烦您下次再来。这样她就可以理直的又在江城住下，又可以到医院来多几趟，或许就能见到他了。而她的生意，她的厂子，她的家庭却在这会儿全抛到九霄云外。

那位白衣丽人微笑着款款道："主任他们去西部义诊了，不过他交代了，凡是取眼镜的，找文医生就可以了。"这位年轻护士似乎以为个个人都认识那位文医生的，因而没有必要再特意告知。

"是这样啊。请问如何能找着这位文医生呢？"看来想见"天堂男"的如意算盘又该落空了——他们去义诊了！那天，他说"主任，这是余国海的资料"，他们似乎是一起的。她失落极了，她即将回艾城，真的没有机会再见他一面了……

"哦，抱歉。忘了要告诉你啦。"这位低头在书写着什么的姑娘终于抬起头来，右手执笔比划说："从这儿上五楼，往右直走，看见左边有座天桥，过了天桥的手术室就是了。不过，文医生今天有手术。你可能要上去等等他。"

苏鸥照着她说的去找，果然见到眼科和住院部的字样。她推门进去，又问了咨询台的姑娘，找到了文医生办公室。

敲门进去，有其他的医生告知文医生在手术室做手术还没出来，让她在办公室里等候。他们的办公室并排放了两列共五张写字台，文医生的在最里，靠墙放着，背对了窗。右边，靠墙的那头玻璃瓶里养着几根富贵竹，葱葱郁郁；旁边摆了一对水晶做的天鹅，嘴对着嘴。医生们总埋头在纸上沙沙地写着些什么东西，偶尔跟临近的同事交头接耳地耳语几句话。苏鸥仿佛又回到读书年代，这只有在学校里才感受到的气氛，她居然在医院里找着了。只是出了这扇门，她将见到许许多多痛苦的病人，太平间里依旧有逝者与他们的亲人阴阳两隔。

有几张方凳子零星摆放在角落里，估计是做笔录的时候给病人家属坐的。苏鸥搬了其中一张到文医生的办公桌旁坐下。他的桌面上摆着一本《临床心理学》，苏鸥顺手拿过来翻看。书上零星有些注释，字写得遒劲干练，应该是经常书写的人才练就的笔墨。

陆续有医生进来，又有医生出去。进进出出之中，办公室也只剩下两个医生了，嘉梅打过两次电话来催促。

苏鸥看着也将近中午，于是起身准备离去。走出门口刚要左转，却有一个穿着白大褂医生模样的人从左边急匆匆地撞面而来。苏鸥一看到这人，脚像生了根似的竟挪不开步子了。她不是想见他么，他就是那个让她见了一眼再也无法忘记的"天堂男"，那人正匆匆地朝她这儿走来。她心里开始纠紧，站着一动不动地眼看他走到她的跟前。

如第一次见到她一样，他还是专注地注视着她，并不忘礼貌轻微点点头。只是这次他像认识她似的，言语温柔地问："你是胡译南的妈妈，过来取眼镜的，是吗？"

她忽的明白这就是文医生了，她惊讶地看着他，仿佛因为接近得太快太突然，她有点不相信自己的眼睛了。就在刚才，她咨询那位护士的时候还沮丧不已，以为再没希望能见到他的，以为过了今天她将回艾城，从今往后再也见不到他的，然而现在他却奇迹般地站在她的跟前，跟她面对面地讲着话。

"你带孩子来的那天我们见过面的，可能你忘了。"他继续微笑着向她解释说，"梅主任到西部义诊了，一时半会回不来，你有什么事就找我吧。"说完他态度亲切地看着她，似乎对她的表态很期待。

"是的。"她答非所问，想着他的话儿"可能你忘了"。我忘了？呵呵，多少次我在医院里转悠，就是想见到你啊，然而他说"可能你忘了"。今天终于见到人了，可自己立马就要回艾城去了。想到这儿，她自言自语道："我们马上就回去了，再见面是不可能的啦！……我没带孩子来……他的眼镜在哪儿呢？"

"哦。"他立在她的跟前侧耳倾听，神态专注而执著。等他微笑着听她讲完话后，他皱起了眉头："啊？"

他接着提高声调问："什么'回去了，再见面是不可能的啦'？你在说什么？"

她听到他质疑后，知道自己在他面前失态了，然而回过神后尽量用平静的语调说："也没什么，就是要回去了。"

听罢，他安慰她说："回去也没所谓呀，你可以打电话给我。"说着向办公室走去，自问自答地边走边补充道："待会儿我给您我的名片。您还可以随时联系我。嗯，孩子嘛——没来也关系不大，您家里有视力表吗？有视力表在家里自己检测也是可以的。一会您跟我到门诊取眼镜，眼镜就放在那儿呢。"

苏鸥跟在他后面，心里像充满了一个个按捺不住激动欢喜的小泡泡。她越发觉得他的背影是那样的高大魁梧。但出于常理，她还是有些担心地问："如果不行还是要来换的，是吗？——我们什么时候去门诊？"

"麻烦你稍等，我写份资料就走，医院有规定，病人资料当班次必须整理完毕上交。抱歉了。是的，一旦发现什么问题马上回来换。"他腼腆地说，示意她在一旁的方凳子上坐下等候。

他写了将近二十分钟，期间不时抬起他清秀眉毛下的眼睛，思考似的看着桌面上的水晶天鹅，又似乎在搜索着某种记忆；有时候把目光投向苏鸥，看到苏鸥正在打量他，就迟疑又惊恐地一瞥，马上把目光收了回去。

直到中午时分，其他人都走了，他才写好材料。他们并肩走向门诊。一路上不时碰到将要就餐和已经就完餐的医护人员、穿着白大褂的医生。文医生愉快地和他们打过招呼，苏鸥感到医生和自己在一起的快乐，她觉得跟他这样走着，在一起，是理所当然的，那气氛是这样的自然亲切，像在梦里经历过一样。

"您住在玉海苑？"在楼梯的拐角，他问。

苏鸥正品味着他给自己带来的陌生又熟悉的感觉，冷不丁让他一问，懵懵地看着他，仿佛沉浸在睡梦中不想醒来。

他许久不见她回应，就侧过头看她，见她出神地在想着心事。"你怎么啦？"他关切地问。

第三章　还是想他

阳光透过楼梯拐角处的百叶窗，梳理着他柔软的发际。苏鸥抬起头只怔怔地看着他，脑海里一片空白。须臾之间，她在他的眼睛里找到她自己的影子，看到清纯、热情和漂亮。

他俯身看着她，在她的眼睛里也看到自己的影子，看到阳光、热情和英俊。

他二十九岁，她三十岁，两个热情的人在彼此的眼里找到了自己。

片刻之后，她慌乱起来。因为随后她就发现，他的眼神刹那之间竟如同有千万道闪电跟随在心里穿梭而过。她心里一阵惶恐紧接一阵惊悚，心跳卡住喉咙，眼睑倏地盖下，任他目不转睛地盯着她看——细细的，从脸到手到脚。

她有一种羞辱感，仿佛自己是赤身裸体地站在他的前面，这让她羞赧得涨红了脸。

她手足无措地看着他。

他薄薄的眼镜框里折射着狡黠专注的目光，镜片的背后，表情纹浅浅地趴在眼角上。

他是来揭她的短的，苏鸥想。自己心底里最软的东西肯定握在他手里，他像个主刀医生，曾剖开过她的心肺筋骨。她在他的面前显得有心无力。

"我看到病历本上写着这个住址，我爸爸和妈妈曾在那儿住过。"也许看到她的窘态，"主刀"医生终于放了她一马，他带着胜利的微笑，态度依旧可亲地说道。

于是仿佛两人之间不曾发生过任何事情，他们继续走下楼梯。苏鸥说那是表妹的住所，她和儿子是从艾城来的。

"艾城？"他颇感兴趣地大声说，"那个盛长艾叶，传说中因为落魄的皇帝在那经过时，吃了当地农民做的艾果得以获救而出名的城市吗？"

"是的，你也听说过这个典故啊？"苏鸥微笑着问他。她很小的时候，曾听姥姥讲过那故事的。只是这样的老故事随着姥姥入土为安，就少人提及了。

"我喜欢地理杂志，之前去艾城时，看过当地的县志，所以知道。"

"是啊，看到艾城陶瓷介绍没有，跟景德镇的相比可是逊色不多呵。"

"也看了，曾进贡过历代皇宫呢，本来艾城跟赣州接界，渊源就深嘛。"

"对呀。告诉你个笑话，我曾在江西的版图上找大同——"

"那不是山西吗？几时跑到江西去了？"他哈哈大笑。

"这您就不知了，江西还真有大同。"

"江西和山西，此西非那西。"他说着又呵呵笑了起来。

　　说笑间，两人已走到门诊处。取过眼镜，医生又叮嘱了一番，然后又从抽屉里递张名片给她。苏鸥双手接过来仔细看了，上面写着江城第一人民医院眼科，文粒，副主任医生，接着是电话号码、寻呼机号码、邮箱和详细地址。这名字让她想起李嘉梅曾经提起过，下意识地问道："难道你是庆延的哥哥？"

　　"啊哈，你认识庆延？"

　　"是的，现在认识了。我是李嘉梅的表姐，前些天庆延还请我们喝茶呢。"她心里惊讶极了，这世界真小啊。

　　"哦,你还是嘉梅的表姐啊！那真抱歉让你等那么久了……我昨晚值夜班，今天下午四点还有个小手术。改天一定请你吃饭补过。"

　　苏鸥说："您客气了，谢谢。"接着就迈步出了门。

　　他关上门后又跟她走在一起，苏鸥诧异地看着他，正想问他怎么还不去吃午饭。他心领神会，解释说要先回家休息，下午手术时间再过来，还生怕她操心似的强调说那只是一个小手术。

　　出了医院大门，分开在即。他说因为昨夜值班的缘故，并没有开车过来，于是准备去打出租车。

　　他挺拔地站在自己的眼前，转瞬即将离去。苏鸥突然觉得不舍，蓦然生了依恋，觉得他跟自己有千丝万缕的牵挂。她一再表示他可以坐她的车子回去。虽然与李嘉梅有着游丝一样的联系，但毕竟与他也只见过两次面，对着这般陌生的男子，她却一再请求他坐自己的车。她自己觉得自己挺轻佻，她自己也不知道为什么。几乎毫不犹豫，他竟然同意了。

　　苏鸥一直记得那个动作——文粒坐上副驾座后，看见靠副驾座的雨刮下压有一张小广告纸，他娴熟地摁下了车窗，伸手抽走了那张纸，动作优雅。苏鸥看他这个动作就像欣赏一幅雅致的油画，或者说是静谧的黄昏，农庄袅袅的炊烟，又像是听了一曲洒脱不凡的古典音乐。她越发喜欢他了。他们轻轻地聊着不着边际的话题，讲起汽车，他也与她同样不喜欢日本的车。中途他的寻呼机响了，他看了上面的留言后不再言语，只不时打量她，有几次欲言又止。她开着车，眼睛看着前方，但知道他的眼光锐利地在看她。

　　汽车驶到一座大商场前停下，这是他要求到的地方。苏鸥猜想有个女人在等他。从他看完寻呼机的留言后的表情和到达的场所推断，跟他的关系应该非常亲密。他看起来三十岁左右，有女朋友甚至结婚育儿都很正常，苏鸥觉得自己很奇怪，为什么要去想这些。下意识里，她想他们将会有遥远遥远的事在等着发生一般。

等他下车消失在茫茫人海里，消失在灼眼的日光里，苏鸥才确认他的确走了。她看看挡风玻璃右下角的雨刮，那小纸张的确不见了，一个熟悉又陌生男人刚才把它捡走了。

手机唱起了《在雨中》，李嘉梅又来电让她直接到麦田茶楼，午饭就在那儿开。

苏鸥呆坐在汽车里半晌没回过神来。在很久很久以前，像在亘古年代，她仿佛丢了什么重要的东西在那儿，一直搁浅在她很年轻很年轻的时候，现在重新回到了她的身边。少女时代的情怀，一下子从骨子里冒出头来，混进血液流淌。爱情的错觉挂在眼角，像极全盛的娇媚玫瑰，纷至沓来。她真怀疑，自己爱上他了。

这一切，是如此不可思议。

第四章 回艾城

苏鸥前脚刚刚离开，后脚胡明熹就到了李嘉梅的家里。

"爸爸！"胡译南第一个扑到他的怀里，然后就一直赖在那儿不动，什么也不说，只是乐呵呵的，嘴角一直咧着笑。

胡晓燕伫立在他的身边，如果换成去年，八成也会搂着哥哥的脖子撒娇。但小姑娘忽然地就矜持起来，也高兴得只是抿着嘴微笑。

片刻之后，胡译南满足地从他身上溜下来，这会儿吸引他的是胡明熹从旅行袋里拿出来的 LEGO 积木。胡明熹只要出差总会带这款牌子的积木，从冲锋枪到坦克，总共已有 31 种热兵器，这次带回来的是一艘潜艇。

胡译南和黄子东迫不及待地溜进书房，开心地组装起来。

再从行李箱里取出来的是胡晓燕的 Casio 手表，再有就是一些零食、毛毯等送李嘉梅和亲戚们的手信了。当然，压箱底的全是苏鸥的货，法国香水、日本卸妆油、美国润肤霜和眼霜等，都是她一直在用的牌子。

这天是周末，李嘉梅的姐姐李嘉兰从南京某所中学交流学习刚回来，听说苏鸥还没走，就兴致勃勃地携着全家也聚集到李嘉梅这儿来了。

不像李嘉梅只掳了父母的长相的长处，李嘉兰专一地继承了父亲的单眼皮、椭圆脸，还有不丰润的嘴唇，唯一显露母亲的痕迹的是继承了母亲的高鼻梁。现在这鼻梁上正架着镶着金框的近视眼镜，更彰显了"腹有诗书"的斯文。

一干人等坐在沙发上等苏鸥回来。李嘉梅的母亲还在厨房、阳台和房间之间步履缓慢地进进出出，因为要准备李嘉兰一家晚上的睡眠用品，最后还要切一大盘水果出来招呼家里这些小姐少爷们。老人是心甘情愿的，这些小姐少爷们一旦出了这个家门，都得为生计彷徨奔波。她每每想到这里，看着他们热热闹闹在一起，感觉手里的活儿便轻又轻了。

"哎呀,明熹,快两年没见你了!"说话的是黄谒,李嘉兰的丈夫,香江律师事务所的金牌律师。在家里,即便他脱去黑色的律师服,穿上睡衣,那种法庭上庄重严肃的眼神却依然在,嘴角的笑也似乎是牵强的。

"是,表姐夫。记得最后一次见面,还是春节回鹿家镇的时候呢。你爸爸妈妈可好?"

"我妈妈常惦记着你们。每次打电话总提及你和苏鸥。你经常往以色列跑?"

"是的,公司主要与中东国家的公司合作,以色列也常去的。表姐夫,对以色列情有独钟?"

"呵呵,没有……手头上有个案件,跟以色列的节水科技有关,如果更深入了解一下会更好。"

胡明熹又是一番侃侃而谈,讲到以色列的节水技术和经商的天才,一阵艳羡。姐夫黄谒也和他讨论起来,像极了法庭上的辩方。

大家正在兴头上,胡明熹的手机像定时炸弹一样突突突地响了起来。

"哦,小鸥……你已经去了,哎,好好好。马上来……"

虽然李嘉梅打去电话催促苏鸥,但胡明熹精彩的演说吸引了大家的注意力,谁都忘记了吃饭这桩事了。

几乎每次家庭聚会,都在麦田茶楼进行,那个地方快成了李嘉梅的根据地了。

午饭过后,他们在茶楼稍作休息。胡明熹礼貌地谢过李嘉梅对他妻儿妹妹的照顾,末了还让胡译南也谢过李嘉梅。

一阵热闹的家庭聚会后,他们就往回艾城的路上赶。快到家里的时候,圆圆的月亮挂在高耸林立的楼顶上,俯览街上川流不息的车辆和人群。不一会儿,夜幕降临,星星闪亮在天际上,看街道霓虹灯闪烁,万家灯火。

回到艾城,一切恢复了往常的样子。

日内瓦的那个客户非但没有要求退货,反而增加了百分之三十的订单,只给一个月的时间交货。苏鸥他们工厂原先只加工别的厂家提供的白底,两年前才配置加工瓷器白底的生产线。因为生产力有限,强接了这单后,只好没日没夜地加班。到了月底,竟然将瓷器如数生产了出来,贴花、镏金边一一完美地完成了任务。接着只剩下把一排排架子上的一筛筛盘子、碟子、汤匙等瓷器进窑，烧到贴花图案清晰平整、镏金滚圆动人时再出窑，然后打好包装，运到码头，装上大货轮，飘洋过海运到别的国度。

厂里负责看窑的是胡明熹的舅父陆满福和另外两个亲戚，他们交替上岗。

在胡明熹没开工厂之前，这位陆满福舅舅从呱呱落地那刻起，一直生活在农村，田里的活儿是他最拿手的。苏鸥在鹿家镇的时候还吃过不少他送的青菜芋头番薯之类的食材，都是响当当的好货——菜的叶子必定是嫩绿嫩绿的，芋头是粉里带甜的，圆圆的番薯掰开来橙黄得像流着一层油，叫人看着垂涎欲滴。

这样勤快的舅舅，胡明熹喜欢，苏鸥也喜欢。

胡明熹开了工厂后，一些至亲的亲戚们来投靠他，找些活儿干，他们夫妻俩自然不能拒绝。于是胡明熹安排满福舅舅去看窑。其实看窑这活儿并没有多大的技术含量，最重要的是要守时，下窑到出窑的时间基本上是固定的，时间不够烧得不透，成品自然没有温润细腻的成色，但是烧过了则会把产品变成一堆灰炬。看窑的注意事项苏鸥夫妻俩没少和他啰唆。

满福舅舅每次都点头哈腰地表示明白，他真的是明白的：不就是按时进窑按时出窑？他心里觉得他们夫妻俩挺烦。这比他在田里做的那些农活，简单多了。简单，然而比做农活挣钱容易多了，一进一出，他就多了一窑的工钱。他一向以勤快出名，这次也不例外。

工厂里有规定，每个看窑人，一天负责8个小时，24小时轮班制。这个陆满福舅舅，原本已经到下窑的时间了，要换班的时候，他却仗着自己是老板的亲舅舅，硬生生霸占了另外一个远房亲戚的班次。那个远房亲戚没少找领班投诉过，但领班因为他是老板的舅父，也不敢怎样得罪他，渐渐地远房亲戚只好半歇着了。有时索性休息在家里，由着他的性子去了。

所有加工好的白瓷底、贴好瓷花打好金线的半成品现在都在库房里排着队，等着进窑。陆满福舅舅烧得一窑算着一窑的钱，这次竟连晚班都要占据！他心里盘算着只要赶完这批活儿，他再回去好好休息，要知道并非每天都有这么多活儿做的，赶完这批货，等下批货变成半成品的时间就够他睡足三天三夜了。

第一天他仅仅休息了三个小时，就又奋战在窑洞门口了。第二天夜里，他使劲让自己清醒，库房里的半成品只有两窑就烧完了，无论如何他一定要顶下去。

眼皮昏沉沉地像铅球一样压下来，冷水洗过了，还是沉着。好吧，他想，我眯一下下，半小时就醒。于是调好闹钟，他坐在椅子上，眯上疲惫极了的双眼。闹钟响了又响，响了又响——疲惫至极的人却深度睡眠了。只有繁星在黑黝黝的夜幕里眨着眼睛，看着熊熊的炉火旺旺地烧到了天亮。

第三天，早上六时多。

洗漱完毕，苏鸥信步到了楼下小菜园。每天清晨，到郊外菜畦里呼吸夹着露珠的清新空气，是她的必修课。郊外的泥土和田间万物，歇息了一个夜晚，吸足了晚间的露水，那种释放在空气中的清新的气息是白天里无法比拟的。

从江城回来以后，她就没睡过一天的安稳觉。不是躺在床上辗转反侧，迟迟难以入眠，就是勉强睡着了，也因为噩梦早早醒来，睡意也随着梦醒逝去。

她的婆婆，也是个种植巧手。她在楼下的小花园里，开辟了两垄菜畦，长豆荚、毛豆和一些不知名的豆类、黄瓜、苦瓜之类的瓜果，正生机勃勃地迎接晨曦。

苏鸥没再往郊外去，因为厂里任务繁重，为了争取时间，好些天都只在园子里转悠了。这会儿，她踱步穿过走廊，来到了工厂里。

偌大的工厂，只有这时是阒寂的。不消一个钟后，又会人声鼎沸，女工的说笑声和她们与男工的打情骂俏声交织。还没结婚的大龄青年搬运工阿莱，总会故意绕道到姑娘们身边，大声唱道："妹妹你坐船头啊，哥哥我岸上走，恩恩爱爱纤绳荡悠悠……"那个叫邬婶的女人总会大声问他："阿莱，昨晚我看见一个漂亮的女人进你宿舍里了，你老实招来，你们都做了什么了？"

"去你的！"阿莱的诅咒声未消停，就听得附近女工哄然大笑。这些笑声掺和着机器的转动声，瓷器轻轻碰撞时发出清脆的叮当声。苏鸥听着这些声音，觉得比任何的音乐都要美妙动听。这些情景正彰显着工厂的生机勃勃，生意的红火朝天。这时候的苏鸥最是惬意，每当她看到厂里的工人们安居乐业的样子就比喝了蜜还要甜，心里无比快慰。

绕过加工区，巡查至窑洞时，苏鸥发现窑门紧闭，看窑人却趴在看窑房的桌子上呼呼大睡，不祥的感觉涌上头来……

只消半个钟头，苏鸥就看到了最不想看到的场景，也是瓷器商最忌讳的——贴花、金边全像糨糊一样附着在变形的发黄的"灰土上"，整垄整垄白花花的半成品全变成了一堆堆的泥灰，窑洞里的发热丝也早变了形。

她忽的觉得胸口被一块长着犄角的巨石锥心扎了进去，接着脑袋一空，两眼发黑，竟晕了过去，不省人事……

不知过了多少久，朦胧中苏鸥听得一人在说话："疲劳过度，加上精神紧张，晕倒的时候给什么硬物戳伤了。"

"是，薛医生，晕倒的时候刚好撞在桌角上，碰翻了桌上的一只杯子，不偏不倚地正好又砸到眼睛上了，这以后会不会有什么后遗症吧？"苏鸥听出来这是胡明熹着急的声音。她立刻明白了她在医院里，因为刚才她不知道为什么的就晕倒了。她又想起了窑里的成品，不，那堆泥灰。

只听得那个被胡明熹称为薛医生的又说："她的眼球由于受到撞击，引起出血，也就是外伤性前房积血。看情况该属于Ⅰ级出血，倒也不是十分严重。"

她听见胡明熹语气焦急又问："Ⅰ级出血该多长时间能恢复？"

"淤血消失就好了，一般看个体而言，三五天吧。如果六天后前房积血无减少，看情况治疗，或要动手术，这个到时候说吧。现在病人须半卧位静养。一会儿她醒来，让她尽量减少活动。"

"明熹！"因为听到医生这样说着，苏鸥开口了，"我看不见东西。"

"你醒了！"她听得胡明熹关切地问，"老婆，你感觉怎样啊？"

"眼睛有点儿热辣的痛，现在知道了什么叫眼不见为净——真是一片干净的漆黑。"要换了往常，她肯定比现在着急又害怕。但自从她认识了文粒后，对医院就有了亲切感，不再觉得是个生死场。尽管眼前漆黑一片，她却笃定相信医生的话，觉得不会有什么大问题。

"您感觉那里不舒服？"苏鸥听得出是那个薛医生询问她。

苏鸥说感觉后脑勺和眼睛有点痛。医生说："后脑勺只是一点点皮外伤，不碍事的，倒是眼睛在晕倒的时候撞到锐器了，你需要静养几天，方可取下纱布。"

苏鸥听他说了，用手轻轻摸了一下包扎的眼睛部位，有点担心地问："我会不会以后是个瞎子呀？"

"放心好了，"医生笑着开口了，"只是睫状体和虹膜发生小撕裂，出血了，一般情况下几天就恢复了，甭担心。"

听到他又对胡明熹说："一会儿护士送药过来，记得吃啊。哎，还有，那个苏鸥，你运气好，江城人民医院的文医生是眼科专家，刚好也在医院里，跟我交情不错，下午我请他过来看看您。"

"文粒医生吗？"苏鸥心里掠过一阵欢喜，激动地问。

"是——咦，你认识他？"

听到医生惊讶的口气，苏鸥想胡明熹一定也很纳闷，于是笑着说："他是我儿子的眼科医生——梅利彬主任的同事。"

"哦，江城第一人民医院的眼科是全省出了名的，我们医院因为有位病人需要会诊，就请了他来。你们既是旧相识，那更好……好了，胡先生、胡太太，你们聊吧，注意病人休息就是了。有什么事找我。记住半卧位！"

薛医生说着走了。苏鸥想起那瓷窑里的瓷器，又痛心起来，明知故问胡明熹："全烧毁了吧？"

"你也不要太担心了，事情已经这样，伤心于事无补，我到邱绍铨那儿先补些货，自己再赶紧生产些，这货还是能如期交到。你就不用再操心了。"

"也只能这样了，好在我们以往只在邱绍铨那儿订货。要是像某些人，只捡哪儿便宜在哪儿定，今天东家明天西家的，只顾压价。如果也出了像咱们今天这样的事，估计这货就交不上了——谁愿意在几天之内绷紧精神给你加班生产呀？"

"是的。只是，虽是这一窑烧坏了，你也不至于紧张到晕倒呀。"

"我想可能跟这段时间一直加班，人本来就比较紧张有关。更何况从江城回来后一直睡眠不好，老做噩梦，应该是太累太疲劳了。"

正说着，胡明熹的声音突然提高了几个分贝喊道："妈妈，你怎么来了？"

来者正是苏鸥的母亲苏妈妈。

苏妈妈六十三岁，齐耳的满头银发，身材瘦小，精神矍铄。

老人家早先去北京带大了苏斐的女儿苏滢，好不容易苏滢上了小学了，苏鸥又生了胡译南，苏妈妈就马不停蹄地帮忙苏鸥带了胡译南。

一年前胡译南也读小学了，她才松懈下来了。从五十三岁开始带小孩，十年过去了，乌丝变成银发。因为天天对着，倒还不觉察，但猛然想起，足以感受到岁月流逝的无情。因此苏鸥商量说："妈妈，您就跟着我住吧，有您在家里，我感到踏实，总认为自己还是孩子。"

然而可以安心养老了，苏妈妈却说要回自己老屋住。她说："过年过节时儿子媳妇女儿女婿还有孩子们回来一起过，这样多热闹啊。而且，我还放心不下咱老屋呢，你想，老屋前的金凤树，我嫁给你爸的时候才腰杆粗，现在须得两人才抱得过。凭这个，我就愿意天天瞅着它，还甭说屋前的流水，屋后的林子土丘了……"说着，她流露出无限的怀念和深情。

"如果不是因为孩子们的问题，打死我也不离开那老屋的，"她最后说。

苏鸥和她哥哥苏斐执拗不过，就只好由着她了。老人家有时候到苏鸥这里小住一段时间，到了秋高气爽的季节，又会去苏斐那里小住一段时间。苏鸥老怂恿她再找一个老伴，这样就有个陪她说话的人了。她总笑着说："再找一个老不死的，到时候连累了你们。你们还嫌养的老人还不够多呀，生老病死的，多缠人啊。"

今天她万分火急地赶到医院，苏鸥知道，自从她爸爸两年前脑血栓在医院里去世后，苏妈妈对生病和医院就陡增了恐惧，生怕她的亲人一旦进了医院就出不来了。然而，人生在世，谁又能断定自己永远与医院无缘呢？

眼下，女儿就住在去世的老伴曾住过的医院里，叫她怎不揪心呢。

"小鸥，你怎样了啊？"苏妈妈根本没留意胡明熹的问话，她的一门心思只扑在苏鸥身上。

胡明熹和苏鸥只好跟老人家说只是疲劳过度摔了一跤，没什么大碍。老人半信半疑的，唠叨道："净瞎扯，好端端的就摔进医院里了，明儿我摔一个不进阎王府了？"

苏鸥撒娇地叫道："妈……"刚一出口，苏妈妈马上打断她的话，说道："敢情我就想你有事啊？——没事更好。"

她见苏鸥精神气色还是挺好的，也不见要输液之类的，一颗悬着的心落下来。又问："既然没什么事了，为什眼睛要包裹住呀？没事了，住医院干啥呀？"

胡明熹和苏鸥又解释了一通，把病情往轻里说给她听了，并安慰说真的无大碍。那情形好像生病的人竟是老人家而并非苏鸥。

胡明熹在苏鸥刚进医院的时候也不知道会是怎样的情况，刚进医院他就急急地通知了远在北京工作的哥哥苏斐，心想万一事情有个好歹也好跟苏斐商量商量的。他估计是苏斐打了电话给他母亲——那也奇怪，岳母在老家鹿家镇过来怎么也要两三个钟头啊。

胡明熹正想问她是不是苏斐告诉她的，只见苏妈妈又说："你哥一打电话来就把我吓得——我当时还在街上溜达呢，听了你哥的电话，也没回家，就赶去坐车，还没到站就碰到咱们家以前邻居王跃进正开着出租车经过，就坐他的车过来了。"

苏鸥一直半卧着跟母亲说话，才一小会儿觉着渴了就叫胡明熹倒水喝。

"真就只是摔到眼睛了？只几天工夫就好了？"老人家看着苏鸥摸索着接过水杯喝水，又忧心地问。

苏鸥赶忙解释："妈，真没什么大碍，只是摔到而已，您不用担心啊。"说完转头对胡明熹说："一会儿你带妈妈回去吧，医院里怪不舒服的。"

"让我瞅瞅我闺女，"苏妈妈说着，凑近了，从头到尾仔细检查了一遍，"小鸥，要不我在这儿陪你吧。"

"妈，得了，您就歇着吧，在家里好好待着，就几天，我回去看您。"说着，叫胡明熹送母亲走。

苏妈妈哪里肯就范，她那老伴进医院的时候也说是轻微的病症而已，结果就再也没出来。想到这儿，她心酸难抑，老泪纵横起来。

"看看，您这是干嘛呢？妈，可告诉您啊，您这是妨碍病人休息。"苏鸥急躁地说。她最见不得老人在她面前流泪，每次老人哭了，她都脑袋发胀，方寸大乱。

正在她愁眉不展，内心纠结的时候，听到胡明熹的母亲也在病房门口放声哭道："苏鸥，妈对不起你，本就不该让他做那份工的……"接着苏鸥听到一群人涌进病房来，其中似乎有小姑的声音，有舅舅陆满福的声音……她知道家里人都到医院来了。

一时间病房好像个殡仪馆。

苏鸥和胡明熹给弄得哭笑不得，好半天才把大家平息下来。原来，胡明熹妈妈刚到病房门口，就听到苏鸥妈妈在哭着什么"瞎了"的，她一着急恨自家人伤了她就跟着哭起来；舅舅陆满福在一旁不断自责；小姑胡晓燕还在上初中，看到嫂子双眼包扎，也跟着大家伙儿哭了。

一早起来经历了这些事儿，苏鸥觉得烦躁透顶，表示说很累想休息，请大家不要咴咴不休了。一班亲戚既感到惊讶又觉得理亏，面面相觑，不敢再吱声，就成群出去了。

苏鸥把胡明熹也打发走了。

闹哄哄的病房顿时安静下来。苏鸥长长舒了口气，忧闷极了。

她欠身斜倚在床头上，早上的事情历历在目，像幻灯片在脑海里放映。好几十万元——那可是她和胡明熹多年来的积累啊！从一团团瓷泥巴到成型，打磨，上釉，再烧制；然后贴花，圈金边，到最后又进窑烧制。一道道工序，历经多少人的手，可就这样化为灰烬……一想到这儿，苏鸥的心口就隐隐地痛。

这个月来，她铆足了劲加班加点。她本来可以一如既往慢悠着来的，只管管账就可以了，可现在她却没法子这样做。自从江城回来的那天起，她就知道自己陷进了某个漩涡里，在那里不能自拔——她想文粒！她似乎每时每刻都在想他，她想那双目不转睛地盯着她看的深邃眼睛，想他直线一样的发际，想他说话时细长的声音……啊，为什么他的言语全烙在了脑里，挥之不去，仿佛那话语还时刻在她耳畔回响！

她从不知道思念是要这样折磨人的，只好拼命工作，以期减轻一点点的痛楚。短短的个把月，她却觉得像是过了漫长的百年。江城离艾城有将近二百公里路程，她多少次扼杀了想去找他的冲动。噢，刚才薛医生说他现在在这里，和她同在一所医院，她过一会儿就能见到他。

她只见过他三次，她想他一定不会像她思念他一样思念她的，而且她已经结了婚！就她这样，在婚姻伦理上，是不是很不道德？他才不会像她那样没有伦理道德，所以他才不会想她的，一丁点都不会。她这样想着，强迫自己也要像他一样。只是不经意看到对方的好，对方的美，那不是长久的，经不了时间的考验的。况且不是有心理学家认为，爱情只是荷尔蒙的一种结果，而且最长只不过两年的寿命吗？她不要这种单相思，也不想跟世俗做斗争，跟婚姻道德做斗争，不想悖逆社会的伦理观念。她更不想活在异样的眼光里，她厌倦一切的争斗，厌倦一切的非议。

她只想单单纯纯地活着……

那年，她还在读大二，胡明熹比她高一届。每天她去饭堂打饭，他一定在等她；宿舍里轮到她灌开水，他一定殷勤地帮她拎到宿舍门口……

她曾暗暗喜欢过她高三时期刚刚大学毕业到她们学校实习的语文老师，但后来听说那老师已经有女朋友了。她私下伤心了一阵子，认为爱情大抵也不过如此罢了。胡明熹那时候追她有多紧，她也忘记了，只记得他是所有她认识的男孩当中，对她最认真、最好的。虽然苏鸥觉得那不是什么惊天动地的感情，但对他也不讨厌，就结婚了。婚后，接手他母亲的生意。

不是说，女人要嫁给一个很爱自己的人才幸福吗？

只是苏鸥现在才发现，爱情是一种能让内心有归宿感的东西。遇到文粒之前，虽然胡明熹给了她一个女人该有的一切，让她有了家，让她变成了一个完整的女人。然而，文粒却让她觉得活着是那样幸福，心里是那样的温暖。她从来没有像现在这样内心如此平静过，仿佛飘萍一样的日子不再回来，这仿佛是她一直在等待着的一种东西；或者说，她之所以来到这个世上，全是为了要等待这件事的来临的——那是以前她自己不知道的。

她恍恍惚惚地想着，不觉睡着了。

睡梦之中，苏鸥去到一条两旁种满白杨的林荫道上。天空昏昏暗暗，路上寂静无人，路两边长满野草和藤蔓。她不知道自己为什么会走在这条路上，也不知道要去哪里，那条路蜿蜒地延续着，看不到尽头，她只沉闷地一个人一直走着。

忽然文粒迎面走来，他来到她身旁，像那次一样热切地看着她，张开他的臂膀。她欢天喜地地挽着他的臂膀，不时抬头用雪亮的眼睛喜悦地看看他，心里像揣了个暖和的炉子，温暖又踏实。

他们一起走到小路的尽头。尽头接壤处是宽广的草原，绿野蓝天。他站在绿茵上，靠得很近很近地和她说话，气息吹在她的脸上。她看着他，既高兴能看到他，却又隐隐知道他即将离去而难过。她轻轻呼喊他，叫唤他的名字，他笑着看她，就是不回应她。她的心纠结在一起，火急火燎地伸出手，想触摸他，想仔细再看看他，可无论她怎样努力都碰不到他了……

忽然乌云卷来，昏天暗地。他无缘无故地像影子般飘曳而去，她揪心地呼喊追赶。踉跄之间，她跌倒了，身边变成万丈深渊，而他却飘远在悬崖边上。她急得泪眼婆娑，他却加速后退，正当那身影就快在她眼眶消失的一瞬间，他的躯体却突然四分五裂，魂飞魄散了……

她吓呆了，心被镂空了一般，发狂地喊："等等我，不要啊，不要……"接着，她听到自己哼哼唧唧惊恐的低叫声。她被惊醒了，额头冷汗涔涔。

"又做噩梦了，"胡明熹坐在她床边，微笑着安慰她。

午饭过后，她在漆黑的世界里和胡明熹聊了一会天。他们虽是夫妻，而且一同经营企业，但这企业一开门就一直大事小事不断，夫妻俩各顾各的活儿，他们竟然很长时间没促膝长谈了。苏鸥一直在做计划，扩编人员，但新的人手一到，新的客户也来了。所以企业成立了这些年，他俩倒像合伙的生意人。

"老婆，等忙完这茬事，我们去哪儿旅游旅游，"胡明熹说。

苏鸥笑了，揶揄道："好。等这批货出了，然后开完秋交会，接着找个新厂长，年底去工业园管理那一片新厂房……唉，你说那是不是已经建好的呢……还有，如果钱不够，该找哪家银行信贷呢……"

她才不信那鬼话，他都不知讲了多少遍，那台词她都背下来了：老婆，等忙完这茬事儿……干吗干吗去。

胡明熹窘迫地低头不语，可惜苏鸥看不见。

片刻的安静后，苏鸥又开口了："我还是自己带儿子去吧。他们今年语文书里有介绍天安门的课程，就去北京，正好也探望哥哥嫂子。对，把妈也带上。往后他们课程里学到哪个景点就带他去看哪个景点。"稍作停顿后，她昂头对着胡明熹，笑嘻嘻故意又补充说："当然你是编外的……"

这话果然激惹了他。

"你以为我不想和你们一起去啊？我要去了，谁打理厂里的工作啊？"他铮铮地辩白道。

"啊哈。是噢，在鹿家镇开店的时候，你就说等生意上了轨道，每年去一次；后来一直都没上过轨道？就算1995年的时候去了一次丽江，你到了宾馆睡到床上就不肯起来了，结果还不是我和儿子两人去？等我们回到宾馆，你还在梦里呢。我跟你结婚七年了，一年三百六十五天，天天上班，生病也不例外。我一说你，每次你就拿工作来压住，休息两天厂里就运转不下去了？多少人开着大集团也一样有时间一家大小去游玩一阵子，难道活着就只有工作？"苏鸥说完，觉得无尽悲哀。

二十岁出头年轻的时候，迫于生存的压力，她跟他接手那破烂摊子，硬是从一间小店铺扩展到今天这个模样。功夫不负有心人，今天他们拥有自己的公司和工厂。可她原不想生活是这样的，她只要衣食无忧，有稳定的住所就够了。

"我这不是为了你和儿子吗？我想要你过上普通人过不起的生活！我想让儿子有别的孩子没有的起跑线！如果没有你和儿子，我的这一切就没有了意义……"胡明熹叹了口气，又解释说。

"你不会明白我心里想要什么的，但却强扣了这样的帽子在我们娘俩的头上……难道，仅仅为了我们娘俩？"

"当然，为了出人头地。你知道的。"

"我知道，可是，如今已经达到了——再说了，只是调整一下作息，并不是停下来。"

"你还是不明白。如果你被人唾弃过，你就知道，现在的生活，有多么重要。我们不能后退，只能一直朝前走，明白吗？"

"没有人能肯定一定能进步的，这太难了。明熹，我们只要努力了就行了。"

"唉，你还是不明白我……"

病房陷入短暂的寂静。胡明熹跟她讲以前的事，他小时候的故事，那个曾经被唾弃的孩子内心的无助和孤独！他需要靠大人和老师的称赞来支撑他的精神世界，证明他是个好孩子，是个有用的人，他不是凶手，他从来没有杀死谁，他爸爸的死跟他没有丝毫的关系。他讲述过去的事情，泪流满面，她同情他，被他感动。

现在，她觉得自己被活生生绑架了，她厌倦了他对事业近乎偏执的投入。如今，他还要怎样去证明呢？她敞开胸怀迎接他的时候，没有想过有一天，对他曾经的不幸会厌倦。现在，她身处医院，便想到了死亡和天堂，父亲去世以后，她仿佛觉得父亲就是从医院直接进到天堂里的……窗外太阳的强光，为她的漆黑世界增添了一抹温暖。或许因为双眼包扎，病人对声音就特别敏感，这会儿她隐隐听到远处传来脚步声，正朝着她的方向走来。

进来的是护士，拿了药液和静脉滴注的仪器。护士刚开始要做静脉滴注，苏鸥的妈妈接着就进来了。

"妈，您可别又来招惹我喽。"苏鸥笑着说。

"我不闹了，"苏妈妈比早上镇定多了，笑着说，"我陪我闺女说话。"

于是苏鸥和她聊起了家常。胡明熹见有岳母陪着，而且苏鸥和老人也极力劝说让他回去歇息，就回去了。到晚饭时分他才过来。胡明熹走后，一些亲戚也来看望。大家说了一会话，无非是叹息损失，再安慰一下病人诸如好生养病、不要太操心之类的话。

就这样在医院里待了两天，竟让她觉得比平时还忙碌。她现在只有午休的时间了，余下的时间里陆续有亲戚朋友来探望。

薛医生早上和午睡后都来视察病情，见她情况很稳定，就说再住两天可以出院了。文粒每天上班前下班后都会来看她，有时跟薛医生一起来。

每次文粒来，苏鸥的注意力就全集中到他身上，以致他拖沓脚步的声音、检查病情时发出的轻微的声音、衣服摩擦发出的窸窣声，甚至他做笔记的刷刷声，苏鸥都能与其他的医护人员的一一分辨开来，更别说他说话的声音了。每次他从老远处走来，她就知道他来了。他总是轻盈地在门口站那么一小会，才进来。如果病房里没有其他人在，他站的时间会更长些。第六感觉告诉她，他在那儿细细地在看她。每次他为自己治疗，苏鸥心里就好比灌了蜜一样甜，巴不得他来了就不再离开。有时候她觉得，哪怕就像现在这样见不到他，哪怕他连话也不跟她讲，只要可以堂而皇之跟他待在一块，这病也病得值得了。

当他温暖的大手轻轻按在她的额头，揭开纱布仔细检查她的眼睛的时候，她在眯缝里看到他认真又专注的样子，感觉幸福极了。不由得抓紧机会盯着他的脸庞、眉毛和眼睛，看了又看。打开只是例行检查而已，不一会儿工夫纱布又得重新盖回到她的眼睛上，她又看不见他了。他有时眼神和她的相碰撞，流露出怜爱和眷顾，还有疑惑。她不知道他在疑惑些什么，胡明熹吗？还是她已经结婚的事实？

"看到重影吗？"他温柔地问。

苏鸥摇摇头。"会留下好大的伤疤吗？会不会毁了容啊？"这个问题困扰她好久了，她都想问好多次了，但因为有他在身边，幸福和紧张占据了脑袋，所以总忘了要去问。

"会，留下大刀口子一样的伤疤，好不了了。"他微笑着说，目光狡黠。

"我要镜子，让我看看。"她惊恐万分。

"苏大小姐，就算毁容也有人要你，甭担心啊。"他又坏坏地笑了，"眼压已降低至正常值，前房积血全部吸收，保持Ⅰ级出血诊断。还是用三七粉和20%甘露醇液治疗，估计明天可以不用包扎了。"说罢，眼睛被纱布盖上。

她也不好意思当着那么多人的面再争执了，只好忐忑地等候。总有一天会知道的，她想，不再纠缠着他问了。

医生们离去后，苏鸥又不放心地问胡明熹："真的留下好大的伤疤吗？"

"没有，只有一点点，细沙那么一丁点。医生在跟你开玩笑呢。"苏鸥听了，心里更不安了。她想，伤疤是一定有的了，可能胡明熹为了安慰她故意说小了的，但心里却挺愿意相信就只那么大一点，她一下子分不清楚这俩人谁的话是真的了。

晚上，护士揭去纱布，叮嘱她不要靠近强光，苏鸥心里甭提多高兴了。明天天一亮，她就可以看见心上人了，真是鼓舞人心。

天刚蒙蒙亮，苏鸥就醒来了。她睁眼朦胧地看到病房里简单的陈设，看到床头柜上花瓶里的玫瑰花，看到胡明熹躺在床对面的沙发上睡着了——这是一间单人套房。

她想起了眼睛上的疤痕，立马下床奔至洗手间，站在镜子面前。她仔细看了又看双眼，它们仍旧闪亮地睁着，只是右上眼睑处有手指头那么大一块结痂未曾脱落。既没有文粒说的那么大、那么长，也没有胡明熹说的那么细、那么小。

她想起他的话："苏大小姐，就算毁容也有人要你，甭担心啊。""也有人要你"，他指的是谁呢？是指他自己，还是在说胡明熹？她想着想着不由得脸红，朝镜子上的自己啐了一口："越来越不要脸了啊，怎么可以有这种念头呢！"

她停下来盯着镜子里的女人看，上天在造人时心有偏颇，格外地给了她珠三角地区女人少有的白皙中略带古铜色的皮肤。她不是常言中标准的漂亮女人，五官分开来看哪一样都不漂亮，只能勉强用"精致"形容。但如果男人一旦像胡明熹一样被她的气质迷住，就不大理会这些。她那些精致的五官安插在她圆润却轮廓分明的脸蛋儿上——柳叶形的眉毛勾勒一样画在闪闪发亮的大眼睛上面，可惜那眉毛长不到眼稍末端，一般只好用眉笔把它拖长些；玫瑰红的嘴唇唇线凸现。丰满的胸部使得原来就清秀古典颀长的气质上，更增添了妩媚和成熟。在平日里，她总能衬上得体的衣装，把婀娜的曲线身材显山露水出来，显得还是个美人儿。

看到漂亮的自己，她心里还是满欢喜的。

洗漱完毕，她径直走出了病房，胡明熹依旧睡意酣然。病房走廊沉浸在曙光里，除了偶尔有身着白衣的护士匆匆经过，一切悄然无声。她看了一会，觉得新鲜极了，因为在黑暗里度过了两昼夜后，眼睛搜索到的任何东西都是美好新鲜的。等走廊里渐渐有了送餐的家属后，她又重回了病房。早上六点半，窗外昏黄的曙光褪去，白光照了进来，胡明熹还睡得酣甜，她躺回了床上，不一会又睡意蒙眬。

睡梦之中，白杨的林荫道上，天空昏昏暗暗，路上寂静无人，路两边长满野草和藤蔓……忽然文粒迎面走来，他来到她身旁，像那次一样热切地看着她，张开他的臂膀……他的身体又突然四分五裂……她吓呆了，心被抽空了一般，发狂地喊："等等我，不要啊，不要……"

她惊醒了，想起刚才的噩梦，她会心地笑着，不再害怕。她想不明白，文粒现在天天在自己身边，怎么还做那样的噩梦？她抬头看看墙壁上的挂钟：7点15分。

窗外细叶榕树的绿叶垂落在窗口，枝叶重叠，阳光折射在叶子上，更绿得剔透。她又重见了光明，才明白拥有一双健康的眼睛有多么重要。

她没有做其他动作，只是静静地坐着。感受着清晨阳光的温暖，心中满是喜悦，一种体验生命色彩的喜悦。阳光透过榕树叶的缝隙，投射在房间里，在胡明熹的身体上摇曳。

苏鸥看了一下手机，7点23分。现在，她最迫切想做的事就是告诉文粒，她又重见光明了。啊，只需再等一个小时，他就会儒雅地站在她的面前。可是现在这一刻，她多么想立刻见到他。于是她拿过手机，蹑手蹑脚进去洗手间，拨通文粒的寻呼台，留言道："我又重见阳光了，世上的一切事物美丽而新鲜，色彩斑斓。谢谢你！"

发送过去以后，她心情愈加明亮，好像一所暗无天日的黑屋子，忽然投进一抹阳光来一般。她在想等会见到文粒他会怎样呢，他会欣喜若狂吗？而她见到他，会喜极而泣吗？会的，他们真的会这样，她是那样笃定地相信，然而这样似乎是不行的，胡明熹怎么办啊？她头一次那么思念一个人，肯定会露出蛛丝马迹，他一定会看出破绽的。

正胡乱地想着，手机振动了一下，有电话过来了，是寻呼台甜美的女声："文先生留言给你——我感觉到世上一切的美好。能重见光明，祝福你。我有事回江城了，就在昨天中午，你还没睡醒的时候，我放了样东西在你的床头柜里。"

苏鸥一下就找到了他说的东西，一个可以攥在手心上的银灰色的精致的小银包。本来她可以看见他的，现在却变成这个玩意，她握着在手里，看了又看，还欢喜地将脸贴了上去，不禁思绪飞扬：真奇怪，他是怎么下定决心要送她这个东西的呢？不是送些像胸花小首饰那类工艺品，或者鲜花什么的，为什么是小银包呢？

第四章　回艾城

她正纳闷，却被胡明熹的梦魇吓了一跳。只听得他缓不过气低声呻吟着，身体抽搐了几下，还猛地打个冷战。胡明熹有将近一米八的个头，宽肩阔膀，浑身上下充满着活力。然而他时常在临睡醒的时候有这样的呓语，有时像喃喃自语的，那肯定做了个好梦；有时候是急促的呼吸伴随着惊恐的低喊声，那是个噩梦。果然，一个冷战之后，他醒了。

"做了很恐怖的梦吗？"苏鸥问他。

"没有……算是吧，梦见和译南坐过山车被甩出去了。"说完他自个嘿嘿地笑了，补充道，"那感觉真的很恐怖。"

"我样子很紧张吗？"他接着又问。

"是。像给什么扭曲了。"苏鸥说着笑了。

"哎，你看得见了？"胡明熹这时候才幡然醒起。

"是，可以出院了。"苏鸥开心地说，没什么比劫后余生更值得庆幸的了。

第五章 工厂管理风波

第一场秋雨到来，雨水淅淅沥沥地夹着早秋的落叶，撒满了路边。

在珠三角地区，秋原本是无可觅迹的。即便到了所谓的冬天里，这里四周依旧绿得盎然，仅仅只有那么几种植物如垂柳、苦楝树等回应季节——褪去夏服，穿上满树金黄的秋装在风声里哗啦呼啦作响。

因为工作确实占去了太多的精力和时间，他们准备送胡译南去广州的一所贵族学校就读。他们夫妇就要着手准备这一届广州秋交会，对孩子的照顾实在有心无力。春交会的时候他们第一次参加，有些事情没准备好，做得不是很到位。这次他们设计了一些新颖概念的产品，期望取得更好的成绩。他们还计划开发国内的市场，苏鸥建议说，随着老百姓收入节节高升，中国的消费力日益增长，是时候做些高端产品了。

虽然胡明熹并不十分赞同，但苏鸥执拗，也就抱着试探的心态同意了。

于是计划在珠三角地区的一些重要城市先行开拓市场。

"就在江城首开吧。"胡明熹说，"嘉梅在那儿，各方面比较熟悉，开拓好第一家，往后到别处复制就可以了。"

于是苏鸥打电话给里嘉梅，李嘉梅接到电话有些意外："是吗？挺好的呢，不过一定要打造一些工艺精细的产品才好。一般产品大街小巷随处可见，也没什么见好。"

苏鸥说："一般产品自有一般产品的去处，你既然随处可见，证明用的人也挺多的，要不那些卖的人早卷铺走人了。"

李嘉梅笑着接住话茬称赞她："老板果然眼光见解跟常人就是不一样。你什么时候过来呢？哦，对了，文粒医生找我说，你有件东西落他那儿了，而他正好要过艾城去会诊，顺便捎回给你。我问他是什么东西，他竟然说，'不方便说'。我认识文粒六年了,从来就是有什么说什么的,这样闪烁其词,还是头一回见呢!这么神秘,我也不好再问,就把你的联系方式给他了。"说完这些,她停顿了一下,又问:"他给了你没有啊?还没给的话把他的寻呼机号码给你。"

苏鸥听她说完,心里一紧,又是窃喜又是感动,然而她故意轻描淡写地说道:"他号码我有了。再说了,只是落下了一个小银包而已,他已经给了。"接着跟李嘉梅约好准备去江城的日期,就挂电话了。

放下电话她打开抽屉,拉开里面一个盒子的链子,拿起里面一个小纸盒打开,放在手心上仔细端详那个小银包。那是个很小巧的方形 GUCCI 银色皮包。链头是金色的大写字母 G,外面是格子和一对大 G,工艺既古典又精湛考究。

为了见她,文粒也编故事。

这么说,他是在意她的。他真的是临时有事才无奈走开的吗?如果这样,要不要去找他呢?可是为什么没等她见到他就走了呢,他不是要了她的电话、地址了吗?他见到她已经结婚了,或许与她接触之后发现自己并非他想象的那样?而且他们俩各自有了另一半。那天他在汽车里寻呼机嘟嘟响个不停,一定是他的另一半在找他,她看他那副不自在的表情就知道。她在出院后,费了很大的劲才把自己说服:文粒很爱他的家庭和他的家里人,她苏鸥也很爱自己的家庭和家里人,只是漫长的婚姻生活让他们都觉得疲惫。他和她只是彼此偶遇认为是心中喜欢的类型而已。激情过后,他们之间就会变得索然无味。

如果这时还去见他的话,所有的克制就会付诸流水。她见到他就会忍不住去爱他,到时候会分寸大乱。

"我不可能爱他,"苏鸥自言自语道,"那只是一时疯狂,荷尔蒙过去后,就会将彼此置之脑后。所以,不能再有爱他的念头。"她说完,将小银包贴在脸上捂了一会儿,像是诀别一般,把它放在嘴边轻吻了一下,层层包好,放回到抽屉的最底里。

自此以后,虽然她还想起文粒,清晨醒来的时候,经过医院的时候,或者又有小广告纸压在汽车雨刮下的时候……他的身影悄无声息地占据在她心里,但苏鸥渐渐地不再纠结。

她很快制定好财务管理制度,虽然不再直接管理账务,但一切的开支还是需要通过她才能放出。收入方面，因为接的都是大订单，反而简单明了。

胡明熹为接订单更忙碌了，管理的工作现在完全落在了她身上。

她把工厂里的管理制度再仔细地修订了一次，领导班子换下来一大半，给整个管理体系换了一次新鲜的血液。责任更加落实到具体的个人身上，失责的人一律按章办事。

整顿完毕，工人开工不再为抢到好位子、好工具而互相谩骂，也不见损坏了半成品而无人承认，更没再出现人事管理处经常堆满人等着请假的情况了。为了以儆效尤，她还把陆满福舅舅调到车间搞卫生去了，并每月从工资里扣除百分之十五的金额作为赔偿金。

公司经过整改，看似华丽转身。然而第一个不满意的就是婆婆，她立刻到儿子处告状，还说要组织个家庭会议。

胡明熹出生的时候，编写族谱的人是个会看风水算命的先生。看过胡明熹八字后，说胡明熹是带弓箭出生的，在孩子15岁之前父子俩不能相见，否则必定克死父亲，只能将孩子送到离家较远的地方去抚养，等过了15岁之后再接回来。胡老太太思想落后封建，这对她来说无疑晴天霹雳。孩子带弓箭出生的说法她是有所耳闻的，只是从来就不相信这样的事情会落在自己的孩儿身上罢了。她倒抽了一口冷气，一方面庆幸胡明熹并没有克母而且出生那刻他父亲刚好不在场，另一方面却担心起她的小儿子来，这么小的孩子，谁来抚养她心中都千千万万个不愿意。

"就给大姑娘的嫂子好了，隔了三个镇，要走一百多公里路呢，她不是愁着没孩子嘛，又是亲戚，总会对孩子好点。"胡明熹的奶奶那时候还健在，比起孙子，她更爱自己的儿子。

于是，第二天天刚亮，这个刚出生的婴儿就背着"杀手"和"不孝"的罪名被送去给他的养娘了。奇怪的是，十四年后，胡家父亲却在胡晓燕还没出生的时候，在去进货的路上因车祸去世。父亲去世后，胡明熹的母亲才将他接回家。十四年间，胡母总是隔三差五地就去看他，给他捎吃的穿的，在那个物资匮乏的年代，真的十分难得。无论是他的生母养母，自从他懂事起，无不循循善诱教育他日后长大了一定要体谅亲娘的用心良苦。胡熹明在刚懂事的时候，就知道了自己的身世故事，小小年纪，被定位成凶手，而他的父亲也始终没熬得过。他的奶奶，因恨他命硬克父，至死不愿与他见面，在儿子车祸死去的第二年也驾鹤西去了。胡明熹心中十分愧疚，对母亲更加恭敬孝顺了。

时至如今，胡明熹还是不忍拂逆母亲的意愿，处处依着她。所以之前苏鸥只管理财务部分，工厂管理方面，胡明熹很多时候也听从母亲的安排的。

苏鸥说："开家庭会议也没关系，工厂管理如果还硬要插一脚进来，我是坚决不同意的。"

晚饭过后，苏鸥支开林嫂，一家人便在客厅里开了个简便的会议。

老太太坐在沙发上阴沉着脸，疾心痛首道："公司是自己家的，舅舅偶尔过错了，就当自己过错了一样，他又不是故意的。你们难道就没看见，他自己已经很自责了吗？他失责造成的损失，他来补偿即可，苏鸥怎么可以让他去做清洁卫生这样低下的工作？晓熹夫妻俩已经做了厨房的工作，现在还让舅舅去搞清洁！还有，就因为这个，就把我娘家的亲戚们都从岗位上换下来，这不明摆着给我下马威吗？明熹，我告诉你，你爸爸去世那会儿，家里没吃的穿的，不是你舅舅接济，你们能健康成长？你能去成都读大学？你难道不知道，每年年底，生意繁忙的时候，你舅舅哪年不是放下自己的活儿，赶来帮我们孤儿寡母的？现在，我们生活过好了，给自己的亲戚和舅舅家的亲戚们一些轻活儿干，挣些体面钱，都是应该的。怎么连这点面子都不给？"说到动情处，她抑制不住自己，老泪纵横起来。

胡明熹低头听着母亲的教诲，看见母亲流了泪，更是坐立不安了。他一语不发，也是铁青着脸，半响后，就直接冲着也是一语不发的苏鸥道："始终是自己的舅舅和亲戚，赔偿金就算了。何况妈妈说的都是事实。"

苏鸥听到胡明熹说这样的话，十分气愤不解，不假思索立刻回驳道："明熹，我觉得你该明白的。众目睽睽，你如此糟蹋自己的产业，别人更是不会珍惜和尊重。"她因为语速快，连吞咽口水也呛住了，一阵激烈的咳嗽后，又对着胡母语重心长道："妈妈，舅舅自己做错了事就该自己来负担。日后他因而过不了生活，我和明熹就养了他，也算是还了他对我们家的恩德，这些都在情理。但工作既已做得如此糟糕，就绝不能再用在这个岗位上。工厂里的管理层，小到组长大至厂长，应该唯贤适任，而不是唯亲是任。妈妈，您这是犯了商业管理上的大忌。看看之前工厂里的管理，再比比往后的情况，您就会明白了。您说大伯和伯娘吧，饭堂的管理怎么就低下了呢？这是很重要的工作啊，民以食为天！而且他们俩也是挺愿意的呀。"

可惜老太太并不领她的情,听苏鸥这么说,反而涨红了脸:"你们不要这么凌势欺人,早知道今日,何必当初——当初就不该把生意交给你们,我当真是瞎了狗眼去!"她边说边抽泣起来,"老二你太没男子汉气概,凭什么我们家的生意要她苏鸥来说了算?单凭这一条,你就让妈妈无地自容!"

其实,在平日里她就不顺眼苏鸥的做事和生活起居习惯,只是苏鸥自以为是她和老人家有代沟而已。然而,今天老太太口不择言,竟是心里面就把她当外人看待的。苏鸥听着她的言语,对老太太绝望到底。如果她这次让步给她,以后她苏鸥在胡家,可就寸步难行,在公司,她的条律就会变成摆设。

她主意既定,于是笃定一字一顿道:"那是您老人家以前在鹿家镇的陈年往事,今日的瑞达,是我和胡明熹的心血。无论是谁,都没有权利指染。我同意开家庭会议,是对您长辈的尊重,也请您放自重,别玷辱了您在晚辈心中的形象。所有制定,概不会变!"她字字铿锵,说完就起身准备离去。

看她态度如此决绝准备拂袖而去,胡明熹知道再说也枉然。平日里,苏鸥看起来温柔可人,但如果她坚持某件事情,执拗起来,就难以改变了。

一石掀起大浪,看着她在长辈面前出口不恭,还如此无礼绝尘而去。老太太也愤恨交加,对着胡明熹喊叫:"你不和这跛扈的贱女人断了关系,就断了我们母子俩的关系吧!"末了,还身体一侧,抡起干瘪的拳头边捶打着皮质沙发边号啕道:"哎哟,老头子啊!你在天之灵可睁眼呐,什么时候把我也度了去吧!剩下这副老骨头,也不招儿子待见,活着还有什么意义啊!天杀的啊——"她一把鼻涕一把泪,直把胡明熹急得像热锅上的蚂蚁,不知如何是好。

刚走到客厅门口的苏鸥回头一瞥,听着刺耳的号啕声,更是铁定要与她对抗到底。看着老太太当场撒泼,她头也不回地走了。

那晚,老太太一阵呜咽一阵指骂,直到逼着胡明熹跪在她的面前,发誓择日与苏鸥断离了关系,老太太这才渐渐收了眼泪,露出安慰的神色来。胡明熹深深叹了口气,不知如何是好。

深夜,他们回到卧室,夫妻俩各自闷气。

半响过后,胡明熹道:"苏鸥!你也太过分,怎么说她都是妈妈,你怎么可以这样逼迫她呢?就不能让着她一点,回旋之余再想个折中方法吗?她如果一时想不开,有个三长两短,叫我如何立足?"

第五章　工厂管理风波

"哼！你就只会顾念她，那我如果一时想不开，有个三长两短，谁来顾念我？"她话一脱口，随即想起了文粒，心想也许只有他能顾念我了。这样想着，不由得悲从中来："你的眼里除了生意就是唯母亲是命，我在你心里据了什么位置？你心里可有我？我再怎么与你同甘共苦，你都熟视无睹。既然管理工作归我，就该无条件支持我，天下哪有这样的奇葩母亲？你倒是以哪种关系为重？"

"你不要意气用事。今天发生这样的事，实在意料之外……幸亏说好后天就去江城，你先去江城，这边的事，我劝劝妈妈。时间一长，她老人家或许就淡化了。"

"我为了家庭和睦，可以给你时间折腾，但你应该明白，我和你才是最重要的家庭关系。夫妻之间被外人搞得支离破碎，是家庭的大忌！希望我的暂时离开，能让你和妈妈都想明白。"说罢，背对了胡明熹，气呼呼地不再搭理他。

夫妻俩一夜无语，心里各自埋怨对方的过错，往日的恩爱抛却九霄云外。

就这样僵持了数日，夫妻俩到工厂里，或者老太太在工厂里走过，大家虽然外表平静，但互相却是一副爱理不理的样子。一时之间，工厂里的员工无不窃窃私语，背地里胡乱猜测胡家发生了什么重大的事情。很快，在工厂的过道里、饭堂上、铿铿锵锵的生产线上，甚至在厕所里，整个工厂无不充斥这样的一则新闻：胡明熹有外遇了，苏鸥和小三争得不可开交；还有一个版本，苏鸥把胡明熹大着肚子的小三弄残了，胡家老太太支持小三，和苏鸥对着干……

苏鸥对着这些流言哭笑不得，但这些事情又不是生产上的问题，况且还不能解释，于是索性保持缄默。好在时光如梭，很快到了和李嘉梅约定的日子。苏鸥收拾了些简单的办公资料和用品准备带去江城。在卧室里挑选贴身物品的时候，忽然想起文粒送的银包来。她觉得应该把它带走才是，如果哪天心血来潮想看一眼也方便很多。可意想不到的是，抽屉里原来她小心翼翼安放小银包的抽屉的精美盒子，里面空空如也，银包不翼而飞！

又有人收罗过她的房间了！这真让她气恼。难道又大吵大闹一番，弄得鸡飞狗跳吗？她人就快离开到江城了，有必要吗？况乎这也不是第一次了，闹了也只惹得自己更气愤，说不定因此病起来，还不值得了。

无奈之下，她想也许是天意，这样她就不用睹物思情了。

带着这隐在心里的遗憾，她和主管靳平直奔江城去了。

到了江城，先看了李嘉梅找好的办公地点，又临近租了一套公寓作为靳平的宿舍，自己则暂时借住在李嘉梅家里。

她做了两步的计划，一是开自己的专卖店，一是跟一些大商场签订合同，把产品送进商场的货架上。

她走访了几个较大的超市，里面各式瓷器琳琅满目，已经早有厂家进驻。而且如果和全国连锁超市方面签订合同，就必须找总部。然而江城并非一线城市，全国连锁超市的总部一般不是设在北京就是在上海或深圳这些大城市。最重要的是这些大型超市，产品摆上他们的货架，要收取的费用竟有十几种，高昂程度是苏鸥想不到的。苏鸥叹息着跟靳平说："难怪有时候胡明熹出差到国外，买回一些中国生产的头发饰品竟比在原产地的中国出售的还要便宜，光这些什么堆头费、上架费、入场费的就能压死人。"末了交代靳平道："想办法将江城的瓷器批发商名单弄到手，一周后交给我。"

靳平三十一岁，与胡明熹同年，一米七多的个头，浓密的黑发，宽脸大耳。七年前，他常常挑着蔬菜和鸡蛋到集市上卖。由于为人老实可靠，很受街坊信任，他在口渴时还会在途经的苏鸥他们的店铺讨水喝，渐渐地便与两夫妇熟稔起来。苏鸥和胡明熹知道了他叫靳平，鹿家镇郊外的南庄村人。

有时候胡明熹去进货，苏鸥一个人忙不过来，他卖完蔬菜就过来帮忙。这种情况随着他们瓷器生意越来越好，出现的频率就越来越高。终于，胡明熹对他说："靳平，你不如全职来帮我们吧，行吗？"

小伙子回去和父母商量后，第二天就跟着胡明熹挨家挨户地跑业务去了。后来，跟着苏鸥夫妇到了艾城。苏鸥念他只有初中文化，又让他在艾城上了电大夜校，读了大专的营销专业，小伙子慢慢地成长起来。与靳平商定完公司名称、招聘事宜，苏鸥与李嘉梅又去江城最大的家具城采购办公家具。

第二天，铺地毯的师傅掀去写字楼原来的暗红地毯，换上了深棕色的新地毯。苏鸥而后又去嘉梅公司看招牌效果图并定稿。第三天和第四天，家具城的人送来了会议办公桌椅和办公室用的家私和办公桌椅，如此全部整理齐全。第五天，李嘉梅公司的人过来在进门口的玄关处做上"瑞达瓷器日用品有限公司"的大字，并在下方摆上了长势旺盛的发财树。做好这些准备工作，公司的雏形基本完成。

当天下午，苏鸥抓紧时间去了工商局注册公司，接着打电话给江城人才交流中心，招聘文员一名、业务员三名。

一周时间一到，苏鸥手上就有了一沓江城瓷器批发商的资料了，靳平接着去挑选文员和业务员了。

这样忙碌了整整一个月的时间，终于人马齐全。

"靳平，你跟批发商们协商一下，先卖一部分咱们的主打产品——碟碗汤匙；然后选择出货量大的，逐步将他们的店面作为瑞达特约经销商挂牌。我们的主要目的，就是将他们现在经营的产品，最终全部换成我们的品牌。"

"江城总共有18个区，瓷器批发商却只有13个，短缺部分怎么处理？"

"那五个销量应该不大，就近并入。其他的就按常规去做。"

靳平果然不负重托，慢慢地，从艾城运到江城的瓷器由两个月一车皮到一个月一车皮，再到两车皮一个月，到11月的时候，已经每个月走六车货了。

牛刀初试后，胡明熹在12月初来江城进一步考察。做了小部分改善后，江城的生意算是稳定下来了。

"对江城真的不舍得。"苏鸥在电话里对胡明熹说，"嘉梅又在这儿，我没别的姐妹，难得嘉梅和我亲近。"

"要不把总公司迁过去，江城既靠近广州又临近香港，还是个贸易大城市。公司迁过来了业务上比在艾城还方便些。"胡明熹建议道。

"也是。那些外商跟香港一向有生意往来，在香港过来可近得多了。"苏鸥接着分析道，"节假日接译南回来也方便了，这是一举多得啊。如此，我们须得在江城落脚才行，老住嘉梅家里，也不是个法子啊。"

"那就在江城买个房子呗。"其实胡明熹巴不得苏鸥不要回艾城，她一回艾城，母亲与她肯定小战连绵大战不休，他夹在母亲和老婆的中间，成了夹心馅料，左右不是人。

"这样就算寒暑假译南也不用回艾城了，妈妈有时过来住了，挨着嘉梅，也有个说话的。总之，大家住的近好相互照料，就让嘉梅帮忙张罗吧。"胡明熹补充道。

苏鸥把此事转告了李嘉梅，她喜上眉梢，建议道："姐，何不就在我们小区里买套房子呢，这样我们往来就更方便些。"

苏鸥果然心动，又跟胡明熹商量着来，他不假思索就同意了。

一个月后，刚过了新年，苏鸥还在艾城。李嘉梅打来电话说："中介公司说有房子啦，你快过来看。"

胡译南还沉浸在过春节、收压岁钱的快乐中，寒假却已经过完，苏鸥正好要送他回学校。她还清楚记得第一次送他进学校的时候，七岁的胡译南流着泪，孤独无助地坐在架子床上，眼巴巴地望着父母。苏鸥看着心疼，差点就想带他立马回艾城去，最后还是胡明熹硬拉着她出了校门口。后来她忍不住，又回去和他拉了钩钩，答应一个星期后，如果他不喜欢就接他回去。

今天的小男孩坐在车子上，对已经进了校园的"司机"指手画脚道："这边左转，向前……对啦。再右转，向前……妈妈，你看到那个湖了吗？对，就停在湖边。"

苏鸥装作不懂，一路听任他指挥。到湖边的停车场时，已经有成排的汽车停在那儿，陆续有孩子从车上下来，拎了行李往宿舍里去。

冬日的湖水，即使平静如水，也总觉得寒气逼面而来。湖畔上种着垂柳，冬天已经挂在柳枝上了，柳树褪去华丽，枝条光秃。

送完儿子后，苏鸥就直奔江城。

广州与江城的距离大概百来公里。从艾城到广州，再从广州到江城，一路上路边的绿化带在眼前飞速后退，苏鸥眼睛都看麻木了。她浑身酸痛，体会到开长途车的艰辛。好在她心里有着强烈的期盼。李嘉梅跟她说了那房子装修得如何的精致高雅，还是她喜欢的那种中西结合的现代风格。苏鸥这会儿恨不得立马体验一番，竟把旅途的颠簸之苦忘却了大半。

刚刚进入江城的刹那，一股莫名的惆怅紧紧攥住了她。半年过去了，文粒始终藏在她的内心深处。她清楚地记得，在医院里，那条长长的走廊上，他像从天堂走来的一缕阳光，温暖地经过她的身旁。苏鸥从第一眼看到他开始，他就像鬼魅一样慢慢渗透入侵，占领了她的心。她告诫过自己不可以再想他，有时她做到了，但遗忘最多两天，那思念就报复性地席卷重来，更恣意疯狂地占领她的每寸神经、每个细胞。

眼下，她又想起他，想他从容不迫的淡定，平静中带着的飘逸。现在，他就在这座城市的某个角落里，她仿佛闻到他的气息了。安静里涌动着生气勃勃，安静里燃烧着炙热。

第五章　工厂管理风波

对于他在医院为她医治眼睛时候的不辞而别，她一直耿耿于怀。因而暗暗生他的气，更要决意忘却他，然而这只是她的一厢情愿而已。他早就当她的心是他的家，竟住下来不肯离去……

早上出来的时候天气还是晴朗暖和，但下午开始天上飘来了片片乌云，厚厚地积攒在天边，天灰暗了下来，骤然变冷。苏鸥走的时候交代胡译南要多添衣裳，但终归他还是孩子，苏鸥放心不下，便打电话又叮嘱了一番。

刚通完电话，天上零零散散地飘了雨丝进来，她赶忙关上车窗，江城第一人民医院的招牌正好也映入她的眼帘。她抬眼瞥见穿着白大褂的医务人员来回穿梭，想着自己决心与他不再相干，竟如真的和文粒诀别一般，觉得心如刀绞，眼泪忍不住扑簌簌地往外流。忍着悲伤，她勉强将车开到玉海苑，这是她第一次将相思的积愁挂在脸上。

李嘉梅见她满脸悲戚，吓了一跳，忙问情由。苏鸥瞒着她说因为儿子去求学，她不忍分离，才忍不住掉的眼泪。

"长大了总要离开父母独立的。你，还有我，不都一样吗？"李嘉梅不住地劝说道，"你看周遭的那些啃老族，那些无所事事的年轻人，看了你都替他们难受。你想译南也变成那样儿吗？"

苏鸥听了哑然失笑，这话是她讲给译南听的，你嘉梅怎么拿过来哄自己了？不过，难得她讲些大道理，往日里，仿佛凡是姐妹俩讲起道理，都是做姐姐的说着理顺些的。

"呵呵，嘉梅，我现在感觉好多了。谢谢啊。"苏鸥这会儿真没那么难受了。

"姐，春节我回鹿家镇了，带了很多酸梨片，你尝尝。"嘉梅说着从厨房端出一大罐鹿家镇的特产——酸梨片。

那是用山上的野生梨果切片腌制成的。鹿家镇四面环山，漫山遍野的野生梨树，到了秋天便长满了果实。鹿家镇的人们用它熬制酸梨果，或切片制成酸梨片。

"好酸，"苏鸥皱着眉头说。

"以前觉得这酸梨片好吃极了，现在吃着也好，只是没有小时候的那种味儿了，"嘉梅惋惜地说。

"那是人长大了就有很多的欲望，欲壑难填就从这儿出的，"苏鸥用诙谐的口吻道。

"没有欲望的人生也是没有希望的……哦,也可以说没有追求的人生是没有希望的。"李嘉梅呷了杯中的橙汁,若有所思。不一会,她又说道:"其实说这种话真没什么意思,什么人生追求、什么幸福之类的话题,真不该做太深入的剖析。活在这个世上已经不容易,还要去追求什么缥缈的东西,岂不累死人了?"

"既是这样,你就不要太挑剔了——你春节回去,二姨妈不催促你快点找男朋友吗?你再不抓紧,译南长大了,跟你的就玩不到一块了,我们都盼着呢。"

"你以为个个都有你那么好运气啊?遇上个好人,然后嫁了,然后生个乖儿子,这么简单啊。"

"不是这么简单,还要怎样复杂?当你遇上一个人,他对你好,爱你,你也不讨厌他,不就可以了。当然你们俩爱得死去活来再结婚是最完美的,问题是爱情不是招手就来,挥手就去的。你一定要等一见倾心的人出现吗?——如果这个人在你五六十岁的时候才出现,你要等到那个时候吗?有可能生命里根本没有那个让你倾心倾肺的人出现;或者出现了,并不喜欢你;再或者他喜欢你,但已经结了婚了呢?……你等得起这种毫无定数的东西吗?生命是残酷的,当它要离开你躯体的时候,是没得商量的。死到临头的时候竟没有一个为自己伤心的人,那活着又有什么意义?"

"是的,我也想过。但如果那个人道德卑劣呢?"

"卑不卑劣要靠你自己与他在一起的时候去体会啊。你拒人千里之外,又如何鉴明?简直是冤死好人了。"两人心知肚明讲的是文庆延。

其实苏鸥不想这样说的,她说完就有点懊丧了:觉得自己已经说错了,其实李嘉梅期待的一点也没错,女人就该嫁给自己非常爱的人才对的。但转念一想又是不对的:爱情的长度和深度谁都没办法衡量,谁也保证不了,这一辈子什么时候碰到一个让自己掏心掏肺的人?倘或像她一样,结婚之后,遇上了文粒呢……

她觉得自己是个矛盾体,她心里想着他,却强迫自己忘记他,她不要这样的现实。

"梅梅,你还没说约的什么时候看房呢。"苏鸥不敢再往下想,索性调转话题。

"老太太约了明天早上十点。姐,她那房子装修得可好了,你见了一定喜

第五章 工厂管理风波

欢的。"

"哦，是老太太来的？"

"是。年前从澳洲回来。我只见了一次。明天你见了她再仔细地聊聊，现在也说不了什么。"

"再好也是别人装修的，所以怕住进去了没感觉，对屋子没有亲切感，看过再说了。梅梅，最近生意还好吧，你要是忙的话，先去上班吧。"苏鸥边说边按了手机看时间，已是下午四点一刻钟了。

李嘉梅也看了看时间，说："做生意就那么回事，只要愿意，什么时候守在那儿，总就有做不完的事。我回去公司看看吧，你待在这儿吗？晚上嘉兰约我去看手机，据说是最新款的摩托罗拉，三千多，你那大'砖头'是时候换了。"

"呵呵，好啊，就一起去看看咯。不过这'砖头'陪我这么些年，倒是有点不舍得离开它了。好吧，晚上就去逛逛吧。不过，我现在也不留在家里。刚刚送译南去学校，进了江城就直奔你这儿来了，还没去公司看看呢，也不知道靳平管理得怎么样了。"

苏鸥和胡明熹起初在鹿家镇，后来到艾城，现在到江城，靳平一路陪伴着他们夫妻俩。听胡明熹说过，靳平曾经有过一个很爱他的女孩，跟他一样是南庄村人，不幸的是刚结婚不久就患子宫癌去世了。后来胡明熹也介绍过几个女孩子与他相识，但他每每与她们认识不到半个月，就分道扬镳了。苏鸥私下里曾问过他是否有心目中理想的对象，他却不予理会。久而久之，就没人再替他做媒了。

然而他自己一点也不焦急，每日照样过他的生活，勤恳奉公做好工作。他看起来比胡明熹要老练，不论是坐着站着或走路，从健硕的背后都能感到一股高傲、不可捉摸，但不跋扈的气质，像牢固的光环笼罩着。

靳平不但将日常细微打理得井井有条，再看之前开发的那些客户资料，也量额平稳，还新增了些许业务，奖赏分明。苏鸥看完之后，甚是宽慰。仅交代了一些不甚紧要的话题，就先行去了江城最繁华的一条步行街。

李嘉梅说有点小事要解决，李嘉兰在等着她去接，她们可能半个小时后到。

天空堆积的云层越来越厚，天幕黑黝黝压下来，低得让人喘不过气来了。当苏鸥到了商业街露天停车场，空气中又飘起雨丝来。一阵阵沉闷的春雷声接踵而来，轰隆隆翻滚而过，雨点骤然增大。苏鸥慌忙打开车尾箱，却发现里面空荡荡的，竟然没带雨具。

当她沮丧地盖下车尾箱时，有人在她头顶上撑起了伞。她心想一定是李嘉梅及时赶到了，于是脱口而出："梅梅，这么快呀！你不是说还要半个钟吗？"

后面静悄悄的，除了沙沙的雨声，没一丁点别的声音。她回头一看，这一看却把自己看呆了：文粒撑着伞，正笑容可掬地望着她。她傻傻地站在伞下，愣愣出神地看着他。仿佛天地间一切的喧哗、所有思念他的苦楚、内心说自己不能再爱他的种种誓言，刹那间烟消云散，只剩下沙沙的雨声有节奏地响彻在耳边……

他们就那样默默无语，相互热烈地看着对方，谁也没有挪走视线。

他清澈的目光像火炬一样炙烤着她，在寒冷的春雨里她感觉自己似乎被燃烧起来，一股柔情悄然在心中生起。她下意识地将头靠在了他的怀里，心里平静如水。

"走吧，雨下大了，你快湿透了，一会儿该感冒了。"他左手紧紧地抱住她的细腰，低头吻了又吻她的额头，轻轻地说。

她抬起了头，看到他腰围以下的衣裤全湿透了，水珠顺着他瘦削的脸颊流下。她火辣辣地盯着他看了几秒钟后，迅速在他潮湿的脸颊上亲了一下，然后逃也似的飞速回到车里。

当她慌张地坐在驾驶座上时，才发觉自己脸颊发烫，心脏狂跳不已，浑身还不停地打着冷战。啊，刚才是怎样的心醉神迷，她都不敢相信这事真真确确地发生了。

乌云散去，天空渐渐地又明朗起来，细雨蒙蒙中，街灯开始闪烁着朦胧淡黄的光芒。

文粒不知什么时候已经离去了。

苏鸥猛然幡醒，她飞速给嘉梅打去电话。

"刚才下了好大的雨，我现在准备去接嘉兰。"李嘉梅在电话里说道。

"梅梅，你先别过来，我刚才给雨淋湿了，等回去换了衣服再来吧。"

当苏鸥回来的时候，李嘉梅已经在家等候着了。看见苏鸥狼狈的样子，她咯咯地取笑起来。苏鸥也不甘示弱，二人又是打闹一番，吃过晚饭后去逛街。

第六章 奇怪的买房要求

第二天，玉海苑东 36 栋 1907 房。

房子像极了李嘉梅家的格局，但是多了一个房间和一个衣帽间。当然装修是不尽相同的，这房子的选料和装修更在李嘉梅家之上。

这会儿，房子的主人一家正围坐在紫檀木做的肢骨、头层牛皮做的褐色沙发上，争论着什么。

"粒儿，你过几个月就要结婚了，我和你爸在你婚后也将去澳洲。到时这屋子更没人打理。"说话的是一位老太太。她脸蛋方圆，乌黑光亮的头发齐耳烫过了，脖子上戴了条滚圆的珍珠项链，穿着暗红绣花的毛外套，处处浸透着雍容华贵。

"以前觉得和孩子们住在一起很不方便，也会阻碍大家的自由。现在好了，文馨到澳洲，我和你爸也在澳洲定居，这原本不是之前打算到的。只是我和你爸还想享受下儿孙绕膝的天伦之福呢！所以一旦回来，还是和你们同住一屋好啊！"她一边说着，一边看着其他的人。

老先生一直看着手中报纸，不发一语，但听老太太说到后面，却不住地点头。

"我遵从爸爸妈妈意见，房子是您二老的，爸爸妈妈想怎么处置就怎么处置。"文粒托着腮帮，眼睛出神地看着桌面上的绿萝。

"我依旧住旧屋里，我从小就住那里，是习惯了的。"他接着又补充道。

"呃呃，我嘛……"文庆延说到一半自己先笑了："妈妈，如果我不同意，生效吗？"他边说边搂着老太太的脖子，甚至黏到她身上去了。

"你又有什么馊主意？就你鬼点子多。"老太太嗔怪道。

"也没什么，就是，就是这儿离嘉梅家近，我偶尔住这儿，可以常看见她。"他捏着自己下巴，有些勉强地说。

"坚决不同意！"文粒开声了。他的话刚刚说完，老先生马上接下："延延，到底天下也不只有她一个女人，作为男子，求之不得可再求过，何必！"

"妈，您评评理，当时爸也是这样追您的吗？您不是说，'男孩子娶到心仪的女子是最幸福'，我愿意等她！"

文粒举起双手摆了摆："延，这个理由不成立。她若爱你，一日不见如隔三秋，若不爱，见面都嫌烦。"

"粒儿说得对，不行不行。再说了，谁来照顾我那些花儿啊？你们两个？"老太太看了看两个儿子，摇摇头说："算了吧。之前跟中介说了，要照顾好这些花儿的人，才可以卖出去了，若不行，就还放着。"

"好了，这事也不止说一次了，爸，妈，我要上班了，先走了哈，有什么晚上回来再说。"

"哥，我也走了，一起吧。"

哥俩说完就出门走了。

就这样，到了十点多钟的时候，地产中介带着苏鸥和李嘉梅就到了文粒的父母的家。

当男主人文老先生腰板挺直地出现在苏鸥眼前时，她觉得他是那样的和蔼可亲，再见到老太太，更是感觉慈祥。老人家乍一看见苏鸥也觉得对方温润可人。这一见面，大家都觉得很有眼缘，房子的事，便似乎已经成交了一半。

老先生开始慢条斯理地介绍："这房子本来是打算退休了和老伴居住的，所以装修也较古典。你看看就该知道，这嵌入墙体的全是泰柚木做的，且是出自业界名师傅之手，你仔细看看它的转角处，用手感受一下就更知晓。"

其实不用他说，苏鸥一进门就感到开阔明朗。毋庸置疑，这是一套精心设计和精工装饰的房子，从布局到木工、墙体、灯饰，小到每样饰品的摆设，处处精雕细琢，更别说家具了，竟全是紫檀木做的，欧式的线槽，中式的格局，这种中西结合的风格，一定是在家具厂量身订造的。

李嘉梅说得不错，就是苏鸥喜欢的格调。

老太太看起来比老先生显得年轻些许，看至厨房的时候，老太太说，因为他们祖籍东北，爱吃自做的饺子和包子，在家私厂订做家具时，还特制了一块擀面用的大占板，位置也是设置好的。说着领了苏鸥过去参观。

"真是可惜了。"苏鸥说，"叔叔和阿姨既然打算好退休住的，怎么又卖出去了呢？真白费一番心思。"

"这说来话长，现在因为女儿住在澳洲开拓了事业，我们不得不去，过完春节就走了。以后这房子平时也没人住，家里这么些东西租出去了怕租客不爱惜，空着没人住也不是个办法，所以就打算卖出去算了。只是有个要求，阳台上的茶花，暂时不搬走，但请你们务必要好生照顾了，若是你们不喜欢，就成交不了了。"老太太解释道。

"噢，看看去。"没等苏鸥说完，老太太已经带路去了她的宝贝的所在。

"幸好我母亲也一直喜爱茶花，从小耳染目睹，您不用操心，我一定能照顾好了，若能送给我了，还求之不得呢。"苏鸥说着笑了。

"那可不行。放花的地儿还没弄好，今年春节我们是要回来的，那时候才搬走，所以姑娘要帮我们照顾它一年。"

"这个没问题，回头请个专业的师傅看看，只要不是病株，您什么时候要都可以啊。这房子价钱多少？"

"一百六十万。"中介说。

"也不便宜了哦。"苏鸥皱着眉说。

"二百平方米的房子带这么精细的装修，我们只要一百六十万是不多的啦。姑娘你算算就知道，现在这个地段买个'斋房'要多少钱？"

"这远远超出我们的预算，您看按揭行不行？"

"而且我还得和老公商量商量……"苏鸥还没说完话，只听得老先生问中介公司的小伙子："你们不是跟对方说清楚了吗？"

只见那小伙子老练地说："文老先生，您这房子虽是好，但出得起现钱的，他们愿意再贷些款买个别墅了；想买的，又出不起现钱了，您看要不给按揭，行吗？这样吧，你们都回去考虑考虑，再做决定，好吗？"

既是这么说了，大家唯有说好，于是苏鸥和李嘉梅就先行告辞了。

出来后姐妹俩在小区散步，一直沿着湖畔边溜达，踱步到了靠湖边的小山丘上。时值三月的初春，小山丘上种满了毛杜鹃花，只见红的粉的白的杜鹃花开得漫山遍野，灿烂娇媚。苏鸥和嘉梅绕遍了整个山头，才走下山来。

行至湖畔边时，却见文老先生和太太坐在湖边凉椅上。他们见到苏鸥姐妹俩甚是诧异，苏鸥和李嘉梅更是惊喜。

李嘉梅和苏鸥过去和他们攀谈起来。当老人家听说苏鸥公司在嵩环路20

号，公司经营的产品出自己的工厂时，他们喜上眉梢。他们之前担心遇人不淑，现在除去了这个疑虑，更是欢喜。

末了，老人说自己也曾经营过企业，明天去苏鸥公司看看。当下他们交换了联系方式，苏鸥和李嘉梅就跟老人们告别了。

到了第二天，老人家果然到公司探访。苏鸥原来以为大家只是客气说说而已，看到老先生真的携了老太太来，忙叫人倒茶斟水热情招呼。

大家寒暄过后。老先生说："昨天回去我们已经查实了你们经营的产品了，确有其事。我看着你人也挺踏实的……"

他说到这儿停了下来，老太太接着话茬往下说："还有，我们家老大说认识你，所以觉得如果你暂时资金周转有困难，我们倒是可以再商量的。"

"老大？文先生……"种种迹象联系在一起，苏鸥心中便猜疑那是文粒。这一想，她心中立马一阵慌张，紧接着又喜出望外，说："是啊。那太好了，你们家老大？"

她几乎与老太太异口同声地说了出来："文粒。"

"是，就是文粒。苏小姐，昨晚回去我们就把你的卡片给他看了，他说你是他的朋友。"老太太接着说道。

苏鸥一听到别人提起文粒的名字，心里就一阵紧张，何况现在面对的是他的父母！不过她向来沉着稳重，此时虽内心澎湃，却故作镇定地说："昨天我看着文老先生就感觉像是在哪里见过了一样，原来是文粒医生的父亲，难怪这么眼熟。文伯伯，您儿子长得真像您。"

"我这儿子性格很倔，自己认定的事情别人如何也改变不了他。我和他妈妈年轻的时候就经营着一家企业，本来指望着他们兄弟俩来继承，哪知他执意要去做医生，说那是他从小的愿望。小的也不愿继承，真是没办法。"

"我觉得伯伯倒不必恼他。他能做自己喜欢的事情是二老的福气。如果他自己没一点主意，只是按别人的意思做事，就算继承了您的事业也不能将企业打理好，岂不是只白白增多了一个'阿斗'。"苏鸥微笑着宽慰道："现在他做了自己喜欢的事，节节进步，才三十来岁，已经是副主任医师，还是医院骨干，伯父伯母该高兴才是。"

"苏小姐说得是。宣明，你跟苏小姐说说房子的事。"文粒的母亲催促文老先生道。

"哦，伯父伯母，以后叫我苏鸥就是了。"

"嗯，那就直接称呼你苏鸥了。"文老先生亲切地问："苏鸥，你打算什么时候进去住呢？我们3月16日就去澳洲了。"

苏鸥说现在住在表妹李嘉梅家里，住的地方倒是有的，就要看伯父伯母是怎么打算的了。

老先生老太太的意思是，也不要等按揭了，苏鸥先付四成，分三年将余款付清就是了，条件有一个，就是未付清房款之前，苏鸥必须预留一间房间给他们，老人们什么时候回来了，就住进去，直到付款完毕。

苏鸥听了，怔了一下：天下买房子的附带条件也许千差万异，但万变不离其宗，都与钱挂钩的。可这对老人提的意见却很奇特，先是要求照顾他的花儿，接着还要进住。这让她举棋不定，倒不知怎么回答是好。

她想了一会，决定试探试探老人这样打算到底出于那种意图。于是她开口说："伯父伯母，文粒不接手企业，想必还有其他子女接替，其实也是一样的。"

"呵呵，苏鸥啊，粒儿从没跟你提过此事啊？我们那公司几年前转给别人做了。"

"没有，你们家儿子从来不跟讲这些的。看来您二老不原谅他咯？"苏鸥笑着问道。

"哪有父母跟儿女有隔夜仇的，我们只希望他平安快乐度过此生，哪来原不原谅的。"

"那么为什么不一起住着呢？"苏鸥还是拿捏不住，于是进一步问。

"哦，这个啊。"文老先生思索了一下，说道，"他和小雅认识有好几年了，原来讲好年底结婚的，但因为种种原因又推到了年后。我们想年轻人新婚燕尔，给他们自由空间，故不想跟他们住一块。再说了，我们其实很眷恋这房子，如果由你来住着，我们还有机会回来瞅一瞅，要给了别人，就连瞅一眼的机会也没有了。"老先生说着，老太太也不住地点头。

"不过，宣明，如果苏小姐觉得不合适，我们也别难为她了。"老太太宽厚地拍了拍老伴布满老人斑的手，又和蔼地对苏鸥说，"苏小姐难以抉择，这我们理解，素不相识，同住一檐下，总是难为情的。抱歉提这样的要求。"

原来他快结婚了，房子的主人竟是他父母，这世界真小！和他父母同住？

就意味着可以经常看到他。啊，只要能看到他就可以了，她有时候望穿秋水不也就只是为了能见到他吗？既然这样，就答应了吧。但是胡明熹同意吗，假如他不同意呢？她想到这里，便打定了主意，对老人说："谢谢，谢谢伯父伯母给这么宽的付款期限。至于回来住，我本人倒无所谓。只是这个事情胡明熹还不知道，我得把事儿跟他讲讲，还要看看他的意见。"

"哦，胡先生是你爱人？"老太太仔细听完后看着苏鸥问。

"是的，我还有一个八岁的孩子。对了，就怕他到时吵得您不得安宁。"

"哈哈，这你就不知道了，我们一向最喜欢孩子的，有孩子的家庭最是热闹。你也许不知道，人老了，就最怕寂寞。我和宣明看到哪家的孩子都喜欢停下来逗玩一番的。"

"既是这样，苏鸥，你就跟胡先生商量之后再做决定，我们就等着你的消息。"老先生打破沉默，似乎再三思考了，话语缓慢中带着坚定，一字一顿地说。

稍坐片刻之后，他们就告辞而去了。

苏鸥送他们离去后，思索了一小会，就打通了胡明熹的电话。

"老婆，在公司啊？房子的事谈妥了吗？"

"正想跟你讲这茬事呢。"苏鸥于是把文老先生家的意思讲了一番。

胡明熹听完后说："你做主吧。我横竖有地方睡觉就行了。只要你喜欢就行；觉得不好就重新看过，全江城又不止他一家有房子卖的。"

苏鸥早料到他就会这样说的。胡明熹做生意深思熟虑，计划周详缜密，过生活却是个马大哈，要多随便就有多随便，谁也没办法让他在这上面花上哪怕一秒钟的心思。

苏鸥刚放下电话，手机响了，是李嘉梅打来的。苏鸥又把房子的事情给她讲了一遍，听说是文粒父母的，李嘉梅也很惊讶。她又叮嘱苏鸥签合同的时候要注意，便约好一起去一家洗浴中心游泳放松。

苏鸥放下电话，转眼望了望窗外，继而想着房子、文老先生、文粒，多么密切的关系。

那天在雨里，她和他依偎在一起的时候，全世界是那样的安宁。今天他的父母说他快要结婚，可这与她有什么相干？他本来就应该结婚的，但为什么听到之后她感到剜心地痛？如果他们之间谁也不理会谁了，她一切的相思就随着岁月逝去将变得越来越模糊，他们之间就真的变成陌生人，彼此一丁点的关系也没有。

《小王子》里说，"驯服"就是要建立一种关系。狐狸和王子原本互不相识，但建立了"驯服"关系之后，狐狸就不再是普通的狐狸，而是王子的狐狸；王子也不再是普通的王子，而是狐狸的王子。对，她也要做他的狐狸，而他就是她的王子，她心甘情愿让他"驯服"。只有这样，他们之间才是有关系的。现在，文老夫妇不再是普通的老人，而是她的王子的父母。因为文粒，她须得同意老人的条件。

想了又想，她还是遵从自己的内心，拿起了电话。致电给文老先生，说好后天签合同。

下班之后，她如约到了水疗中心，却不想遇见了文庆延，李嘉梅想撤已经来不及了。文庆延当然不会放过这个好机会，借补请苏鸥的名义，邀请她俩一起吃西餐。

李嘉梅对他有偏见，很不乐意，又拗不过苏鸥，便撒起泼来。竟当着苏鸥和文庆延的面，在西餐厅里把自己的餐具弄得乒乓作响，还时而跷起二郎腿，食物粘到嘴边用手一抹完事，看得苏鸥目瞪口呆。

文庆延一脸的难堪，哭笑不得。

那顿饭谁都吃得不好。

苏鸥看着李嘉梅坐着一语不发，只是手里拨弄着刀叉，就在桌底下用脚丫碰碰她，示意她收敛些。她对着文庆延又是点头又是微笑，心里一直既担心又忧虑着。李嘉梅则一副受委屈的小媳妇模样，一直撅着嘴，对文庆延的彬彬有礼置之不理，仿佛装了一筒子火药。文庆延顺理成章地就成了受气筒，好几次屁股都离座想立马离去，但他的修养却强迫他由头到尾如坐针毡，强作欢颜。

他让着她，一直让，但今晚她真的很过分了。他郁闷，那个平时虽然任性却懂得分寸，也不乏可爱的人儿哪儿去了。

从西餐厅出来，文庆延与姐妹俩告辞后就坐上了他的途观离去。他一直到停好车上好锁，走到回老屋的巷子，都想不明白李嘉梅最近怎么会有近乎乖戾的张狂。

七年前，她在他的印象中是个跌跌撞撞的冒失鬼，当然不止那次误入男厕所。他的哥哥文粒那晚帮她解围之后，汽车一路颠簸送他们四个大学生回到江城后,几个人就在冷冽的寒风中去了附近一个咖啡室里小坐。

两个女孩子要了热奶茶,他和哥哥文粒则点了热咖啡。李嘉梅和袁小雅还分别点了草莓酱蛋卷和朱古力蛋卷,应侍生将小点心送到女孩子的面前,李嘉梅一小口咬下那蛋卷,草莓酱就顺着她嘴边咻溜一下飞到领子口上。如果不是袁小雅立马从背囊里掏出纸巾帮她拭擦,如果那天她不是穿着深红的外套,结果将比误进男厕所更狼狈吧……

相对于她,袁小雅就显得小心翼翼多了。从一进餐厅,她就择了一个面朝全局的位置坐下来,拿起食谱推让给众人点食,都是不慌不忙,优雅得体。

看得出来,那天晚上两个姑娘都对哥哥文粒有意思。但粗枝大叶的李嘉梅更需要的是别人的照顾,那个天真可爱的姑娘心里藏不下一点点的刺儿,更别说有什么坏心思了。她哪里及得上心细如发的袁小雅,那个小巧玲珑,身体看起来弱弱的袁小雅,恰恰这么瘦小的躯体里,装的却是颗玲珑剔透的心。不过哥哥后来被袁小雅俘虏,却是他意料之外的事。因为哥哥一直以来,似乎关心嘉梅多过小雅的,莫非因为李嘉梅不理睬哥哥了?她有的是小姐脾气儿,像今天这样不顾场合地发脾气。

这样的脾气,唉,如果不是这样的脾气,估计也就没有勇气出来创业了,他想。中通外直、不枝不蔓、说干就干、敢作敢当、心眼好、可爱,这几个字眼在文庆延心里流转了一圈,他竟不知应该选上哪个词眼更适合她,或者都适合吧。

进了巷子,踩着古老的青石板,穿过鳞次栉比的屋子,除了偶尔传来的几声狗吠声,还是七年前的清冽的寒风,朦胧的月色,只是物是人非啊。不知不觉间,文庆延已行至自小到大居住的别墅门前。

开门进去,一股暖气扑面而来。小小的客厅里,全家人俱在,连袁小雅也来了。

文庆延刚刚坐下,袁小雅的寻呼机就恰好响了起来。

"哦,梅梅啊!"小雅拿着话筒,提高几个分贝喊着,扭头瞅着文庆延,并朝他撅了撅嘴。

文庆延抿起嘴回应了她。

"是啊,真巧了,竟然是自己人!"袁小雅回过头,又说,"嗯,我刚好在文粒家里,也刚刚听说了这事。这回叔叔阿姨可放心了,你们也尽可放心好啦。我们真是有缘，高中大学同学，你表姐又准备买文粒家的房子，如果——如果的话就亲上加亲咯，呵呵……"她话还没说完，李嘉梅就在电话那头啐了她一口，挂上电话了。

袁小雅放下电话，笑呵呵地问文庆延："哎，你们进度怎样了啊？什么时候喝你们喜酒？"

文粒妈妈听了立刻来了精神，凑近了问："还是那个李嘉梅？"

"是啊！阿姨，您已经见过她了，怎样？准媳妇过得了您法眼吧？"

"哪个？"文老先生视线从电视上挪到了袁小雅的脸上。

"前天陪苏鸥看房的那个女孩子啊！"

"哦。"两位老人齐声哦了一下，"嗯，挺好的，挺好的。"老先生不住地点头。

"老二，她几岁了？做什么的？她爸爸妈妈呢？你们一直讲的那个女孩就是她吗？"老太太干脆就挪到文庆延的旁边坐下，搂住他的脖子问个不停。

"妈，您查户口呢？今天没有心情，往后再说。"他进门之前正为李嘉梅的事愁眉苦脸，这会哪有心思去回答母亲的诸多问题，于是没好气地甩开了母亲的手，蹬蹬蹬地上楼回房间去了。

"这孩子，今晚谁捣鼓他啦？"老太太的声音淹没在吱呀的关门声中。

才一小会儿，楼上传来文庆延接电话的时断时续说话声，接着他便下楼了。

"我有事出去一下。"他简短地说着，披上卡其色的夹克，推开哐当响的铁栏栅，大步流星走出小院子。电话是张茵茵打来的，她是父母的老朋友张军的独生女儿，文庆延要去机场接她送回家。他们自小认识，张茵茵自然是喜欢文庆延的，可是他却只把她当作妹妹。

第三天，文老先生夫妻果然拿来拟好的合同到苏鸥公司。

苏鸥叫来李嘉梅，和她仔细看过了，也找不到老人家说的偶尔在房子里居住的条例。于是苏鸥忍不住问道："不是说好了，回国的时候住回来的吗？这上面并没写呀？"

文老先生笑笑说："这个就不用写啦。既然说好了就行，难道你到时会拒绝我们？你和文粒是朋友，这点都信不过呀。呵呵。"他轻松地说着，亮堂豁达。

苏鸥斜眼看李嘉梅，只见她一脸尴尬。

"您和伯母尽管住着就是了。胡明熹一般一两个星期才回来一次,译南也是,而且每次住几天就走了。译南节假期倒是回来住的,但平日里就只住我一个人。"苏鸥想了想补充说,"不过再过一两年,说不定把工厂也搬过来了,住的人就会很多了。但那是后话,目前是这样的情况。"

条款余下也没什么要修改的,就按照合同签了。

当下签好合同,写下欠条和缘由及还款方式,去相关部门办理过户手续。一切手续办妥,苏鸥择日搬了过去。四个房间她留了一个放置老人的用品,其他的自己做了一些安排。虽然是自己买下的房子,但刚进去住,她还是有些不习惯,还是有种居人篱下的感觉;因而有时晚上回去跟李嘉梅聊聊天,晚了就在李嘉梅家里睡了。

这天星期四,文粒休息,就过来看望他父母。

苏鸥下午六时才下班回来,看见老人家在准备饭菜,便去帮忙闲聊起来。听老太太讲,原来文馨是大女儿,在澳洲有过两次婚姻还不安定,最让老人家操心。苏鸥免不了一番劝慰,讲孩子都长大了,只是婚恋观和中国的不一致而已,让老太太开心过好自己的日子。

老太太还是放心不下:"苏鸥,你还挺豁达的。对啊,当时生馨儿的时候,就想她长大了能温馨可人,哪里想她越长大越闹心。不过,现在经你这么一说,心里好受多了。庆延呢,则是想他能福泽延绵,'庆延自远,右洽无疆'哎,你看这鱼蒸得这样可以了吗?"

"有多长时间了?"苏鸥问道。

"有七八分钟了吧。我最怕蒸鱼了,过火了肉就老了,不够时间又怕不熟。"

"是,蒸鱼就是这样子的。再蒸三四分钟吧,这可是挺大一条海鲈。其实对这个我也不内行。你们都爱吃鱼呀?"苏鸥因为胃寒,医生告诫说要少吃点水产品的,所以不怎么吃这些玩意儿。

"没有,我们原本就是东北那儿的人,最爱的还是炖菜。我们那儿距离北朝鲜很近,不靠湖也远离海岸线,所以也不怎么吃鱼的。只是小雅爱吃,原本她说要过来吃饭的,所以才买了回来。她刚又打电话说临时加班,不过来了。"

"哦,伯母,刚刚说到庆延,那文粒的名字呢?"

"稻、黍、稷、麦、菽谓之五谷,民之基本,都是以粒为基本单位。因为怀粒儿的时候，刚好五谷缺失，当时我们还是下乡知青，起这样的名字，无论去到哪里总能感觉粒儿的存在，因而有了生存和奋斗的希望。"

"啊，原来这名字蕴含这样深沉的爱啊！"苏鸥听老太太说完，感慨不已。

苏鸥自搬进去有三天了，但始终觉得别扭，早上早早地走，晚上也是吃过了晚餐才回来。就算有时回来早了，她也委婉地推辞了老人家邀请，或者到外面吃了，或者到李嘉梅家蹭饭。她认为，还有几天就是3月16日了，老人家很快回澳洲，她到时再自己动手煮食也是可以的。其实她很爱在家里吃饭的，而且也享受自己烹饪的过程，总之是惬意放松的。只是享受过后的那一片狼藉，还要自己收拾。

这会，两个女人在厨房里讨论厨艺，文粒则和他爸爸在客厅里讨论时事经济。苏鸥细心倾听他从客厅里源源传来的和谐的细细的声音，一边品尝他母亲做的罗宋汤，心想要能这样过上一辈子是多么幸福呀。可是不行，无论如何，她都不可以做亚当与夏娃之间的那条毒蛇或欲望，让文粒的爱情伊甸园消失殆尽。

是的，能这样看见文粒，看见他真真实实地站在自己跟前，她就已经心满意足了，其他的都不重要。

饭后，老人照常下楼去散步，文粒也跟着去了，还一个劲怂恿她一起去。苏鸥说："今天乏了，就不去了。"可是不到一会儿，文粒就折回来了。

苏鸥正躺在贵妃椅上看《呼啸山庄》，他进了入室花园，脚步像猫爪一样轻，半点响声也没有。"在看什么书呢？"突然听到他的声音，她吓了一跳。

看见是他，她心里顿时放松下来，"你吓了我一跳，呃，看这个——"说着，她合上书本让他看了那封面。

"一本阴森的书。"他笑着说，"文学家就爱把简单的事往复杂里说，专骗涉世不深的女孩。"

"你不觉得里头的故事曲折动人吗？"

"是的，没有这些故事，多少人得失业。"

"如果你小时候没有故事熏陶，你将是一个没有灵魂的人。"苏鸥抬起头，抿着嘴笑着说。

"有这么严重吗？就算你对了，嗯，我只是觉得，故事也该对症下药。这书里头的主人翁,如果我写,女主角最后将与相爱的人结婚,什么世俗都束缚不了。"

"这也是该书的精髓所在呀,只是他们的形式不在世间。"

"哈哈,人这样活着多没意思,要到地底下做夫妻?这说明他们见不得人。"

"那个时代就是这样的文明,无可厚非,但真爱和精神是永垂的。"

"如果换了你,也这样认为,这样写来着?"

"也许是的。"

他看着电视柜上的白菜形状的玉石摆设出了神,欲言又止。"小雅在催促我结婚。"沉吟了片刻,他还是说了。

"你该跟她结婚,她跟你拍拖了那么多年,一定是盼望极了的。"

"够了!我要的是你这样的话吗?你知道的,我要的是——我们在一起吧。"

"不行,"她低下了头,嗫嚅道。

"你不够勇敢!你懦弱!"他托起她的下巴,忽然语气严肃起来,而且根本不再理会她的话,只顾着自己的想法说了下去,"结婚跟相识多久有什么关系,你没见过闪婚族吗?几个小时足以结婚又离婚了。然而就偏有拍了十年拖都结不上婚的。"他说道,两道目光看穿了她闪烁不定眼神下的慌乱。

"那你怎么现在才想着结婚了,早该跟她结了。"她干脆直视他哀怨又无可奈何的目光。

"不要扯离话题,告诉自己,说'我懦弱,我不敢正视自己的内心'。"说着,他又无限睁大那架在镜框后面的双眼逼近了来。

"不是,那不是懦弱。勇敢很容易,只要凭自己就可以做到了,但如果一个人的勇敢换来许多人的痛苦,我宁可选择懦弱。"她也睁大了双眼和他对视,挑衅地说。

"哼,想做英雄呀。"他点点头,继而说,"好,还真想不到你这么在乎这些子虚乌有的东西。你想顶着贞节牌坊过日子吗?我会让你舒心的。什么'一个人的勇敢换来许多人的痛苦',你以为你是谁?海伦吗?世界因你产生战争呢?还是你想戴上伦理道德的光环?做个救世主?"他轻蔑地说道,咄咄逼人。

"我只是一个普通得不能再普通的女子。只是如果我们意气用事,事情将会很糟糕,我没理由让译南因为我自己的原因而没有了完整的家庭,而你也没理由因为你自己的原因让一个无辜的女子失去了丈夫。还有,你将怎么面对你认识的人？再说了，就算我们在一起了，你能保证没有别的苏鸥跑到你心里去吗？"说到后面，她低垂了头，用只有自己才能听见的声音说着，简直就是喃喃自语。

其实她多么愿意永远地拥有他，永远跟他在一起，他是那样地让自己陶醉。当他睁着疲倦的双眼，专注地看着她的时候，她早已经知道，这个世界里只有他才能给她那种迷醉的感觉。

"你宁愿让自己内心需求屈从这些乌托邦。只可惜，我从来不崇拜英雄，我只选择对的做。我的世界就只有一个苏鸥，只是你自己不确定，心中是否只有一个文粒。"他愠怒地说，背过身去，长长叹了口气。等他转过身时，双唇紧咬，脸色铁青。

"求你别这么说。"她看见他扭曲痛苦的脸，心里像割开的伤口给盐巴腌渍般阵阵发疼，于是妥协地小声哀求说，"我们之间只是昙花一现。小雅她需要你，难道你忍心一个爱你这么久的人被你抛弃吗？你会内疚一辈子，我会不安一辈子。'众口铄金，积毁销骨'，你还是要在单位里待下去的，那才是你最重要的，这个社会对这个东西是零容忍的，对吗？你别任性了，啊？"

"表面上你对了，但不多久你就会后悔的，你知不知道你在说什么？你这个虚伪的女人，难道你不知道这是个物质的、浮躁的社会吗？谁会管你这些东西？和谁过日子是自己的事，你的这些想法只不过是个笑柄！在这个世界上，谁会在乎你？你为什么那么在乎别人说什么？你为什么要为了别人的想法去活着？"说完，他见苏鸥沉默不语，又长长地叹了口气。停顿片刻，文粒又道："我找件外套给母亲，你知道放哪儿的，是吗？"

苏鸥于是进房拿了件灰褐色的风衣出来。见他依旧站在贵妃椅旁，出神地朝她的方向看着。

"我拿走了。"他伸手接过她手中的衣服，说了却不动身，两只眼睛依旧温柔地看着她。

"不是的，就是因为你是最后的文粒，活在了这里。"她指着自己的胸口，幽幽道，"我们都有过去，我不想以后的日子里，回想过去的时候，有违背自己的良知，让自己的亲人痛苦……总之，我遵从自己的内心。"她说着，低头从他的身旁掠过。

他伸手拦腰猛地抱住了她，也不管她的无力挣扎，对着她的红唇轻吻了起来。她轻轻想将开他扶着她腰部的手,可被那只手有力地甩开了,更紧地抱住了她。另一只手开始抚摸着她的脖子和她瀑布般的长发。她心里挣扎着喊着这不可以,但身体却由不得她,反而热切迎合,任他双手从腰肢游离到背后,贪婪地和他胶合在一起。

忽然天空闪过一道亮如白昼的闪电,接着一阵天崩地裂的雷声响过,她仿佛酒醒了一般,竭力推开了他。昏暗的灯光里,他恋恋不舍的双手仍拥抱了来,眼光温柔得她不忍再看。

窗外沙沙地下起了细雨,一阵急促的门铃声彻底摇醒了仿佛还在睡梦中的人,柔情万丈的眼神像一条小银蛇一样溜回到他的身体里去了,似乎他们之间什么事也不曾发生过,他若无其事般地从容开门去了。

到了3月16日,老太太和老先生动身回了澳洲,苏鸥也没去送行,只在公司的电话里道了别。

苏鸥以后每天起床,总有热腾腾的早餐在餐桌上等着她。儿子胡译南有时候比她起早就跟着老人家到小区的小山丘去爬山,或者跟老先生去打羽毛球、乒乓球。苏鸥上班或者有事出去的时候,也不再带着胡译南在身边。她只要看到家里缺了生活用品,冰箱里没了食物的时候补上去就行了。

她有时候在想,也不知道到底是她帮了老人家,还是老人家帮了她。如今,倒是她越发离不开二老了。俗话说,家有一老,如有一宝,苏鸥总算明白了。

文粒经常过来看望父母。他来了也总往沙发上一躺,跟父母聊些有关气候或者时事新闻的话题,有时也会因意见不同跟老先生争执,这时候,爷俩会跟小孩儿一样闹得郁郁寡欢,但老太太总是巧妙地让他们和解。这样的事情见多了,苏鸥就知道过不了一会儿他们就会像没事人一样和好如初。

文粒偶尔也会回来在一起吃饭,这时候最让苏鸥满意的就是他也会一起收拾饭后的残局。

当然,文粒有时看苏鸥踮脚在摆放什么物件,或修水龙头什么的活儿,也一定会主动请缨的。这一点文粒和胡明熹是完全相反的,胡明熹回到家里,就跟回旅馆一样,除了苏鸥特别要求,从不动手做家务,更不会说主动洗一只碟子什么的了。苏鸥有时说他,他就说道:"唉,这些鸡毛蒜皮的事,请个保姆做吧,我都说得腻烦了,你要不请,就别来烦我。"他就是不明白,有些事情,保姆也是搞不定的。因而，此后家里大大小小的事，她也不再吭声，全是自己想法子搞定。如此悄悄比较一番，文粒的形象在她眼里愈发高大起来，仿佛爱情的种子先前仅在她心里萌芽，现在开始生长一般。

李嘉梅和文庆延有时也过来溜达一圈，或者过来吃饭，饭后总津津有味地听老人讲他们过去年轻时候的事。

又一个星期后，胡明熹回来了，胡译南就问他爸爸："为什么我们要和这个爷爷奶奶住一起，而艾城的奶奶不过来住？还有我姥姥，也不过来住呢？"

"因为艾城的奶奶在艾城住惯了，他们不愿意来。姥姥喜欢鹿家镇的老家，所以也不过来住。这里的爷爷奶奶在这儿住惯了，所以还住这儿。"胡明熹解释说。

"哦。"他似懂非懂，又立马转了话题说，"这个星期带我去动物园，去水上乐园，爸爸，你答应的，不许赖。"

"儿子乖。"做父亲的安抚道，"我明天要飞叙利亚，回来后带你去，好吗？"

看到儿子有点不开心的样子，他又说："叙利亚有很漂亮的毯子，回来的时候，我给你带一张，好吗？"

苏鸥在旁边看着，心里着急，打断他的话说："明熹，你过来。"

他们走进房间里。苏鸥对他说："拜托，你以后做不到的事不要向他承诺好不好？你向他开的'空头支票'还嫌少啊？以后儿子再不相信你怎么办？你这是在伤害他，影响他成长。"

"我看到他跟我提要求就没办法拒绝他。你知道我见他的机会是多么少，我怎么忍心很长时间才见他，还拒绝他呢，"胡明熹急切地解释道。

"你工作忙该向他解释工作的事，不该随便承诺他。"苏鸥气愤地说，"你已经这样欺骗他好多次了。不该再说了。"

胡明熹唯唯诺诺地答应了，果然不再向胡译南作任何承诺。

当天下午他们一家子去了海边踏浪，然后在海边吃过海鲜。晚上回来的时候，已经十点半了，文家的老人已经入睡。

第二天早上，苏鸥喊胡译南早起，一起去机场送胡明熹到国外出差。中午回来后，他们与文家老夫妇一起吃午饭。文粒的婚期将近，关于婚礼文老太太又和苏鸥谈心情讲看法。

第七章 假离婚

暑假已经来临，但译南并没有马上回来，而是参加了学校举办的夏令营，等夏令营完毕，胡明熹也刚从叙利亚回来，于是母子俩一起回了艾城。

艾城的工厂里依旧热火朝天地生产着细腻亮泽的瓷器。自苏鸥离去后，她被小三斗败的消息不胫而走，而且越传越神，连小三的国籍甚至样貌他们都耳熟能详。

胆小的员工看见她回来，总是投来又怜爱又敬畏的眼神，然后远远地避了她；胆大的员工看见她，会惺惺提醒她不能再躲避，再躲避，金发女郎可要雀占鸠巢了。弄得她莫名不已，不过心里却挺感动的，这些勤劳可爱的人们，正在帮助她呢。

这次婆婆从只隔几条街的大伯家里挪出玉步，到苏鸥的住处来，难得见到老人家的脸。

自从苏鸥去江城之后，即便偶尔回艾城，胡老太太也是避而不见的。苏鸥当然知道最后的那次吵架式的家庭会议是导火线。其实自从她嫁入了胡家的门，婆婆和伯娘就与她格格不入：譬如她成柜的衣鞋，譬如她的化妆品，譬如对译南的教育方式；还有远在鹿家镇老店的时候，她宁可在家里看书也不愿跟老人去邻里八卦闲聊；谁家的媳妇不是邻里乡亲四处串门唠唠嗑嗑的，她们认为苏鸥高傲孤僻，看不起她们才会是这样的。

"自以为读了书就了不起了？了不起了就别嫁过来，哼！"婆婆常常这样哼唧道。

苏鸥才懒得理会，在鹿家镇的时候她都可以不理会这些鸡毛蒜皮的事，更何况现在！她认为，只要自己不跟她们一般见识就行了，始终最后跟自己过日子的人是胡明熹。她这样非常有原则的过自己的生活已经非常了不起了！她既不会去参加老太太和伯娘的小团体，也不想让她们入侵她的世界——改造别人的事她想都没想过，更何况都不懂的老太太们！

然而老太太却非常明显地想领导她，要她对老太太俯首帖耳，凭她一个老太太的那点见识能力想要改造她？那简直是天大的笑话！

这会儿苏鸥站在阳台处远远地看见胡译南和他爸爸进了工厂的大门，在起居楼下停了车，婆婆和伯娘从车后排出来，婆婆径直穿过左侧的走廊，看样子是去菜畦取菜去了。胡明熹和胡译南走在前头，伯娘在后面跟着，一起从正门进来。

"回来了。"苏鸥笑着迎在了门口："爸爸辛苦了。"

"回来喽！"胡明熹高兴地回答，打开了鞋柜门，可不一会儿就听见他惊讶道，"老婆，我的那双木屐拖鞋呢？怎么找来找去没找着的？"

"不在鞋柜子里吗？"苏鸥也觉着奇怪了，走过来帮忙翻看。

"爸爸，我看见涵哥哥穿着呢，你不用找了。"胡译南也在换鞋。涵哥哥就是胡明熹的哥哥胡晓熹的儿子胡译涵。

"哦，是，是的，不好意思啊，小叔，涵涵说也想要一对这样的鞋子，妈妈就拿过去给他穿了。要不，我打电话让他送回来吧。"伯娘面有难色，讪讪道。

"哦，嫂子，不用了，就让他穿着吧，小鸥再买一双就是了。"胡明熹爽快地回答，看得出来根本没将它放在心上。

苏鸥听了，不屑地牵了牵嘴角，勉强地笑笑。因为她的婆婆就是这样，总把家里的东西随便往外搬，从不问过她，小到鞋子、碟子，大到茶几、电器，都曾经搬动过，更别提每月给她的钱了，总往大伯或满福舅舅的家里塞，并美其名曰"他们家里收入不好，权当补贴补贴"。

苏鸥不好当面说她，只好背地里跟胡明熹讲："她这样做很不尊重我，而且，助长了这种贪小便宜之风，对舅舅和大伯家里人也是一种不尊重。"

胡明熹难为情地说："这怎么说得出口呢，反正我们日子还过得去，那也不是什么值钱的东西，难得妈妈喜欢，就由她去了。"

"那你怎么不了解一下我喜不喜欢呢？你想想，这不是值不值钱的问题，他们又不穷困窘迫。如果真的贫困，我们可以想法子帮他们脱贫。但看着别人家的东西好，就想占有，这算什么？再说了，就是因为她这样子，才更助长了你那好哥哥的脾性，整日四处游荡，也不做点儿正经事！"

"我知道你是对的,你不喜欢就不要理会他们就是了。但是,我怎么去说哥哥!就算说了,你认为有用吗?好在他生性胆小,也不去惹是生非,无非就是吃吃喝喝,在左邻右舍面前吹吹牛皮。他不愿做事,有大嫂做事就行了。你知道,我们小时候,只有哥哥一个孩子跟在妈妈前头,她宠他是有缘由的。"

"就是,这都是你那个好母亲惯的!她自己儿子不管,倒把儿媳妇管得紧,伯娘脾性的确好,难怪她选她做儿媳妇了。"苏鸥说着,哑然失笑,故意道,"难怪她不喜欢我,就因为你不去游手好闲。"

"知道我好还不亲亲我。"胡明熹揽她入怀。

就这样,尽管她如何愤愤不平,胡明熹还是不以为然。既是这样,她又有什么好说的呢。好在大件的家具,还有她自己的贴身用品,老人家还未动过歪主意。只是有一次,她有意无意地对苏鸥说:"小鸥,我见你衣柜里的衣服有很多好久没穿过了,你还穿吗?如果不穿了,又还那么崭新,我拿去给贵花穿,你看可以吗?"贵花是满福舅舅的媳妇。

"妈,我还换着穿呢。"苏鸥没好气地说,"您可不可以少操心一点啊?而且舅妈也穿不了我的衣服啊!尺码根本就不一样。"

"大外套总可以吧!这有总比没有的好,能给的就是帮他们省下的,难道你真不懂啦?不是为娘的要批评你啊,你这叫为富不仁。要是哪天我不在了,指望你们周济周济是不可能的,我苦命的弟弟啊——"她总是这样说着就倚老卖老地一边擤起鼻子,一边叹息着挤出眼泪来。

"反正我的东西您别打主意啦——"苏鸥话没说完,就看见胡明熹甩门而去了,她无可奈何地,也只好夺门而出。

所以现在她只好违心地说:"是,一双破鞋子那么丁点大的事儿,回头我再买过就是了,别跟孩子计较。"末了,还违心道:"瞧这孩子长得多快,明熹的鞋子他都穿得下了。"说完,却觉得仿佛吞了苍蝇一般一阵恶心。为了息事宁人,总是这样假惺惺做人,她觉得自己虚伪极了。

"可不是,他爸爸的衣服他都穿得下了。"

妯娌俩还真有一搭没一搭地聊了些有关孩子不痛不痒的话题。不一会,婆婆就从菜畦里收了些青菜回来,苏鸥忙说厂里还有点事儿,抽身走出大门口,深深叹了口气。

胡明熹也赶出门外来,听到婆婆在后面酸溜溜地说:"看看,一回来就蹭

第七章　假离婚

着老婆，把老娘丢一边了……"

他只好嘿嘿笑了一下说："妈，您说哪呢，我时刻惦记着您呢。"

苏鸥依稀听得她朗声笑道："这还差不多！"回头却当真不见了胡明熹的踪影，她唯有又长叹一声。

瑞达公司的工厂建造在一片工业区上，工厂的后方是连片的麦田。

此时苏鸥坐在田埂边上枝叶繁茂的柿子树下。每每有郁闷的事情发生或者感觉委屈的时候，这里就成了她发泄垃圾情绪的不二之选。看着连接到天边的黄澄澄麦田，她使尽全力地大喊："啊—啊—啊—"空旷的原野带着她委屈的叫喊声。

她喊着喊着，想起自己虽然名义上是公司的老板，却不能大刀阔斧；虽然心里爱着文粒，却不能与君相依；想起婆婆的专横和自己的委曲求全……想着想着，不由得泪眼婆娑，嘤嘤地掩面哭泣起来。

再没有少女时代母亲温暖的呵护，也没有闺蜜的慰藉，面前有的只是弯弯的麦穗，饱满地随风摇摆着肢腰，倾听她幽幽的泪水里承载的哀愁。

她终于哭泣得胸口发疼了，眼泪也流干了。于是她静静地坐着，不时用手拨弄着身边的麦梗，或者轻轻托住那些饱满的麦穗。

她一直坐在那儿一动不动的，直到七月的阳光变得柔和。电话响了，传来胡明熹焦急的声音："你在哪儿，到处找不到？"

"噢，我在工厂后面的田埂边。"她的烦闷，她的相思愁苦，一半给了眼泪，一半给了田野。苏鸥现在舒坦多了，可以安静地回答胡明熹了。

不一会儿，胡明熹找了过来了。他也站在田埂边上眺望这片金黄的海洋，感叹道："还是大自然的胸怀坦荡，这样看上一眼，就已经把郁闷吸走了。我怎么没发现这么个好去处的，看来以后要多点来发发呆才是。"

"呵呵，说说还行。"苏鸥给他逗笑了，"你有时间到这儿来？以前是半年去一次国外，现在是一个月去一次，再这样下去，快倒成半年回来一次了，到时怕是连回家的路都不认得啦。"

"我认得我老婆孩子就行，就算盲了也认得。"他似笑非笑地认真地看着她说，"我知道这样很不好，但我如果不做这些，我还能做什么？如果你天天看见一个无所事事的人围着你转悠，你心里会厌烦死的。对不对，老婆？"

"你喜欢吧。"苏鸥看着天边渐渐拢聚了不知道从哪儿飞来的鸟儿,在天际徘徊滑翔,也许它们和她一样,正在感受傍晚时分随风吹来的田地果蔬的芬芳气味。她倚身靠在他的臂膀上,仿佛要把她的无助搭架在他的身上。他伸手搭在她的肩膀上,轻轻搂着她,心旷神怡地看着眼前这片如画的田园风光。

苏鸥抬眼看着他说:"也不知道你什么时候能停下来,其实我不需要……"

"我说过要让我的老婆孩子过上一般人过不起的生活。"他没听她讲完,打断她的话说,"这次迪拜之行,如果顺利,回来之后将是一大笔收入。"他依旧眺望着远远的天边,那儿的第一片彩霞照耀在他坚毅的脸庞上。

"我觉得现在已经很好了。当然以后的努力是为了稳住现况。你想想无论怎样努力都不可能就做得最大最好的,现在的生活就已经是很多人过不起的了。如果再有条件,应该让跟着我们拼搏的人也享受这收获……明熹,你在听吗?"

"在听!"望着田野与远山的接壤处,他一副不可一世的样子,慢悠悠地说,"成吉思汗说,'凡是我马蹄去到的地方,就是我的疆域'。真是博大的胸怀。老婆,我真怀疑,如果我出生在乱世,肯定也是一代枭雄。"

苏鸥"扑哧"笑了起来,这个胡明熹,整天就爱做英雄梦。她笑着说:"是,'胡枭雄'。拿破仑还说过,'凡是我眼睛看到的地方,就是我的疆域'呢!您若出生在乱世,您就是那拿破仑了。今世投胎到此地,真委屈'陛下'您了。"

"你取笑我,看我收拾你。"他说完就抱着她,使劲往她脖子里吹气,挠她腰肢、腋下。

"投降啦,举白旗……"她咯咯笑个不停,嚷嚷着求饶道。

"看你嘴犟,'陛下'赏赐你宫殿便是宫殿,茅厕便是茅厕,哪里有你多嘴的道理,说了要你过上别人过不起的日子,便是要你这样过了,再无理取闹,担心我把你打入冷宫!"胡明熹不理会她的求饶,继续与她玩闹。

苏鸥挣脱了他的钳制,撒腿往田埂深处跑去,胡明熹在她后面追逐着,两人即时兴起玩了起来,一直跑到远处的山脚下。

不知什么时候起,青蛙呱呱的叫声连片响起。一轮金色的太阳落在原野的尽头。远处的村庄、整片的麦田,还有附近的稀疏的树木,全被染成了一片金黄色。胡明熹国字脸的轮廓,浓密的黑发和短短的胡子茬,也全沉浸在金色的暮色里。

"明熹,"她轻声地正色对他说,"你就不能歇歇脚?儿子的成长需要爸爸来陪伴，你就不能把一些事情交给别人，比如靳平这样的员工做吗？生活其实不需要很多很多物质的东西，这你懂的，对吧？"

他从地下捡起一块小石子，用力甩得远远的，中气充沛地说："现在趁年轻把企业做大做强，儿子有时间我尽量陪他就是了。我亲爱的夫人，你就不用操心太多，只盯紧了钱袋子就行了。"他说着，又捡起了一块小石子，远远地扔了出去，比刚才的那块更远。

苏鸥真不明白，胡明熹总是强加了他的意愿在她头上，冠以堂而皇之的理由。但是她已经不想再说了，她不想拂了他的意，更不想在他回来的有限时间里，去讨论这些无关紧要的事。

他们一起沐浴着徐徐吹来的晚风，离开田埂。其时太阳已经落在了远处的丛林边。西边霞光隐晦，远处陆续有农民挑着担子归家。

他们走后，那太阳兀自沉到西边去了，云朵也换上黑衣裳，星星在天上恪尽职守地巴眨着眼睛。

胡明熹刚刚从叙利亚回来，全家人免不了要共聚一餐，聊聊别后思念之情的。然而让老太太不满的是，苏鸥前脚一出门，自己的宝贝儿子转眼也消失得无影无踪，这真让她懊恼。左等右等，到了黄昏时分，夫妻俩终于手拉着手，满脸春风地回来了。一进门，苏鸥就瞄到了老太太那已经含怒三分的眼神，于是更故意地把头一歪，靠在了胡明熹的臂膀上。

"爸爸，妈妈，吃饭咯。"胡译南一看见父母就高兴地从沙发上跳起来，亲热地喊道。

"眼里只有爸爸妈妈，怎么就不喊奶奶吃饭？"老太太责备道，"都是做妈妈的平日里的好教养！"

"译南，喊奶奶吃饭！"苏鸥笑着对译南说。

"妈——"胡晓燕关掉电视说，"刚刚不是叫了嘛，走，吃饭去。"说完，拉起母亲的手拖拉着老太太去了饭厅。

苏鸥刚嫁到胡家的时候，小姑只有胡译南这么大，眨眼之间，已是一名初三学生。

那时候，大伯胡晓熹和伯娘已经成家好多年。听说伯娘还是婆婆亲自钦点的，故而婆媳关系非常融洽。在胡译涵很小的时候，伯娘经常将孩子往婆婆身上一塞，自己就潇潇洒洒地回娘家去，一去个把月，婆婆也是乐呵呵的。但到了苏鸥有译南了，就不行了，哪怕离家三天也是不可以的。婆婆这会儿说，谁的孩子谁自己带，她是不会帮忙的，何况要像苏鸥这么精细地带孩子——这母子俩身上总干净得一尘不染，乡下的孩子哪个不是泥猴子一样的，可胡译南的小屁股稍微一脏，做母亲的立刻就洗呀擦呀非得换下衣裤。这也就算了，有时候婆婆想抱抱胡译南，苏鸥又说抱孩子之前必须得洗手，这是哪门子规矩，她老人家一辈子就没见过谁家是这样养孩子的。

当年，胡明熹一结婚，大伯和伯娘生怕他们小夫妻俩占了他们便宜，就吵着要分家，方法也是婆婆提点：谁要了陶瓷店铺就要养老人和小姑，另一个就分二十万元现金和老屋。

伯娘那时三十出头，陶瓷店她待得腻，若是还要做这一行，她不如拿钱另起门户，所以自然选择了拿现金。苏鸥那时刚从院校毕业出来，自然以感情为重，更何况她向来就是感情细腻的人，总认为钱财是人赚来的，于是二话不说就扛下了重任。只是人算不如天算，后来苏鸥夫妇竟越做越好。

现在的伯娘已经没了当年那种气势凌人的资本了，见了苏鸥，倒是战战兢兢，因为现在他们夫妻俩都在苏鸥门下营生。苏鸥给她夫妻二人的活儿是每天负责从菜市场里买些厨房用的瓜果蔬菜肉类，添置办公日常用品等等这些不上档次的活儿，但这好歹还是有些油水的，特别苏鸥去了江城后，夫妻俩更是放开了手脚。现在她最担心的是，她那不成器的老公，酒后疯癫把这些秘密抖漏出来，因而对这样可以胡吃海喝又有苏鸥在场的场合小心翼翼得很。

"大嫂，来，坐这儿。"胡晓燕挨在苏鸥身旁让她坐下。

"你坐你坐。"她大嫂讪讪地说，把她的儿子译涵挪到小姑旁边，自己则坐在老太太的左侧，那个腆着大肚子、留着两小撮八字胡须、头发差点就中分的老公早已坐好了在自己的左侧。

胡晓燕也不理会她，她跟大哥大嫂夫妻俩原本就没多少话说。一般她从学校一回来就会去找苏鸥，她总有说不完的话跟苏鸥讲。这也让老人家恼气，但她拿捏不了胡晓燕，更不敢跟她较劲，如果母女俩吵起架来，她到底敌不过她，最后也就只有自己哭的份儿，只好由儿子胡明熹连叱带骂地把高过自己半截的闺女痛骂一顿了。所以她更有理由讨厌苏鸥：她不但把儿子胡明熹收服了，还把女儿也收服了，因此她恨她！胡明熹去年的时候就答应她要把苏鸥"休"出门去，结果到现在也不见有任何蛛丝马迹，她心里盘算着怎样在他面前寻死觅活的，非逼他离婚不可。眼看着苏鸥把她的家人一个个收服而去，她心里就如被毒蝎啃噬般难受。

晚饭过后，苏鸥和胡晓燕刚出到大门拐口处，却见婆婆也整装待发的样子，苏鸥悄悄问："燕子，是不是叫上妈妈一起去呀？"

"二嫂，不要啦，她去我就买不成东西的啦，她就会让我买她喜欢的款式，这多闹心。"胡晓燕俯身到苏鸥耳边才悄声说道。

"那也不是她的错，她认为好的才买给你的，只是她的审美观跟我们的不一样而已，她还是真爱你的。"

"嫂子，我懂啦。所以不要跟她一起去嘛。"

说完，她们绕开她婆婆开车远去了。

看着姑嫂俩远去，做婆婆原本以为苏鸥会叫住自己，与她们一起去的，却没料到她竟然避开自己，当她是透明似的。当下越想心中的火气越旺，于是三步并做两步走，迅速回到屋里。

胡明熹刚刚准备外出。

"明儿，去哪里？"

"哦，妈，约了朋友。"

"明儿，你上次就答应我，要跟她离的，怎么快半年过去了，还没了断呢？"

"妈，苏鸥又没做错什么事，上次舅舅的事也依着您的意思办了，您这又怎么啦？"

"看看，养儿子，这就是养儿子，怎么样都是向着媳妇的，常言道'有了媳妇忘了娘'，说的就是你这样的兔崽子！你见我这样说过你嫂子吗？你大嫂来我们家十几年了，什么时候让我难堪过？看看苏鸥吧，目无尊长，狗仗人势，好吃懒做，整天涂花抹粉，招蜂引蝶的，不守妇道，这样个媳妇，还需要把奸夫都摆上台了你才心甘情愿放手吗？到时候老娘的脸都被你丢光了。"

"妈——"胡明熹委屈道："您怎么可以这样抹黑苏鸥呢？每个人的性格不一样，您总不能要求苏鸥也和大嫂一样吧？"

"抹黑？！你去看看她的衣柜，开个服装店都嫌多了——这不是铺张浪费吗？打扮得跟个妓女一样，还是结了婚的女人呢，你看看，鹿家镇的女人，谁结了婚十指不沾阳春水，却天天对着镜子照！这是要勾引谁呢？明熹，去年我就跟你说了，你要是选了这个女人，我就上你爸那儿告状去——"老太太说到这儿，又想起了逝去的夫君，泪珠像断线的珍珠一样，源源不断涌出来了。她号啕着叫嚷道："老头子啊！你咋死得这么早哇，害得我孤苦伶仃——"

"妈——"胡明熹脑门咚的一声闷响，又开始六神无主，他最生怕母亲对着他号啕顿足，哭天抢地地呼喊他死去的爹，他当然不相信是自己的命硬克死了自己的亲爹，但他一直活在"命中带弓箭是要杀亲爹"的阴影中。

"你到底答不答应我立刻休了她，今天已经到了忍无可忍的地步，你要是还不行动，今晚就把我也收了，天地良心，我命苦哇。"

"妈，妈——"胡明熹哭着不自觉地跪了下去，他只要一想起真要跟苏鸥分手，就伤心得肝脑涂地，心里在乞求母亲放过他们夫妻俩，嘴里却不由自主道，"妈，您别哭了，我答应您，您给我时间，我会给您一个满意的答案……"

有个人贴着房门偷偷地听着，当最后听到胡明熹含泪的话语时，惊呆了，等稍稍回过神来，急忙拨通了苏鸥的电话——

"苏小姐，是我，林嫂。"

七月的天气是灼热的，但苏鸥的心却是拨凉拨凉的。她真想剖开婆婆的心，看看里面到底有多黑。

轰隆隆的机器声连片地响起，忙碌的一天又开始了。

苏鸥正对着镂花的师傅们一一提点着样品的要求，昨天胡明熹交代了，这次样板必须富丽堂皇。

"就牡丹这款是外镂，背面的镂洞用斜格子，底座、花瓶口沿、叶子和花尖用金边，主体仍旧用上次的青花……"师傅们边听边点头，当说到主体用青花的时候，年长的黄师傅接着苏鸥的话茬问：

"我觉得这样一来，主色便不分明，如果青色里面加点影影绰绰的金色，倒是凸显了主色。苏经理觉得如何？"

"嗯，这主意不错，既显富丽又有中国风，就这样定了。"

师傅们得了旨意便专注于手头上的工作了。

苏鸥从装着空调的画房里出来，时值盛夏，早晨九点后，空气里开始黏黏糊糊潮热起来了。她往贴花间转了一圈，也不见有什么异常，就回办公室里去了。

刚刚坐下，人事部经理就来了。

"苏经理,烧窑的一个员工辞职,您签个名。"

辞职书递上来,苏鸥才想起她后来制定的凡班长以上人员变动,须得她签名,烧窑一块,则全部都要经她过目。

"走了一个,得马上补回来。"苏鸥说,"新员工来了吗?"

"嗯……其实都不影响,三个员工其实多了,烧窑一直两个已经足够。"

"什么?上次的教训还不够吗?我定的是三个轮班的啊?"苏鸥觉得不可思议:"谁定的规矩,两个人?"

"啊?!不是您和老板定的吗?这可是老板亲自跟我讲的啊!"

"老板——好吧,那我知道了,新员工马上填补,没到位之前,任何人不得超时操作。"

"这已经换了第三个了,每个新人来,都只干了半个月就走了。"

"详细原因?"

"满福舅舅想延时就延时,他们干的活儿太少,领到的工资太低,就待不下去了。"

说到这儿,苏鸥把手里的笔一扔,定定地看着他问:"现在这个岗位谁在?"

"陆满福、宗环。"

"好吧,有什么情况再通知你。"苏鸥气得快说不出话来,她把脸扭到向着窗台的一边去,竭力止住满腔怒火。

"明熹,你在哪里?"

"和邱绍铨商议组织协会的事儿,要去看望姑姑了吗?"

几秒钟后,胡明熹感觉到了电话筒那头不对劲的焦急气息,立刻简短地说:"一个钟后回来。"

"在家里等你,"苏鸥说完就挂电话了。

独自站在阳台上,看着大挂车在仓库门口忙碌地装货,苏鸥怎么也高兴不起来。看望姑姑!哼,昨晚林嫂告诉她,胡明熹已经答应母亲说要与她分开,她如何能相信,她和他刚刚卿卿我我地从麦田里回来,一顿饭后,就说离婚?可是今天,她终于明白,胡明熹真的可以阳奉阴违的,只是不知道阳奉的是他的母亲,还是她。

黑色的奔驰驶进厂区,苏鸥看着胡明熹下了车,朝屋里走来。

"能不能真心对待我?请说说你们这是在干嘛?"胡明熹前脚刚跨进客厅,

苏鸥就迫不及待地将辞职书和陆满福的出勤记录扔在了胡明熹的面前。

"你怎么又拿这事来说事？你还嫌事儿不够多不够烦吗？"胡明熹看了一眼就不耐烦地说，身子往沙发上一歪，跷起了二郎腿："他现在干得好好的，我也跟他再三说明，若再出现任何情况，就没了这甥舅情分了！苏鸥，得饶人处且饶人，何况是我的母舅，打狗还得看主人呢，妈妈已经把舅舅的赔款全付上了，你难道不知道吗？"

苏鸥这才想起有笔产品损坏赔偿款了，可进账的是物流赔偿费呀，原来是陆满福的。她当下就冷笑了一声：

"说得好听，还不是我们的钱。你太不把我当人看了，既知这样，何必当初？"

"你可理解我夹在中间的滋味？母亲说你太强势了，现在越来越发觉她讲得有理了。"

"她还说我们必须得离婚了，是不是？"苏鸥苦笑着说："我为了公司的运转苦煞心思，到头来却是太强势了。好，好，我不怨天，不怨地，只怨我苏鸥遇人不淑，福分不到罢了。"

"母亲的话你也不必放到心里去，我知道她是有些过分的，但活着就是这样啊！我既是丈夫也是儿子啊！"

"愚孝！你想过我和儿子吗？"苏鸥说着，眼泪不争气地流下来了，"改天她为了一己私欲，要你去杀人，你头也不回地去？"

"老婆，我一辈子只承认你是我唯一的老婆。"胡明熹艰难地说道，"可是，我总不能眼睁睁看着母亲被逼着走上绝路吧？我想好了，我们就假离婚，假离婚！好不好？我们到江城去，工厂只是我们的后方，偶尔回来看看就好了。"胡明熹说着跪在苏鸥面前：

"看着你和母亲不和，我的心撕裂般痛。小鸥，老婆，你不知道，我从小被指责，邻里乡亲个个说我是罪人，我是为了赎罪而活在这世上的。有一次，在放学回家的路上，有几个高年级的孩子无故围着我，他们拿弹弓弹我，起哄取笑我，'你不是杀手吗？拿出你的弓箭来，来反抗啊'。"

他把脸埋进苏鸥的双腿，低声地说："他们用泥巴砸我，边砸边喊，'带弓箭的人，你这个不孝子，没爹的人，就砸你！'我吓得瑟瑟发抖，我说我不是，他们就砸得更厉害……"

第七章　假离婚

苏鸥看见他眼泪流了下来。"后来母亲来了，她抱着我回去洗澡，姑姑在放洗澡水。她抱着我陪我哭成了泪泥人。'妈妈，我不是杀手。'我哭泣着说，'我是孝顺的儿子。'她把我抱得更紧，她说：'我知道，他们是坏孩子。再过些年，妈妈接你回去，你一定要做个孝顺的儿子。''我会的，妈妈。'我这样说，也下定了决心，我要证明给所有人看，我不是杀人凶手，我不是不孝子……"

"我知道，你说过的。"苏鸥替他难过，"那不是你的错。她没有尽到母亲的职责，她不应该送你出去。"她抽噎着说。

"不！她是被逼才那样做的——母亲是爱我的！在那艰苦的日子里，有了姑姑和母亲的爱，我才得以生存下去。小鸥，这样好不好？其实很多人为了某种目的而假离婚的，你是知道的。等母亲百年之后，或者年月长了，她消了火气之后，我们再复婚，可以吗？"

泪水无声地沾满衣襟，她难道说不可以吗？强扭的瓜不甜，胡明熹有的是满脑子的主意，这一个不行，肯定还有别的计谋。她太清楚他了，只要想得到的目的，他会想尽一切办法的。她落到如此地步，怪只怪自己有眼无珠，识人不慧了。

"我们去将工厂的名字更改一下，变成你的名字，江城的公司也是你去开拓的，依然是你的名字，江城的房子也是你的名字。这样，所有的产业都是你的名字，你可放心了？仅仅为了安慰下老人家，好不好？"胡明熹拉着她的手，眼眶发红，一脸真诚地看着她说："但是这一切不要让母亲知道。我已经跟她讲了，我可以跟你离婚，但只有我们三个人知道，译南还是个孩子，为了他健康成长起见，不能公开，而且要跟往常一样，回来了就住在家里，一切都没改变。母亲对这个也同意了。老婆，你倒是说话呀。好不好？"

她苏鸥要假离婚，为了安慰婆婆，不，胡明熹的母亲！太荒唐了！而且，她没有任何其他的办法，因为她的丈夫要这样做，她有必要撒泼吗？有必要闹得鸡飞狗跳吗？有必要绞尽脑汁和他们较劲吗？

这恰恰说明她在他的心目中远远不及他母亲重要——为了母亲，他可以不择手段，哪怕伤害到她和儿子！

这真是个充满矛盾的世界，荒唐的世界，她伤心欲绝，头昏脑涨起来。更换名字？何必花费那个周折……但我累了，真累了，我要歇息歇息才行……苏鸥心灰意冷地说，"请你不要打搅我了……"

工厂、公司、胡明熹、婆婆、文粒，这大半年来，把她折腾得神经衰弱。

从民政局回来，苏鸥觉得像是做了一场噩梦，昏昏沉沉，她除了睡觉还是想睡觉。胡明熹见她呼吸急促，脸颊潮红，于是伸手摸了一下她的额头，吃惊地发现她发着高烧。

"林嫂！"胡明熹叫道，"快来帮忙看看！"

林嫂听他叫得这么急切，吓得飞一般地赶了过来。

"哎哟！这么烫手，得赶紧送医院。这么多年没见苏小姐这样病过哩。"

"那，快，你帮忙扶着。"

从医院回到家里，已经是晌午了，苏鸥吃过林嫂煮的红薯粥后，慢慢地就退了烧。胡明熹见她好些了，才又出去了。

"苏小姐，您别着急，凡事慢慢来，总有见天日的时候。医生说您扁桃体发炎，外感风寒。其实我知道，您是一时心火攻身，您得慢慢调养调养，有了身子，才有一切啊！"林嫂坐在床沿边，细声劝说道："我是一个粗人，没文化，不会表达我的感情。但是无论以后您去到哪里，只要还需要我林嫂，我就一定跟着您。"

"谢谢你，林嫂。"苏鸥听了这话，心里一热，握住了她粗糙的双手，"感谢！您的这句话就是对我最大的支持。"

林嫂平日里就很少说话，家事细巨，她都一一操劳，苏鸥打心里感激她，如今又说这些体贴话，多少给了苏鸥一些鼓励。她欠身躺在床上，望着窗外远处缥缈的山脉，思绪一点一点地回来，不再像原先那样混沌。

林嫂见她精神好了些，就劝她躺下歇息，帮她掖好被子，掩上门，轻轻地走回到厨房。

苏鸥迷迷糊糊地不知睡了多少时候，醒来时发现胡译南和胡晓燕正在照顾自己。看着两个懂事细心的孩子，她感到很欣慰。

不一会，胡明熹悄无声息地进来。他伸手摸了摸苏鸥的额头，又伸手试了试自己的额头，点着头说："嗯，不烧了。感觉怎么样？"

"浑身像散了架一样，一点气力也没有。"

"慢慢来，药吃完就好了。好吧，孩子们，我们出去吧，让妈妈休息。"

胡明熹命令道。

他们出去后，开始还隐隐约约传来电视和叽叽喳喳谈话的声音，后来是林嫂招呼孩子们吃饭的声音，再后来她又朦胧地睡去。再次醒来的时候，一个让她非常敏感的声音传进来了——"真的吗？"婆婆抑不住高兴，简直是快乐的欢呼。

"嗯，好。那她人呢？走了？刚刚还看见小南啊？"

苏鸥估计胡明熹拿了绿本给她看过了她才这么说的，果然后面一听胡明熹说自己受了风寒在房间里，婆婆立刻尖声叫起来："这分明就是假装的嘛，无端端的生什么病嘛。跟你讲过，这人就好吃懒做，现在多了一项——装病。"

"妈——"胡明熹哀求道，"她真生着病呢！"

"有这么娇气吗？不就是感冒，谁感冒了还不是照常上班，这明摆着是借口嘛——江城的生意她不管了？不管了我派人去接替。"

当那个铜锣般的声音阵阵传到苏鸥耳朵里，苏鸥就强忍着晕眩起身收拾随身衣物。

"哎呀呀，苏小姐，您这是上哪儿呀？"林嫂慌慌张张过来扶住她。

"译南！"苏鸥凄惨地叫着。

"妈妈——"孩子和胡晓燕从书房里出来，不知所措地看着病得脸色青白的苏鸥和满脸戾气的老太太。因为他俩在书房里玩着对打游戏入了迷，竟不知大厅里的吵闹声究竟为了什么。

"译南，走，我们回江城！"苏鸥拉起儿子就往外走。

"妈妈，您能不能少说一句呢？哎——老婆，等等！"不等他说完，苏鸥已经出到了门口。

"苏小姐，等等。"林嫂见状立刻脱去围裙，也追了出去。

"燕子，你回来！"铜锣的声音响彻在四楼楼梯的转角处的时候，胡晓燕也追上来了。

"爸爸，怎么现在回江城？"胡译南一边关车门一边问，"我妈妈还生病呢？"

"今天奶奶和妈妈互相误解了，妈妈想回去江城，舒服些。好了，妈妈心情不好，我们不说了。"胡明熹掩饰道。

苏鸥听了也不辩解，一坐上副驾座就闭上双眼，她不想让孩子们从小就目睹亲人之间的狰狞一面。

"妈妈常常这样发神经的啦！嫂子肯定是对的。"胡晓燕毕竟是青春期的孩子，平日里又不时被她母亲啰唆，自然说话时就站到苏鸥的一边。

苏鸥听了她的话还是心里暗暗欣慰，只是嘴上依旧不言语。

就这样，一路上听得两个孩子偶尔讲几句的话。一个半小时后，汽车驶进了江城。刚一进江城，胡明熹的电话就响了起来。

"是妈妈打来的，燕子你听电话。"

"妈，还没到呢……好，我问哥哥。"胡晓燕把电话拿在手里，对胡译南说："哥，妈问你什么时候回去。"

"门都没进呢，催什么？明天回去。"胡明熹不耐烦地回答。

"妈，我哥说了，明天。"胡晓燕说完立刻挂断了电话，"真烦。"

二十分钟后，胡明熹的电话又响起，他看了一眼说："又是妈妈。"说完把手机扔在了一边，任凭它响了一遍又一遍直到不再叫嚣，都没再接听。

在一群人刚刚到玉海苑的家门口时，就看见李嘉梅站在门口迎着了。

"才到啊？我都站了有十分钟了。"嘉梅嚷嚷道，"姐夫，亲家奶奶叫你一到家就给她打电话。"她话刚说完就又惊叫起来："姐，你的脸色怎么那么难看？"

"她生病了，早上还发着烧呢。"胡明熹一边开门一边说。

苏鸥扶着林嫂，只觉得头重脚轻，她有气没力地说："林嫂，渴了，弄点水给我喝吧。那个，梅梅，有什么事跟明熹说吧，我睡觉去了。"说完就往卧室里去了。

回到玉海苑，仿佛出航的小舟回到安全的港湾一般，没有了一切聒噪。在这块安静干净的领土上，苏鸥很快沉沉入睡过去。等她再次睁眼，已是艳阳高照。她睡眼惺忪地出到客厅，除了林嫂在厨房里忙碌外，整个屋子静悄悄的。

"林嫂，其他人呢？"

忽然听到声音，林嫂背脊挺了一下，转过身子，看见是苏鸥，才松了口气说："哎呀，吓我一跳！你起来啦？"

苏鸥点点头，林嫂又问："感觉怎么样？好了吗？"

"应该没事了。嗯，明熹呢？译南呢？"

第七章 假离婚

"他们见你睡得香，怕吵到你，到对面小山丘去了。你昨晚一个晚上没吃东西，饿了吧？呐，我已经做好小米粥了，这会儿刚刚好喝，你快快喝些吧。"林嫂说完就去盛粥了。

苏鸥舒坦地喝完粥，正回想着昨天发生的令她愤恨的事情，李嘉梅手里抱着百合花轻轻哼着歌儿就进来了。她接过林嫂从花架上拿过来的白底儿翠色裂纹的花瓶，熟练地摆弄起插花来，并告诉她文粒和袁小雅要结婚的消息。

苏鸥穿着宽绰粉红色绸缎料子的睡衣，一张病恹恹的白色脸蛋儿，鼻尖对着百合花，正闭着眼睛沉醉在其中，黑色的长睫毛更衬托得她楚楚动人。

"我有个小师妹，张茵茵，前段时间从加拿大回来后，一直缠着我教她插花，学的时候却老旁敲侧击地绕着圈儿问庆延的事。还有啊，她回来的当天就打电话给我，说刚下飞机，她家里人都出差去了，让我去陪陪她。你猜猜在她家花园门口我看见了什么？"

"看见了什么？"苏鸥诧异。

"她故意崴脚躺到庆延的怀里去了！唉，姐，你说这小女孩儿怎么就这么多心眼儿呢？"

"呵呵，那是你缺心眼儿！"苏鸥这才从埋在花里的头抬起来．她看着嘉梅闷闷不乐的样子，笑着说："看看，你还嗤之以鼻呢，别人却求之不得！"

"嗯嗯，看看小雅，看看小师妹，我是该重新改变对他的看法才是。"李嘉梅露出罕见的若有所思的怅然，"其实他也不是一无是处。"

"小雅怎么啦？"苏鸥当然是醉翁之意不在酒。

"去年文粒就和她一起来看过婚庆事项，预备10月结婚，可后来不知什么原因就一延再延，又推到今年下半年了。为这个事情，小雅不知伤心了多少次！所以每次看到你和姐夫，就觉得你是最幸福的。"

"你也觉得我是幸福的？"苏鸥哑然失笑道，"既然都认为我幸福，有什么理由我不幸福呢？哈哈，我就幸福吧。"苏鸥遵守与胡明熹的约定，除了他和他母亲与自己外，不让第三个外人知道他俩假离婚的事。

"是啊，你看小雅吧，整天都在花心思怎么让文粒开心，就连上床——"她说着，捂着嘴吃吃地笑了，"昨天还约我帮她去看内衣，要我帮她看哪一款穿起来最性感、最勾魂，哈哈哈。"

"哎哟，还没结婚呢……"苏鸥听着也脸红了起来，"是你的赶也不走啊，梅梅,你拍拖千万不要这么恶心哈,彼此珍惜就是了。"正说着,林嫂又端出来一碗热气腾腾的红糖姜水,让苏鸥趁热喝了。

又过了一会儿,胡明熹带着孩子们汗渍渍地从外面回来了。直到吃过午饭,她在胡老太太一遍紧接一遍的催促下,和苏鸥道别,带着胡晓燕和林嫂回了艾城。

再过几日,他便带上苏鸥设计好的一套汤匙饭碗样品,出战到迪拜。

第八章 他结婚了

回江城的第十天，天气晴好。

苏鸥上了一个早上的班，有些疲倦地踱步到大班台对着的落地玻璃窗前，望着窗外一览无遗的现代建筑，思考着是否应该将产品进驻到超市里去。就目前看，瑞达的产品还是停留在实用的基础上，是时候做些高端的产品进驻了。

正思索着，没想到接到了文粒的电话，他说有急切的事情要找她，正好又是午饭时分，问能否一起吃个饭。她问他发生了什么事情，但是他坚持要见面后才能说。

她迟疑了一下，然后淡淡地说道："算了吧，我又不是您家里的人，有急事您找您家里人去吧。"她还记得，7月的一天，他把她丢在不熟的广州不管不问，白白让她去顶着烈日去医科大学受罪。从那以后，他们连个照面也没打过，他走他的阳光道，她过她的独木桥。这会儿，她平静地听着他的电话，用嘲笑的口吻对他讥讽道。

电话那头有半晌没有动静，随后传来一阵嘟嘟嘟的挂断之音。

她握着手机，伫立在窗前，仿佛时间凝滞了一般。其实他的声音从天而降的那一刻，就像闪电一样将她的脑袋击中了。直到门外响起敲门的声音，才将她的魂从电话线的那头收了回来。

下午有一半时间她处于迷糊状态，有两次进错了办公室，一次进电梯按错了楼层，一次倒水的时候水早溢出了杯子还按着出水键。如果不是靳平进来报告说新到的一车货有些瑕疵被销售商捏着在说事，她怕是要迷糊上一整天了。

看过了拿回来的全部贴歪了花纸的盘子，她启动紧急召回会议，电话联系了艾城厂里。原来就在她离开江城的第二天，胡老太太就从鹿家镇叫来了她的亲友团，霸占了一条生产线。监工把不合格品挑出来，但他们又目中无人地放回去，还扬言要替了厂长的位置去。

苏鸥头痛极了：这个老太太最怕村里人不知道她有本事，最喜包揽村里的人到厂里来上班，早前就说过要去招揽"人才"过来。苏鸥以前是严禁厂里有亲戚帮的，所以严辞了。眼下，亲戚帮蔚然成风，竟然目无厂规！

她心急火燎地打了越洋电话给胡明熹，叫他做处理。其实她也只有干着急的份了——老太太从中阻梗，怎么赶得走她的亲戚们，就连陆满福的事情，苏鸥都搞不定，何况一下关联到这么多人！胡明熹啊，苏鸥心里在怨恨道，你真糊涂！

胡明熹在电话里安慰苏鸥，说他会妥善处理这件事。苏鸥虽然担心，也不好再说什么，就唯有等消息的份儿了。

到了六点，烦闷的她就约了李嘉梅去游泳，于是回家里拿泳衣。

刚刚过了迂回曲折的林荫小道，苏鸥一眼就看见文粒坐在湖边垂柳下的石凳子上。咋一见到他，她心里咯噔了一下，但马上调整心态，做视若无睹状，低头右拐，走得更快了。

一小会儿，还没到楼底下，他就追上她了。

"你这是做什么？我承认，上次我错了，不该不等你。"他气喘吁吁地说，上气接不上下气，"其实我还不是想在半路上接应你们，好让你少走些路，坏就坏在没提前打电话给你，那是我没想到塞车会塞得那么久。其实我也想打电话给你的，但就是找不到电话亭……"

"大医生，那是你的权利。"不等他说完，苏鸥就恼怒地甩开他拉着她的手。

"你可是一直恼我，上次在车子里面你压根没同我过说一句话！"

"我没有权利恼你。"苏鸥怄气道，"请你放尊重点，不要拉着我。"她说着又躲开那只靠拢过来的手。

"你有权利——你已经离了婚了！你这又何苦？我也有权利——我还没结婚！"他如获至宝，"看你现在还有什么借口？"

苏鸥开了房门，一脚刚刚迈进屋里，听他这么一说，打了个激灵，愣住了。

文粒看见她不再面无表情，更是激动了。他扶着她的肩膀，对着她无限温柔道："听到这个消息，我兴奋地立马请假过来了，你难道不是为了我才离婚的吗？我们彼此是相爱的，就像鱼儿离不了水，就像——就像文粒离不开苏鸥和苏鸥离不开文粒。"他情绪高涨，热切地对着她低低呢喃，看见她眼角噙着泪珠，以为和他一样喜极而泣，因而将她紧紧地拥在了怀里。

她垂手挣扎，却被搂得更紧，直勒得她透不过气来。

鱼缸的热带鱼儿欢庆地游弋着，入室花园里传来桂花落地的声音。他终于放开了手，熟悉的令人心花缭乱和窒息的气息又吹在她的脸上，但此时她的耳畔却忽的响起李嘉梅的话："为这个事情，小雅不知伤心了多少回……性感、勾魂……"

她猛然推开他，落荒而逃也不等电梯了，一把推开消防通道，顺着步梯落荒而逃。文粒眼睁睁地看着那个娇羞的人儿忽的转身离去，这样的情形已经不是第一次了。

他们走后，苏鸥依旧日夜想念着文粒，每每照镜子的时候，就摸摸自己的嘴唇，不断回味他在上面留下的印记。但文粒却在他的父母离去后就再没来过玉海苑。也许他回心转意一心爱他的袁小雅了，她想着，这不是正合自己的意念吗？她原本就这样要求的呀？可是，为什么就有一种难舍难分的纠结难以捻断呢？她常常这样扪心自问，表面安静地度过了一日又一日，就这样很快到了7月中旬。正是去年的这个时候，她在医院的走廊上，初次邂逅了文粒。

艾城的薛医生今天到江城开交流会，会间他悄悄告诉文粒，他的朋友苏鸥离婚了，还问他知不知情……此刻，他的脑际里还回响着薛医生的话："这是我民政局的同学告诉我的，他说他前不久刚刚办理了艾城大名鼎鼎的瑞达瓷器日用品公司老板胡明熹和苏鸥的离婚证明，可见男人有钱就变坏是真理啊！"

听到这个消息他心里一阵狂喜，还固执地认为苏鸥为了他才离婚的。然而，她又像缥缈的幽灵一样，在他眼前转瞬离去。他沮丧地收起碎了一地的伤心，看来她是不肯来爱他的了，那么，她的离婚……他整不出条理来，心里懊丧道：罢了，罢了。

轻轻地关上苏鸥已经出逃的大门，文粒轻轻地走了。

第四天黄昏，苏鸥在小区后面小山丘上散步。

她又接到了文粒的电话。这次，他在电话里，客客气气地说要在8月21日举行婚礼，他的爸爸妈妈不日就回国，到时真要劳烦她。那语气竟似乎他们之间没发生过任何事情一样，这让苏鸥觉着很虚伪。他这是在向她示威吗？

苏鸥站在苦楝树下，点点失落像苦楝树上的紫色的小花儿，扑簌簌从头顶上飘落下来。

"你说话呀，你听到没有？"他声线柔和地在电话那头喂、喂地问。

"听到了。"她终于开口了。然而却不得不找个更僻静的地方，因为她的眼泪已经不争气地盈眶了。

"我听到了。"她啜泣着说。天似乎黑暗了下来，她和他之间已经到了穷途末路。

电话那头也没有了声响，半晌苏鸥听得他惆怅地说："你都忘了吧。"

听了他的话，苏鸥眼泪忍不住像决堤的河水一样哗哗地流淌出来。此刻她的世界是空洞洞的，白茫茫的一片，人恍惚得像断了线的风筝。她现在千言万语全烂在肚子里，竟一句话也说不出口，只顾抽噎和啜泣，泪水一遍又一遍地流。她无力说，耻于说，挂电话了。

几天后，文家的老人果然如期而至。文粒跟她在电话里说老人可能下午4点钟到广州机场，他开车去机场接应。

这天早上，苏鸥早早就准备好晚餐该用的肉菜。到了傍晚时分，去培训中心接了胡译南回来。在路上，苏鸥与他讲了文家老夫妇回来住的事情，让胡译南不要捣乱，帮着好好招呼他们。

吃过晚饭，老太太说："粒儿快快帮忙收拾收拾碗筷去，我今天累了，就不帮忙了。苏鸥真辛苦你了。"

"不辛苦。"苏鸥回答着，心里想着因为这样才能和文粒理所当然的见面，什么辛苦她都觉得是甜蜜的了。

她刚回答着，电话就响了。是李嘉梅打来的："上次你说请的钟点工回老家了，你现在还要不要呀？有朋友介绍一个，说挺不错的哦。"

苏鸥说那当然要的。挂了电话回厨房，文粒已经在洗碗了。

"你每天都这样吗？"文粒问她。她没反应过来，"嗯，每天怎样呢？"她反问道。

"每天自己做饭、洗碗。"他和她靠得那么近，他的眼镜框里那对会说话的眼睛又盯着她看了。

"有时。"她回答得倒是很平静。有他在，那种归宿感像出窍的灵魂被唤回来一样，那种实实在在活着的感觉又回到了身体里。他们聊了些家常，不一会，文粒又和胡译南玩闹起来。

九点多钟的时候，大家就回各自的屋子去了。

苏鸥这时才知道，文粒就住在商业街文昌巷66号。她不觉又想起那场骤雨，还有雨里的文粒，雨里的自己，不由得两颊发烫。她，就是响应了他的召唤，一步步从陌生的人群里，来到了他的身边，与他和他最亲的人在一起，能够日日看见自己爱的人，就足够了。

8月21日很快就要到了，文老夫妇提早一天去了文粒那里。去前一再叮嘱苏鸥下了班要早些过去，苏鸥都笑着答应。她原本打算与李嘉梅一起去的，后来才知道嘉梅去做了小雅的伴娘，苏鸥只好自己另做打算。

跟往常一样去上班，下午送胡译南去绘画。到六点半钟，文老太太打了几个电话来催促。她打开衣柜子，在众多的衣服里挑了一套玫红色的晚礼服穿了，当然没有忘记别上精致的水晶胸花。然后简单地描了一下眉毛，补些粉底在脸颊上，并涂上了口红和梳理了那头乌黑的头发。简单地装扮后，她在镜子面前端详了一会，将脸际的头发捋到后脑勺，用梅花形的发夹夹住了，其余部分仍旧波浪似的搭在肩膀上。接着，她带上儿子前去赴宴。

苏鸥一进去就给请到家属桌上去了，挨着新郎的母亲坐下。文老先生坐在文老太太旁边。他把苏鸥依次介绍给座上的人认识了。从苏鸥起算，依着圆台分别坐了文粒的母亲、父亲和袁小雅的父亲、母亲，接着是姑、姨、舅、妗等等的一些亲戚。苏鸥点头鞠躬，一一相识了。

胡译南刚开始还安分地静坐着，喝了碗莲子汤，等他熟稔了以后，就禁不住跟着一群孩子玩去了，一直到快正式开席才满头大汗地坐回了位子上。

苏鸥暗暗打量了新娘的父母，果然是官宦人家。父亲目光炯然有神，两道粗黑的眉毛末端微微往上翘，扁扁的鼻子下面，两片薄唇紧紧抿着，嘴角微翘，一副笑里藏刀的模样。再看母亲，乌丝夹着白发盘旋在头顶，梳得光滑琉璃，留了一撮刘海遮掩了利剑一般的双眉，一样紧紧抿着两片薄唇，鼻梁高耸，架着一副金丝框眼镜，配着那身大红绸礼服。夫妻俩俨然两尊佛像一样养尊处优地供在那儿，富态而岿巍。

席间，不断有人过来贺喜，其中有个腆着个小肚腩，身着领子浅黄T恤，约摸七十岁的老人，红光满面地朝着她们这边的餐桌走过来。文老先生远远看见他就站起身来迎着，等他近到身旁了，又是握手，又是拥抱的，一看就知道是深交多年的老朋友。

寒暄完毕，他才转身在文老先生的旁边看去，老太太知会，没等他目光落定就站起来了。只见她春风满面地笑着说："感谢老首长莅临，感谢厚爱。"

"文粒大婚，哪能落下。看新郎年轻有为，一表人才，新娘端庄美丽。真是可喜可贺。"他说话字正腔圆，铿锵有力，目光炯炯有神，可知曾是个叱咤风云的领军人物。

说完，他把眼光挪至新娘父母，和他们一一握手道贺，文老先生一旁介绍。完毕，目光落至苏鸥身上，兀自打量了一番。苏鸥早就恭敬地站起身来，满面笑容只等他打量完毕发话儿。果然在片刻之后，他笑呵呵说道："这位肯定是令千金了，当真标致之极。哇，宣明兄，佳儿佳女，现又添佳媳，你真福气。哈哈哈。"

苏鸥听他说完满嘴恭维的话，当下微微羞赧，轻声示意误会了。然后从拎包拿出名片，双手递了过去。

老人见认错人了，也不在意，只是"哦"了一声，说："苏小姐，幸会。"

"远军，她要成了我的女儿，那敢情多好，只是未曾有这样的福气。"文老太太莞尔一笑，"她叫苏鸥。瑞达瓷器日用品公司的老板，是文粒的朋友，也是我和老头子的朋友。，我文馨在那边——"说着用手指着一个盘着卷发，衣着时尚，正在录制现场的女子说："那个跟你的闺女在一起拍摄现场的才是小女。"刚刚说完，她又补充道："今天真是辛苦小葵了，一大早就托着摄像机在拍摄，一天下来，得累坏了。哎！这活儿真不是她这么漂亮的小姑娘做的！"

"哈哈，可不是，她说一定要把文粒的婚礼拍摄得轰轰烈烈，才不枉费这辈子所学！你瞧瞧，这小姑娘的大话，只怕她耽搁了大事！"

他们寒暄一阵，互相询问了近况。接着文老先生招呼了他去，又叫来文粒，去认故了。

"他是宣明当兵时的领导，老首长。"看见他离去，老太太郑重地向苏鸥介绍道，"退休前在国资委工作。"

"打越战的时候吗？"苏鸥问她，因为她常听文老先生眉飞色舞地讲战争的故事。

"嗯，战后我们曾在同一个部队驻扎过。那时文馨才二三岁，文粒还没出世。哎呀，那时真是凄惨啊。宣明要带兵，我带着文馨要种菜、喂猪……从日出做到日落……"她没讲完话，又止住了，因为又有熟人来贺喜了。

不久，苏鸥看到梅利彬梅主任也来了，与他同来的还有他的太太，于是过去相互介绍，寒暄几句。

苏鸥回座位的时候看见文庆延跟甄远军侃侃而谈，样子毕恭毕敬，没了往常的不羁和傲慢。

"表姐，你好。"他今天穿起了西装，显得比平时儒雅。

"你好。庆延，嘉梅今天可是难得一见打扮得这么端庄淑雅。等一会儿新娘子抛出去的绣球花，你们无论如何得抢到才好啊！"苏鸥打趣他说。

"嗯，必定的。"他恭卑地向着苏鸥介绍说，"甄伯伯是我的恩师，今天小有成就，全是老师的栽培！"说毕仍旧恭敬地看着甄远军先生。

如果李嘉梅在这里，肯定会说："你看你看，他又在装君子了，真恶心。"可在苏鸥眼里，她觉得文庆延真的流露出对师长的尊敬。

"延儿的确是我的得意门生。小伙子的确不错，聪明，好学，有学识也有胆识。"这本是饭局上的客套话，但自他们嘴里说出，似乎有一股奋进和感激。

"老师过奖了。"他仍然谦逊地站着，彬彬有礼。

"庆延，过来帮我抬着，好累啊。"苏鸥看见文馨和甄英葵抬着摄像机边拍摄边朝这边靠近来。

"小葵今天累坏了吧。"文庆延笑着朝她走去，很有风度地从她肩上接过摄像机。接着说："这是你们女孩子家干的活儿吗？随便都应找个哥们来帮忙嘛。姐姐你也真是的，哪有这样待客的道理！"

"你倒问问她肯不肯——她最喜好这个。平日一旦休息，有事没事的，总抬着它四周围拍片子回来。"甄远军连忙笑着对大家解释说。

"就是，前几日就跟我约好，今天现场非得她来拍摄不可！"文馨也委屈地辩解道，完了对着甄英葵埋怨说："你倒好，完成了兴致爱好，也拍得了好片子，只是我还要被人埋怨不懂怜香惜玉了！"

"好好好，都是我不对，馨姐姐向来最疼我了，定是要依着我的了。延哥哥，这是我喜欢，不关别人的事了，你要是心疼我，就帮我扛着吧！"说完眯着眼、抿着小嘴甜甜地笑着等文庆延回答。

"扛就扛！"文庆延说完立刻就从英葵手里抢过了摄像机。

"这才是当哥哥的样子。"小姑娘狡黠地笑了，"我在你的邮箱和QQ里发了我的摄影作品的,你怎么也没给个评论啊?"她又发话了,语气娇嗲得让人腻起了鸡皮。苏鸥心想这场面没有李嘉梅在场,真是白白浪费了大好的素材了。

末了,只见文庆延很绅士地回答道:"抱歉,我一直很忙,有一年多没打开私人邮箱和QQ了,回去一定好好拜读欣赏。"

"这样啊,那把你的工作邮箱和QQ号码写给我,以后我发到那儿去。"说完立马拉开了她斜挎在肩膀上的,闪着深紫色亮光的蛇皮挎包,从里面里快速地拿出了纸和笔,准备抄写。

"邮箱:QYboll633……"苏鸥看见他忍着耐性读了。甄英葵抄写完毕,将纸和笔放回挎包里,适时地朝文庆延抛了一个媚眼。

文庆延佯装看不见,像模像样地端起了录像机,从这桌到那桌,一直拍摄到大门口,新娘新郎和伴娘伴郎们站着迎宾客的地方。

李嘉梅今天挽起长发并在发顶上结了个发髻,上面插了一朵洁白的茉莉花,身上穿了飘逸的浅黄色的晚礼服,礼服蝉翼般披在突兀的锁骨上,蝴蝶背在丝绸的礼服里若隐若现。她虽然没有新娘子穿得隆重,却是显得非常娇憨小巧,楚楚动人。

文庆延拍摄到李嘉梅,竟是惊愕住了。

"小叔,哎!小叔!"袁小雅轻轻推了一下他。

大家哄然大笑。

宾客既已全部入席,新人就相互依偎了进场,结婚交响乐响起……

苏鸥刚进来的时候还是新郎新娘迎接的,她第一眼看到新娘普通的气质、长相和身材,就一脸不以为意。

这会儿看到她挽着文粒的手臂走在红地毯上,徐徐而来,满脸幸福的样子,苏鸥顿时感觉自己像被扒了皮的香蕉一样,她那份用以捍卫自己的高傲、自尊,她那份可怜的伦理道德,被一层一层地扒了下去,只剩了柔软的情感;又暴露在炫目的荧光灯下,在爆发着的阵阵鼓掌声中,被"挤压"得支离破碎……

她终于感到一阵阵眩晕,心如刀绞、悲伤欲绝等词语都不足以形容她的伤痛。她只知道自己像置身于一个黑暗的冰窟里,千针万箭穿心而过,而灵魂则飘荡在凛冽的风口浪尖当中……

是谁让她知道那条路上布满荆棘,崎岖难行还要赤脚徒步,活活受刑的?

是她自己，除了自己还是自己。不是愿意做一只与他有相干的狐狸吗？这就是狐狸的下场……她捂着胸口疼痛难忍，脸色霎时绿了。文老太太发现了，慌忙问她怎么啦。胡译南看到母亲那样的神色，小眼睛巴巴地望着她，一张小脸紧张得很，眼泪都差点掉下来了。苏鸥谎言说没事，心脏不好，舒缓一下就好了。然后，她跌跌撞撞地跑到宴席外面。

当天正是农历十六，圆月皎洁地散发着无限柔和的光辉。借着朦胧的月光，她找到一处背靠灌木丛的座椅坐下来。坐椅的旁边有路灯掩埋在浓密的灌木丛中，泛散着暧昧的黄光。隔着椅子一米不到的地方，就是一条人造的流水，潺潺的流水，在脚下蜿蜒而过。真是花好月圆时，郎情妾意日。

而此时，她却无力地倚身瘫坐在椅子上，思想一片混乱。

空气中潮湿的露水沾在椅子的扶手上，栀子花幽幽的清香乘风飘过。苏鸥却承受从未有过的空虚和孱弱。她顾影自怜地坐了好一会，想起文粒说过的话。他说："表面上你对了，但是你会后悔的，你知不知道你在说什么，你这个虚伪的女人……"她的泪这时才流淌了出来，知觉一点一点地在恢复，神志也越来越清晰。文粒目光专注、苍白的脸渐渐浮现在眼前，嘴角微微向上翘，倔强又傲慢……

这会儿，说什么她也不愿意回去看到他们恩爱的样子了。于是她强打起精神给文老太太打了个电话，说身体不适，在外面透透气，文老夫妇对她进行了安慰。苏鸥让译南接了电话，告诉他只是不舒服想休息，叮嘱他不要捣乱。手机里传来高涨的喝彩声和鼓掌声，她估计这或许是新人拥抱接吻什么的环节了，她真庆幸自己脱身出来。

接下来的那些日子是怎样过来的，苏鸥自己也不知道，她只知道自己病恹恹的吃不下饭，对所有的事情都兴趣索然，而灵魂则飘荡到某个荒山野岭中吧，或许径自找文粒去了，可去到他那儿也找不到踮脚的地儿呀……

倒是李嘉梅每天下午早早地到公司去会她，然后姐妹俩到水疗中心游泳健身去了。一般到七点来钟才回去。文老先生夫妻俩本来在文粒摆完婚宴后就回澳洲的，现在因为文馨回国参加完文粒的婚事后，又参加了在深圳举办的一个全球华人投资论坛，只得又羁留了下来。文粒夫妇去了夏威夷度蜜月，文庆延则在甄英葵苦苦央求下陪她去北京参加一个摄影大赛，因此文老先生自告奋勇接下了去培训中心接胡译南回来的活儿。

等姐妹俩回来，老先生和老太太早已做好了饭菜等着了。饭间文老先生询问了胡译南学画的情况，不免又是一阵夸奖。

正说着，老先生接了个电话，甄远军来访。

进门自然是寒暄的话，紧接着就进屋坐下喝茶。苏鸥见他没了那日酒席上的威严，却平添了许多和蔼。

"伯父，姐姐说庆延是您的学生，真的吗？"李嘉梅听苏鸥介绍过后，就一直想找个机会问问，现在她终于找着了。

"是啊。你们认识呀？"甄远军肯定地回答道。

"认识。"

"不相信啊？可以问他自己呀。"老先生有时也是幽默的，他现在故作委屈地撇嘴说道。

"他都跟着英葵去北京了，怎么问呀！"苏鸥听了他们的对话，忍不住故意提高了声音说。

"他和英葵？"李嘉梅果然中了圈套，平时她故作清高，其实心里是有他的，苏鸥第一次在嘉梅家里见他们两人闹着的时候，就知道了。

"是啊。英葵小姐可喜欢他了。是不是啊，伯父？"苏鸥笑道。自从文粒的婚宴撤下来后，她第一次对外界的事来了兴趣。

"英葵自小就喜欢跟延儿玩，待延儿一直就跟待亲哥哥一样。"老太太也附和道。

"有件事儿不知道该不该开口……"李嘉梅欲说还休的样子立马引来老人们的关注。

"什么事？"老太太放下手里的茶叶，关切地问。"是延儿的事情吗？你快快说。"

"这——这有点不好意思，但说了我心里——就——就不打结了。"李嘉梅吞吞吐吐地说。

"到底什么事？快说。别遮遮掩掩的了，好歹我们都接受。"老人们一副关心的样子了。

"好吧，那——那我就说了。难道你们都不知道他跟姓马的一个经理联手篡夺霖盛高尔夫球配材公司的事吗？坊间都在传，说他可是彻头彻尾的唯利是图的伪君子呢。"李嘉梅欲说还休,犹豫着又道:"甄伯伯您女儿这么喜欢文庆延,难道不怕他娶了令千金后,过河拆桥倒是小事,怕是尽他之能事不知又做什么害人的事出来,到时后悔就来不及了。"

听嘉梅说完话,老人们哈哈大笑起来,甄远军说:"原来是这件事——那件事说来话长,我怎会不知道,你可听好了——"

这样一来,苏鸥也挨凳子坐下,细心聆听。

"我和文老先生就是霖盛高尔夫球配材公司的创始人。"他一开口,嘉梅和苏鸥就惊讶得异口同声"啊"地叫起来。姐妹俩面面相觑,有点不相信自己的耳朵。老先生继续讲了下去:"退伍后,我被安排到省重工业重金属集团工作。20世纪70年代后期,我去了国资委,期间和你们文伯伯合伙,以你他的名义下海创办了运动器材企业,如今已有三十多年的历史了。庆延刚大学毕业也回到企业工作。他天生聪颖,悟性很高,不出两年就从最普通的员工成长为佼佼者。"

"嗯,"文老先生接过话说,"五年前,因为种种原因,甄伯伯退出了股份,企业全部由我和伯母掌控。后来企业又在澳洲开了分公司,对外称是文馨自己创办的公司。随着年龄增长我们夫妻俩日益感到力不从心,文粒又醉心医学,对企业拒之千里,所以企业业务后期渐渐由姓马的经理掌控。这个马经理私下收受经销商的好处,压低企业产品的价格出售给他们,以达双方渔利目的。"

他停顿了一下,呷了杯中的水,继续说道:"延儿所在的加工厂也是运动器材公司的一个分属厂,只是外人不知而已。我为这样的局面常苦恼,延儿跟我分析道:马经理是这个行业的精英,这无可否认,而且他在企业的这些年,也积蓄不少。我们应该利用他继续为企业效劳,如果他另起炉灶,以他手头上的客源,企业的生意至少丢失一半。但真要他放弃霖盛自己创业,估计他还是不舍得的。千军易得,一将难求,企业也是如此。如果摆明了跟他说企业暂时离不了他,那他肯定更吊起来卖,说不定还打草惊蛇,提醒了他……所以就让延儿跟他策谋,造出业界传得沸沸扬扬的事儿来。"

大家静静地只听他娓娓道来,不曾有人打断他。李嘉梅听了,瞪大了双眼,这就是她千方万计想知道的所谓的内幕了。

文老先生又说:"这样一来,马经理的积蓄就全部投到企业里面了。这未来十年二十年,更有可能这一辈子,他只有更发奋图强搞好企业了。因为不再收受经销商的好处，也就不存在压低企业产品的价格了。而海外的公司，因为马经理的那笔钱注入，更是如虎添翼……只是这样委屈了延儿，背上狼子野心的骂名。每每想起，终是愧疚。"他说完这些，长叹了口气，低头不语。

"哦，原来是这样……我看甄伯父对庆延，甚是关爱，而英葵对他又情有独钟，应该撮合撮合他俩。"苏鸥又故意抬出英葵来激将嘉梅。

甄远军一直站在老先生的旁边洗耳恭听的，听了苏鸥这样说，禁不住忧心道："苏小姐说得是，英葵从小跟着文馨、庆延玩，对庆延的心思大家都明白，只是庆延似乎不在这儿上心呢。这不，今晚想到这茬事，就过来跟老战友聊聊……"

当他们一路还在聊着文庆延、文馨、甄英葵和马经理的时候，胡明熹打来了电话，说后天回来，还说苏斐9月初要到广州的几所院校公开演讲介绍他的一部学术论著。

胡明熹从叙利亚带了一张漂亮的毯子回来，那图案像极了维吾尔族人头上戴着的帽子上色彩鲜艳的刺绣。胡译南把它挂在床头墙上，像一幅漂亮的图画。这次胡明熹像转了性一样，居然真的带着译南游动物园和水上乐园去了。

就这样很快到了9月底，秋风慢慢吹起，地上依稀有了乔木的落叶。文粒夫妇回来了，文老先生和老太太也将回澳洲。苏鸥觉得早晚凉飕飕的，就买了一些秋衣回来给老人备用。到9月的最后一天，老先生和老太太执意要跟苏鸥一起送译南回学校，苏鸥依了。接着到了10月9日，老人就乘飞机走了。

苏鸥回到空荡荡的房子里，说不出的离愁和伤感。所有的人仿佛在一夜之间离她而去，她还没从文粒结婚带给她的情感之殇中回过神来，现在又平添新的离别。好在不久就有母亲来陪她，因为哥哥苏斐已经到了广州。

几天之后，苏鸥就见到了哥哥苏斐，她已经有两年时间没与苏斐见过面了。

"哥哥显得比以前更稳重成熟了，一副学者风范，越发显得像爸爸。"苏鸥到车站接母亲和他的时候，这样评价说。

"是啊，连脾气、说话的语调都像呢。"苏妈妈听到女儿这样说，哧的一声笑了，接着问，"小鸥，明熹什么时候回来呀？"

"妈，他讲好今天晚上回来吃饭的。"苏鸥开着车，目不转睛地看着前方，回答道，"一会我们先回公司吧，说不定他在公司呢。"

第八章　他结婚了

"好啊，正好参观参观小鸥的事业呢。妈，看看我们小妹多厉害啊。"苏斐调侃道。

"妈妈，你看，还没来得及夸他呢，就先来个下马威了。哥哥，告诉你，可跟嫂子说好了，妈妈说了，等你演讲完毕，就跟你回北京。我也借机去玩玩，你是接待不接待啊？"

"妈，你这女儿多厉害，从小我就说不过她，现在还是说不过她。呵呵。"说着，苏斐开心地笑了。

苏妈妈四平八稳地数落他："你呀，从小就跟妹妹争，小时候争不过就弄些蟑螂蚯蚓什么的吓唬她，如今长大了，还争，到底有什么好争的呀？"

"哟，妈妈，瞧瞧，你又向着妹妹啦，为什么？还不是跟妹妹争宠呀！小鸥，你说是不是？看看，妹妹早把这事忘了，倒是妈妈记得真切——好啦好啦，我投降，我让，还不行吗？"

苏妈妈扑哧笑了："真是长不大的老小孩。"

"哥，难得你过来广州讲课，我嫂子怎么不一起来呀？"苏鸥姑嫂俩虽是不常见面，但她对地理、大自然和对有学识的人很是崇敬的，特别她嫂子教的是机械制图，这可是很少女性从事的工作，因此多了一些敬佩和欣赏，姑嫂俩感情自然很要好。

"她自己的课程已经很紧了，还有滢滢，马上要上高中了，你嫂子紧张着呢，就想她考上北京市重点中学。"

"滢滢成绩一向很好啊，早就继承了您和嫂子的衣钵，有什么好紧张的？"

"我倒觉得进不进重点学校无所谓，但你嫂子不依。说什么进了重点中学才有希望，仿佛那是进了保险箱似的。"他说完，自己先哈哈大笑起来。

一家人说说笑笑，很快到了公司。苏鸥签了几份放在办公桌上的文件，然后与哥哥、母亲讲述这些年的奋斗和困难，苏斐也回馈她母亲和自己工作和生活上的琐事，这样很快就到了下班时分。

胡明熹也从外面回来。他从来就把苏斐当亲哥哥看，有什么事总和他商量，因为苏斐见多识广、知识渊博，解决问题也能讲到点子上，所以两人说话也十分投机，关系要好。对比起来，倒是苏鸥对胡家的人，反而很是疏远。

胡明熹的母亲强势，总是先声夺人，最爱管顾些鸡毛蒜皮的小事儿也就算，还唯亲是论，唯己是任，最要命的是总认为自己的是对的，更自诩自己经商经验丰富，对别人的意见不屑一顾。更是硬逼着胡明熹和她离了婚，弄得他们夫妻俩像是搞地下工作的了。综上总总，能让苏鸥敬重她爱戴她吗？

他们当下约了李嘉梅和李嘉兰一家，到酒楼吃晚饭。晚饭后，李嘉兰以东东第二天要上学为由，率先回家了。

回到苏鸥的新家，苏斐对着新家又夸赞了一番，说是大体优雅，别具一格。苏鸥说全是李嘉梅的功劳："没有嘉梅，就甭想找着这么好的住所。"

"这房子确实很好。"苏妈妈赞叹道，接着问，"明熹，明天让靳平到家里来吃饭吧。"胡明熹晓得她的意思，她之前也跟他讲过，让他撮合李嘉梅和靳平的，当下他就答应了。苏鸥觉得请靳平吃饭也没什么的，就没说什么了。

晚上睡觉的时候，苏鸥让母亲到文粒的父母房间就榻，不免又把合同的事情解释一番。

第二天，靳平到家里吃饭。他一个商业精英，遇到像李嘉梅这样口齿伶俐的女孩子，还是一下子就变得结结巴巴了。

"哎哟，靳平，这茶很烫。"他"哦"了一声站在她身旁，忙帮她接住杯子，人却呆呆的，李嘉梅只好自己去加了冷开水。

吃饭前嘉梅站在露台上看望远处的风景，苏妈妈又掀嘴唇又递眼色才让他也到露台上去。李嘉梅转身的时候故意崴到脚了，他仍旧木桩一样矗立在她身边，一个劲地问："崴到哪里了？好点了没有？要不要敷药呀？"

"姨妈，你就让我跟这个木冬瓜谈恋爱呀？多郁闷。"李嘉梅悄悄地说。

苏妈妈正色道："女孩子家懂什么，跟厚道的人家过日子最踏实了，又不是玩过家家！有听过口蜜腹剑吗？那才是真正的坏人。这样子知根知底的人你不要，到时候不要后悔，过了这个村没了那个店！"

苏妈妈说得李嘉梅一个劲儿朝苏鸥吐舌头扮可怜相。苏鸥暗暗扯住了她："你就少应几句，省得回头报告你妈，到时候有你受的，你不管她说什么来着，依旧和你的石头好了不就行了。只是他们没见过他而已，若是见了，还会让你相这个吗？看看你，还要掩藏到什么时候？哈哈！"苏鸥因为近来听李嘉梅讲起文庆延总称呼他"石头"，故而也这么称呼。

大家吃过饭，聊些客户和当下的娱乐新闻的，喝喝茶吃些水果。靳平见李嘉梅不怎么搭理他，就讪讪地先行回去了。他就这样的人，在商场上乘机出博，屡战屡胜，情场上却是个缩头乌龟，从不主动发起出击，更别说能打动嘉梅的

第八章 他结婚了

芳心了。

到了 11 月的时候，苏斐带着苏妈妈同回北京，苏鸥也跟着去了一个星期。刚出机场，嫂子杨红霞已经等候在外面了。

"嫂子。"苏鸥见到她，亲热地叫着走过去。比她矮半个头的杨红霞跟她来了个激情的拥抱："小鸥，好久没见了哦。"

她看着苏斐和婆婆也走了过来，就挽着婆婆的臂弯，喊了一声："妈，坐飞机辛苦吗？"

"妈妈身体硬朗着呢，是不是啊，妈？"

苏妈妈这个在大学里教机械制图的儿媳妇虽然木讷了些，但心眼好，什么事不计较，苏妈妈对她也是很疼爱，当下就说："还好。你今天没课吗？"

"您和小鸥回来了，我请了假。"她说着开心地伸手去接苏鸥手里的行李。

"嫂子，我自己来好了。"苏鸥说着，走到妈妈的左侧去，姑嫂俩一人一边挽着苏妈妈，苏斐和妻子走在了一边。他们边聊着羊城和北京的气候差异，慢慢向停车场走去。

回到苏斐的家里，迎出来一个二十来岁的大姑娘，扎着马尾辫，身材高挑，穿着简单的 T 恤加牛仔裤，见到苏妈妈忙喊："奶奶好。"接着转脸向了苏斐，"姑丈，您回来了。"见了苏鸥却说："姑奶奶，您也来了。"

苏鸥愣在一边，认不出谁来。

"你认不出来了，她是你嫂子得侄女杨玉兰啊，就是你嫂子哥哥的女儿。"苏妈妈进屋坐了说。

"哦，我想起来了，眨巴眼这么大了。"苏鸥想起七八年前最后一次在苏斐家里见过她，那时似乎杨玉兰还在读初中。

"你很多年没见着，当然觉得长着快了。"苏斐说着进了房间，仿佛他一进了这所房子，才显得是个平常人一样。然而只要他一踏出这所房子，苏鸥立马能从他身上嗅出一股教授的粉笔味儿。

苏鸥的嫂子最后一个进屋，关上门后也在沙发上坐下来。玉兰给每人倒了茶水。

"小鸥，正说呢，你看方不方便让玉兰到你那儿谋份工作？她在我们学院里做些斟茶倒水打扫的后勤工作，始终很好，去工厂工作更不在话下。"杨红霞看着她的侄女，担忧地说。

"嫂子，在院校里做事可是担的好名声哦。而且将来的对象也在院校里就更好了，里面有的是满肚子装着墨水的好人儿。"

"有墨水的自然要对上有墨水的，与其伸长了脖子等待这些天上掉馅饼的事，不如自己先行打算。你那儿如果不方便就不强求，等有空缺了，再喊她去。做些简单的文员工作她还是可以的。或者有销售什么的工作，也可以让她试试嘛。"

"空缺——安排一下总有的，好啊，那回去的时候就跟我一起走咯。"

杨玉兰听到苏鸥这样说了，马上说谢谢，然后她也许觉得不知讲什么好，就躲进房间里头去了。

"小鸥，去了介绍靳平认识认识。"苏妈妈最不放心靳平了，每次总在挂了嘴边，这会儿又是一阵撺掇，苏鸥也是颇感无奈。

到了星期天，苏滢休息，一家人热热闹闹地去了一趟香山。在香山看着那些高耸入云端的罗汉松，苏鸥又想起了文粒。如果和他一起来看，看这湛蓝清澈的天空，看这历尽沧桑的千年古树，是不是人生更有意义呢？然而这是不可能的了，他仿佛从医院连接天堂的地方缥缈地走来，为的就是驯服她，让她牵挂他，想念他，然而却不可触摸。她兴致勃勃地跟着一家人共度金秋时光，欣赏深秋香山漫山红绿相映的枫叶，却有一颗破碎的心渗揉其中，独自舔舐。

即将回江城的时候，苏鸥再三问了母亲："妈，我回去了？"

"回去吧，不要太累了，钱是赚不完的。胡明熹也是，你管管他，成天在外面，别把身体累垮了。放假了，带译南过来。跟他说姥姥想他。"

"你真不跟我回去了？"

"不回了，跟着苏斐过也是一样的。"她叹了叹口气，"人老了，就这模样的啦。记得放假带译南过来啊。"说完进屋去了，顺便闩了门，把苏鸥关在了外面。

苏鸥忽的心有不忍，有一股冲动想将日渐年迈的母亲日日留在身边，要日日对着她才放心得下。想着想着，她不知不觉呆呆站在了门口。

"小鸥，走了。"

"啊？"

"你在想什么呢？"苏斐和杨玉兰拎了随身物品先行到了地下车库，许久不见她下楼，就回来催促，见她呆呆站着在门外，喊了她。

"没有，我不舍得妈妈。"

"行了，妈妈在我这儿还不放心吗？傻妹妹。"

"嗯。"她怅然应了一声，只好跟了苏斐一起离开。

第九章 失恋

回江城后,苏鸥先把杨玉兰安排到公司前台做接应工作。

她明确地知道自己失恋了。这是她头一回失恋,以前她常笑话失恋自杀的人,现在她明白了,失恋真的很令人心痛,那种锥心的难以割舍的痛令人难以忍受。

11月是那么冗长,那么郁闷。特别是在雨期,没有狂风没有雷作,只阴晦地掩着下,挟着丝丝秋凉,仿佛要给人间带来寒冷,要驱赶人间有希望的爱,意欲取走所有的温暖。黑压压的只把乌云招来,缠绵的哀怨的雨丝交织着恨意。这样没完没了地下着下着,不知哪是尽头,苏鸥的心里也是没着没落的。

她拒绝他,硬把他推到另一个女人怀里,现在却无尽相思他,迫切需要他,要贴近他,要听他的心跳……

然而这是不可能的了,他成了别人的丈夫,她是别人的妻子。

"你就忘了吧。"他细细的声线依旧回荡在耳畔,眼前仿佛又依稀见了那个矮小的女人紧紧地依偎着他。

这真让她承受不了。该死的丑女人,她心里狠狠地诅咒道。一见到她就浑身像上了虱子一样恶心和难受。这是她以前所想象不到的。她现在巴不得立马到了寒假,这样文粒的父母就会回来,她就能时常见到他。

曾经,文粒和他的新婚妻子说过来看望她。第一次她为了能见到文粒答应了,等她做好一桌饭菜招呼这对夫妻时,她肠子都悔青了。只见做妻子的娇滴滴地说:"老公,你吃多点斑鱼,这个补身子。"苏鸥看了,差点没去洗手间呕出来。

等他们走后,她将她吃过的碗筷一并塞进垃圾袋里,她坐过的凳子擦了又擦,差点就想将它也一并扔了。

第九章 失 恋

　　以后他俩再说过来，苏鸥总找借口推搪了。有那么一两次后，就不再接到他们类似这样的电话。倒是她自己，在医院门口经过的时候，总有一股想见他的欲望。

　　那次她终于鼓足勇气打了电话给他，铃声响过，他接了电话，知道是她打来的，却像变了个人似的，冷冷地说："是你啊？什么事啊？"

　　"是有事，你知道的——我想见你！"苏鸥一听他这样回应自己，心凉了半截，肠子揉在了一块，沉默了一会说，语气犟了。

　　"我不知道……你什么事？我哪知道的。"他也沉默了一会，毫不领情地说："我晚上有事，要出去，以后再说，行吗？"

　　文粒太知道她了：表面温婉，底子里却倔强无比。他既然这样说了，苏鸥会再哀求他吗？只听电话那头她说那好吧，改天吧。

　　这算什么，让苏鸥更心凉的还在后面。从那次以后，他索性避开她。整整一个月，她既见不到他也没接到他的电话，他像在茫茫人海里消失了，杳无音讯。

　　某个在家的休息日，她费心费力想了一天后，准备豁出去了。她要在他下班的路上截住他。这不是心血来潮，她想，与其这样折磨死了，不如在爆发里涅槃。

　　在她打算在路上截住他的那个下午，四时半，她出发了。在半路上，公司里打来电话，十分紧要的事——资料室的钥匙被她情急中带出来了。她只好折了回去再出来，五点半他下班，五点二十分了她才走了三分之二的路程，看来是赶不及了。他回家经过的路上有个三岔路口，路口往前点正好有个大工厂，路面凹了进去。她正好潜伏在那等他，这会儿再走跟他只能擦肩而过了。打定主意，苏鸥蛰伏在那工厂门口，守株待兔。

　　五点三十分、三十二分、三十七分、三十九分……苏鸥一边看着车上的计时器，眼睛一边搜索着过往的车辆。五点四十分了，他该出来了，再有十分钟，他便会出现在自己的眼前。想到这，苏鸥莫名地紧张起来，等一会她又会语无伦次，想好的话语到他面前就像被渡到魔鬼那里去了一般，大脑将是一片空白，她会不经思索脱口而出讲自己不曾想过的话……六点零七分了，唔，怎么还不见人呢？

　　灰亮的天空渐渐暗了下来，天边飘来黑黝黝的乌云。路边两米高的桉树苗婆娑着舞动枝叶，风也来了。啪啪，雨点开始叩击车窗，一阵粗暴的侵袭，恣意抛掷之后，温柔了，像针脚麻麻地，落在地面、人群、飘忽而过的车辆上。

在这样的雨境里告诉文粒她是爱他的，她要告诉他：她后悔了，他才是对的。她要告诉他，她以前不知道自己有这么爱他，当他挽着他的新娘在红地毯上走过时，她的心都碎了，就是那个时候，才知道原来她是疯狂爱着他的。六点十五分、二十分、三十分……四十分了，不见影子啊！打电话吧，不会是值班吧？苏鸥想着就打了，可电话那头只一直嘟嘟响着没人接听。一遍、两遍、三遍……

她的心随着时间的飘逝在一点点地往下坠。天像拢聚了群鸦一般可恶的黑，雨丝还在飘，窥视她逐渐凉透的心，在沙沙地唱着十月最后的挽歌。

她犟到底了，发誓非找着他不可。

换个电话打。通了，传来可恶的声音。苏鸥立时想把这声线绞个稀巴烂，让它不再作威作福——它正疑惑地软绵绵地传达着：

"喂，你好！"

"恨死你，不听我电话！"

对方一阵沉默。

"恨死你，不接我的电话，为什么？"苏鸥重复着埋怨道。

说话之间，走过一对依偎的男女。女的二十不到，男的秃顶，约六十了，正讨好地冲着女的诌媚地笑。"猥琐！"苏鸥恶心地嘟哝道，仿佛脸上贴着便溺。

"今天逛了一天街，手机放在家里……这刚刚进家门口……"电话那头，他委屈地说。

"你今天没上班？"

"没有啊，今天休息——有事吗？"他懒洋洋的声音也能让她觉得欣慰又鼓舞。她火气顿消，其实听到他的声音就消了。

"是有事啊！"

"那你说，什么事呢？"

"说了等于白说，你说你不知道的，有什么好说的。"苏鸥想说以为他和自己心有灵犀的，却没这样说出口，转念一想，你爱伪装就装吧。

"我们刚逛完街，——我老婆，在喊我了！"

"好，今天——"苏鸥顿了顿，"也没啥好说了。"

然而过后，当她慢慢回味他的话，却像针砭一样，一毫一毫地钻进肉里的：

第九章 失 恋

明知道她活在煎熬里，却还故意提他的老婆！没见到他之前，她，苏鸥，不一样活着到现在？现在缺了他她活不成了？苏鸥边流泪边在心里为自己鼓气：既然要这样狠心对我，我认了！从此把他埋葬在柏树下，权当和亲爱的爸爸一同驾鹤西去罢了！

这天胡译南的眼镜到期换度数了。苏鸥去之前，就想好了，如果文粒刚好也在，就不理会他，跟对其他的医生一样，甚至要更陌生更冷淡；如果不在，绝不会像以前一样打电话给他。不用担心，他也会这样对自己的，他在嫌弃自己呢。

这样打算后，她情绪反而安定了好多。当她迈着踏实的脚步，笃定走近医院的电梯口的时候，人却定住了。什么可以不理他，什么不在乎他，什么缺了他照样活得好好的，通通骗自己的，见了他，才知道爱情的魔力。

文粒着一身蓝白色的运动装，正站在电梯门口，一动不动，怔怔地看着她走来。苏鸥的心里掠过一阵酥麻，小腹撩起一阵痉挛。从来没这样过，啊！怎么会有这种感觉？她糊涂了，也怔怔地看着他，缓缓走近他，尽力使自己平静，尽力克制想倒在他怀里的欲望；顿时她脸红了，局促的本能把脸掩到右肩膀去，下意识却又矫正她朝他看去，所以又抬头了。两人看着看着表情僵硬地讪笑……"叮"，电梯到了，打乱了这一切。文粒挪到她后面站住了。电梯门开了，里面的人群洪水般，一边窃窃私语着，喧哗地涌出了来。

喧嚣过后，电梯门关上，里面寂静的尴尬。

"过来换眼镜，" 她搭讪。

他平常走楼梯的，他说过权当锻炼身体，还环保！她为了避开遇见他专门去乘电梯，然而文粒正在电梯里！

晕眩！大脑似乎处于一种缺氧的空白的悬浮状态。这是自己太在乎他的结果，苏鸥自己知道，但她控制不了自己，所以她在他面前就弱智起来，言语动作就退回到最原始的无意识状态。眼下她望穿秋水终于见到他，她那惶惶不可终日的灵魂终日在某个荒野里游荡，今儿见了他，终于回到那躯壳里去了。这会，她那双眼睛像在伸手不见五指的夜晚的猛兽的眼睛一样发出耀眼的亮光，故意抑制的喜悦流露无遗。

他嘴角挂上一丝嘲笑，揶揄道："哦，胡夫人过来换眼镜啊，像您这样身

117

份尊贵的夫人应该上省级医院，我们医院庙小。"

她果然紫涨了脸，半天支不出声。半晌，突然开口说："你不要这样子对我，你难道看不出我有多难受吗？"

听了她的话，他错愕了一下，冷静地说："啧啧，难为您屈尊到这个破地方来，难受了？哎呀，您不舒服了就该去看外科，这可是眼科——不看您那号病的。"

她的心被戳了一下，苦水流了出来，堵住了一切光明。然而这却激怒了她，片刻之后，她也嘲讽道："我的确是眼睛有病了，才将豺狼当宝贝了，现在就是医治来，医好了看人就看准了。"

"叮当"，四楼到了，眼科的字样映入眼帘。

"我爱我妻子。"他走出电梯，拉着挣扎着的她，快速站到窗口一无人烟处，对她说道。

"够啦！"她怒斥道，"那么，你那样看我，你跟我讲过的那些话……你让我以为你爱我……你混蛋！"泪水瞬间蒙上她的眼睛，一种受欺骗的感觉涌上心头，她又羞又恼，扬起了手，使劲地朝他扇去——清脆的掌声在他的脸颊应声落下，几道红痕突兀在白皙的脸上。他捂着脸，怜爱地看了她一眼，一言不发地走了。她自己也懵住了，好几分钟没醒过神来，直到耳边充斥着一群姑娘嘻嘻哈哈的说笑声。

永远失去他了吗？她一阵心酸，却昂起了头。

沧桑孤独的感觉破茧而出，失落间自己仿佛坐在了一叶没有桅杆没有风帆的小舟，飘零在渺无人烟的苍茫大海之上；烈日当头，她又渴又累，背脊里热量飕飕往外宣泄着。她顿时打起寒战来了，这让她不得不靠着墙歇息了一会。她的脑际里忽的闪过一句话"每个人都是残缺地活着的"，她忘了这是谁说过的，但却让她在这会儿真真切切地体会到什么是残缺了，被剽窃了的、丢失的生命中重要的东西，是那样的缥缈、不具体……她口渴起来，喉咙黏贴在一块，真实的世界一点一点离她远去，她的小舟或许挨不过一时半刻，一阵狂风、一个波涛就能轻易颠覆它……

蓝得发紫的海面，灼眼的白云和眩晕的日光褪去了，苏鸥发现梅利彬主任正端坐在自己的对面，慈眉善目地对着她呢。她忘了自己怎样在窗口下碰见他，怎样跟他打招呼，怎样跟着他走进办公室的，一切仿佛不是真实的。

第九章 失 恋

"你脸色很难看,那里不舒服吗?"梅主任倒了杯水给她,微笑里浸透着父爱。

"没事的,只是有点犯晕,我一会就好。"苏鸥回答道,努力使自己平静。恼怒和失望在她的脑子里有如一匹脱了缰绳的野马在乱窜乱撞,理智却是一道看不到的坚实屏障,关键时刻把她宣泄的感情挡住。不一会,她嘴角扯动,挤兑出一丝僵硬的微笑。其实她现在难受得欲从十层楼高的医院楼顶上一跃而下,从此捻断那揪心揪肺的纠缠。

取回眼镜后,她从医院仓皇而逃。她中毒太深了,倔强却抵命在心里深处抗争。已经伤心欲绝,她却不想别人从她脸上找到痛苦的蛛丝马迹,于是用一种矛盾的方法来治疗:她比任何时候都热情洋溢,到处访亲探友,生疏十几年的远亲她也去探访。她忙得团团转,不让自己有一丝的空闲。她突然害怕独处,仿佛一旦独处就有幽灵出没,要去她的性命。她比任何时候更加依赖胡明熹,完全像极了婴孩。他一回来她就一刻不离粘紧他,不让他走出自己的视线。她像婴儿紧紧吮吸住母亲的乳头一般,贴身地粘着他,似乎没有他在身边她会死去,走路她一定要挽着他的手臂。这简直不可思议,从前她从来不挽着他走路的,反而总是胡明熹总牵着她的手,或一有机会就搂着她的肩膀,生怕她从他的身边溜走一般。而她总笑嘻嘻的逗玩他,取笑他,稍一低头躲过他。

她甚至高声地与他人说笑,因为她还需要人群,比任何时候更需要人群,而且越热闹越往里面凑。认识她的人都知道她最喜欢安静的,但突然之间,她空前的活跃,灵感像出窍的灵魂指引她记起一个又一个的笑话。

可这一切只是欺骗自己而已,苏鸥知道。她现在就是行尸走肉,她抵抗这种没有文粒的空虚。她又孤独又无助,前方一片迷茫。

幸好还有李嘉梅。李嘉梅虽然隐隐觉得苏鸥有什么事隐瞒着她,她也试图询问她,但却得不到半点线索。自文庆延从北京回来之后,李嘉梅每次见了他都如食甘饴,每天更是打扮得花枝招展,笑得甜蜜蜜。她一旦和文庆延出双入对,情意缠绵了,自然也没多少心思管顾谁了。唯一不变的就是还是跟往常一样,几乎天天约了苏鸥一起去水疗中心游泳健身。

也是这里的水,抽丝一样,慢慢载走苏鸥的思愁,酸楚一点一点地退去。到了胡译南放寒假的时候,她已经不再揪心裂肺地纠缠着那茬事了。

"还回来，就这几天里。"文老太太从澳洲打来电话说。

过了几天，苏鸥从培训中心接了译南回来，看见屋子里人气腾腾。老人回来了。

"奶奶。"译南亲热地喊着，围着她问："有没有带袋鼠回来呀？我想看看它口袋里的宝宝。"

"译南，不好意思啊，海关明文规定不许带动物进关的。爷爷拍了好多照片回来给你看呢。"

"译南，等下个暑假，爷爷带你去澳洲看真的袋鼠，好吗？"

"真的？爷爷不骗我哦。"孩子睁着大大的眼睛，亮亮地看着老先生问。

"爷爷不骗你。"

"苏鸥，你过来。"文粒手插在裤袋里，一直站在屏风处看热闹的，这才叫住苏鸥，他们两人私下里从来不称呼对方名字的，除了在公众场合里。

苏鸥狠狠地盯了他一会，嘴角诡异一笑，"文大医生，有何指教？"

他不搭理她，径直向房间里走去，苏鸥一直跟在后面，到了主人房的阳台上，他立住了脚。

"有些人同吃同住拍拖好多年，分手了仍是朋友。"

"那跟我有什么关系？"苏鸥反问道。她看着他松软的刘海梳理着午后的阳光，心里说不出的伤感，这个她爱的男人一会儿拿了刀片把她割得遍体鳞伤，一会儿当她宝贝一样温柔地呵护。

"你好残酷！"她凄然地说，"你对我没感情时犹如对待一具死尸，一点不在乎是否摆在自己的面前，更不会投去温暖一瞥……当我需要你，在乎你，你快乐我就快乐；你悲伤，你有个三长两短的，我也会跟着心死的时候，你像看耍猴一样看着玩儿。你让我面对你，看着你，不能爱——仿佛放了一艘救生艇在溺水的人面前，让她眼睁睁瞅着，却不救她。你让我如何面对你？"其实她想马上转身离去，远离这个给她伤害的男人，但下意识却不允许，在他的面前，有一股魔力——她一见到他，就可以抛开尘世的烦忧，只有激情来打动她。

"很多热恋的情人，彼此相爱，但因为种种原因必须要分开。有的人分开了，还是好朋友；有的人分开了，成了陌生人，你不觉得很可惜吗？"他看看她，审视地问。

"是很可惜，但如果痛苦地做朋友，不如愉快地做陌生人。"

第九章 失 恋

她看着阳台下面矗立的路灯,麻雀站在上面,休闲地梳理着羽毛,它对电线绝缘啊!她心底忽的有了主意。对!她想,我也要对他绝缘。

"你现在跟我讲痛苦?我哀求你的时候,你难道投来温暖的一瞥了吗?"他忽的愠怒起来,仿佛刚刚还是暖和的春天,转瞬就是阴风疾厉的冬日。"这可是你自找的。这会儿你跟我说这些有用吗?你不是救世主吗?你怎么不会拯救自己了?"

两个彼此在心里扎根的人痛苦地对望着——爱如磐石,没有了她(他)就活在残缺里,但命运冷不丁地就在相爱的人之间画上楚河汉界,或许只有在楚河汉界的距离里,才有点点心肝剥离的苦楚。

这是他对苦楚的对抗吗?包括在医院时讲的话?是的,他除了用尖锐的语言作为武器外,没有可以用以捍卫领地的法宝啦,这就是他为什么要把她割得遍体鳞伤的理由了。然而现在说什么呢?再说爱还有意义吗?她的泪又流了出来:"你就想讲这个,对吗?文大医生,谢谢你的关怀,你还是拿着你的热情爱你的妻子罢了。"说完她扭头就走。她忽然明白,只有更加的冷漠,才可以抵御他们之间炉火般炽热的感情。

入室花园的茶花儿开始怒放,茶花一茬一茬地开过,春节又来临了。

孩子天天扳手指算着时间,终于到了大年二十五,江城公司放假了,胡明熹怂恿他们娘俩回艾城过年。

半年来,为了免去婆媳大战,更为免去看见胡老太太那副傲若冰霜的老脸,聆听那一阵阵的破铜锣的嗓门,苏鸥一次也没再回过艾城。

踏进那所住了六个年头的房子,苏鸥不禁愣住了——

"林嫂,角几怎么不见了?哦,还有鞋柜!"苏鸥经过走廊走过饭厅,发现原来饭厅的杂物柜也不见了。酒柜里的紫色晶石亦不翼而飞了。她迅速飞奔到主人房,却看见床头柜上,衣架上横七竖八的散乱着一堆堆的老人家的衣裳!阳光依旧透过落地玻璃窗投在柚木木地板上,只是,床靠背上面,她和胡明熹的结婚照早已不知所踪。

熟悉的屋子,不熟悉的味道。陌生的难道只是裸露出来的挂相痕迹,抑或空置出来的空间?苏鸥分明闻到了一股血腥的味道——那股亲人间厮杀之后不留余地的冷漠。回到了客厅,看着厅角的鞋子,她恼气地问:"林嫂,这是怎么回事？"

"苏小姐，我也没比您知了多少去。从江城回来后，老太太就让我住进集体宿舍里，到办公室和厂里搞卫生了。今天，老太太说你们要回来了，让我这几天回来这里收拾收拾，一回来就是这个样子了。"

"妈妈！妈妈，我的遥控赛车也不见了。"胡译南一着急，眼泪也掉下来了。

"什么东西不见了？"听到胡明熹这么问，胡译南像见到救命稻草一样飞奔到爸爸身边去了，"爸爸，遥控赛车啊，你说在首都机场买的那个。"

"不用找了，那天涵哥哥过来玩，我以为你不要了，就让他拿走了。"胡老太太换上拖鞋，走进来慢条斯理地说。

"奶奶，那是我爸爸送给我的礼物，我不要送给涵哥哥。"胡译南对着老人家哀求道，"让他还给我！"

"你还以为我不知道，你江城的家里有是的玩具！你的玩具那么多，就送一个给涵哥哥吧，哥哥没有。"

"那次爸爸也送了一个给涵哥哥的，涵哥哥他有。爸爸，我要我的赛车。"

"吃过饭我们去跟涵哥哥要回来，不要吵着奶奶和爸爸了，乖啊。"苏鸥抑制着怒气。

"就知道你们小气，小孩子家的，需要那么较真吗？"这次轮到老太太不满意了。她挨了餐桌坐下，嘟嘟哝哝。

苏鸥心想小孩子怎么就不较真，孩子才要较真呢。可刚要开口胡明熹就拍了她的手背暗示她不要做声，话到嘴边又强吞了回去，苏鸥心里真不是滋味。

就座后，苏鸥给儿子夹了他爱吃的酸甜排骨，又伸箸夹了块猪肚子想送到婆婆的碗里去，但一眼瞥见空荡荡的酒柜，想起心爱紫色晶石，于是又放下箸子。她也知道，至少她应该在孩子面前做个表率关心长辈，但婆婆实在让她从心里抗拒自己对她的敬重，她不能违背自己的内心！

胡明熹看着她犹豫的刹那，赶快夹了一条狮头鱼放在他母亲的碗里，接着又给胡译南添了些菜。

闷声吃了一小会儿，老太太忍不住发话了："苏鸥，这半年来，江城的货只有出去的，并没有进账，你是不是应该将钱打进厂里来了？"

"妈，生意的事让明熹管理就行了。您老人家就逛逛公园遛遛狗，该享受就享受。您这么操心做什么？"苏鸥听到这话老老实实地惊骇一下。早在接手

第九章　失　恋

小商铺的时候，婆婆就一直想插手进来，苏鸥每次都坚决地婉拒了。

"你们还在穿开裆裤的时候我就做这档子生意了。反正闲着也是闲着，生意上的事，我内行着呢！"老太太眯起眼，满脸笑容像极了盛开的万寿菊。可就这么难得的笑脸，苏鸥却还是觉得恶心，因为她太明白这笑脸的背后肯定又藏着老谋深算。

"江城的生意向来和厂里的是各自独立核算的，厂里的货款一个子儿都没少给啊。"苏鸥没好气地说。

"江城今年的盈利是多少？你总该进账到厂里来吧。"老太太又紧追不舍。

"明熹，黄厂长都辞职了，你可知道为什么？"苏鸥心不在焉地转了话题，继续吃着饭。

"不是说他老婆要生小孩，家里没有人照顾吗？"老太太抢着继续诘问，"工资那么高，不就看着别人做事——现在我每天盯着呢。我看他这个是白得钱的闲职，不做更好，省下不少呢。江城的到底怎么样了？"

"这都是厂规不能彻底执行惹的祸，他可是个优秀的管理者，不愿看着他管理之下的企业没落了去，才这么着急的。跟你说，你却仿佛是别人的事情一般拖延着；跟我说，我也是没了办法了。本来一切执行得好好的，现在谁在搅局弄成这样子？"苏鸥说着说着，想着自己多年来的心血现在正面临危机，饭也吃不进去了。

"没有你说的那么严重好不好？现在厂里不是照常运转，生意不是照做不误？他就是爱搬弄是非。原先说亲戚不听他的安排，弄出了一些不合格品。我已经严厉批评过了，就像满福舅舅，现在不也做得很好，到底也没再出过错误了！他只不过想要回他的特权，好显摆他有能力罢了。稍有不满就辞职，辞就辞，难不成没了他生意做不成了？"胡明熹也放下碗筷了。

"就是就是，"老太太说。

"可是近期到江城的货已经不如从前了。你是知道的，对不对？"她根本就懒得理会老太太，如果不是她从中作梗，会有今天这种事情发生吗？

"新手上线，总会有一些不如意的地方，等日后熟练了，就好了。"胡明熹武断道，"反正厂里的事情你就不要染指了，你只管好江城的就行！"

"也不知江城的生意打理得如何？也不见有盈利回来。"老太太又开始啰唆。

"有没有盈利您老人家就甭管了吧，有我呢。"苏鸥也学着胡明熹的口气武断道。

"那是我们胡家的生意，我当然要管的。"老太太有了儿子撑腰，底气十足。"我说苏鸥！如果江城再没有盈利回来的话，要不撤了，要不换人！"老太太开始咄咄逼人，扯开嗓门，把"小鸥"唤做"苏鸥"了。

"这是我们夫妻之间的事。您就别插手了。厂里我一直为了一家和气才拱手相让，其实这是我大错特错的一步！"苏鸥从来没这么失态过，她也大声叫喊道。

胡译南看见母亲涨得通红的脸，吓得不知所措，眼泪吧嗒吧嗒地开始掉落。

"林嫂，你带译南去下办公室。回头我找你们。"苏鸥心里愧疚因为自己，孩子受到了惊吓。

"小南，你和林嫂先去办公室。妈妈一会儿来找你。"她强忍着悲哀，从来没过的孤独从脚底油然而起。看着儿子远去了，她才又痛心说道："明熹，你知道，江城的生意是我一手创建的，我是绝对不会退出的。之前错就错了，以后再没有这样的事儿了。"

"那以后你就不要来艾城了。本来你就已经不是胡家的人，还管着胡家的生意干什么？"老太太电着满头的卷发，穿着一点儿也不相称的朴实的灰色外套，满脸的横肉上面那对小眼正轻蔑地斜看着苏鸥。

"这里的一砖一瓦，一切的一切，都有我的一半！"苏鸥的眼泪不争气地流出来了，"胡明熹，这是怎么一回事？"

"妈——"胡明熹慌张了，"您怎么这样说呢？苏鸥怎么不是我们家的人呢，她是我老婆。你儿媳妇。"

"哼，我以前就跟你说过，你若是要她就没有妈——你答应过妈妈的。什么假离婚！离婚就是离婚，什么真的假的！只不过是为了照顾孩子的感受，不对外人公布而已。但今天她既然要独自管了江城的生意，那么就彻底分开来好了。明熹，今天你硬是要了她，我就立刻死在你面前，跟你早死的爹打报告去。"老太太爬满青筋褶皱的手的拍在桌子上，"而且，贱人，我告诉你，这里的货再也不会供到江城去了。"她站了起来，恶狠狠道。

"所有资产全在艾城，江城的只是个皮包公司。胡明熹，这就是你的如意算盘？"苏鸥委屈极了，眼泪纷飞。

"江城还有房子，不是资产吗？"老太太落井下石反诘道。

第九章 失 恋

"好！我苏鸥遇人不淑，我认了。"她说完眼泪奔涌而出。离婚已经是既定的事实，遇到这种人家她能如何！曾经熟悉的一草一木，一桌一椅。她悉心经营的温馨的家园，炊烟袅袅的窑洞，嘻嘻哈哈的工人，这些她曾经所热爱的一切，仿佛正张大了血盆大口吞噬着她，面目狰狞……

她按捺住悲痛，拿出手机拨通了靳平的电话，然后起身飞至客厅，抓起挎包，扬长而去。

胡明熹欲言又止，追着她喊道："老婆！"

"别再这么恶心叫我！"她回头看着这个她将最美好的年华倾心托付的男人，这个口口声声说"要让你和译南过上别人过不起的生活"的男人，斩钉截铁地说："不要再叫我老婆！"

"靳平，到办公室接译南，我们马上回江城。"她抽泣着吩咐道。

……

胡明熹瘫坐在一楼的水泥台阶上，眼睁睁看着汽车缓缓驶出工厂门口，再也无力追上。

郊外的隆冬清冽寒冷，公路上车子飞驰而过。车子里面，苏鸥的眼泪还在无声地流淌。

"妈妈，爸爸不要我们了吗？"面对着孩子童稚的话语，她的心更痛了，"爸爸要小南，所有的人都爱小南，只是妈妈做不到爸爸要求的那样。爸爸和妈妈要分开来住了。"

"噢，我们回江城吗？"胡译南并不是很介意他的父母亲分开来住，在他有限的记忆里面，爸爸总是与他分开住的。

"是。"苏鸥安慰他说："小南，睡一下就到了。"

"哇！烟花！"孩子惊奇道。

"春节快到了，有人家放烟花庆祝了。"靳平说。

"靳平，我们的货还能维持多久？"

"近期的货总是有小瑕疵——或者贴花有小泡，或者'熟'得不太透……总之有些滞销。加上节后需求不旺，若是全部销完，估计要到5月底了。"

胡译南趴着车窗看着外面的黑幕中偶尔燃起的烟花，总期待着下一个，加上母亲在谈生意上的事，他从小就懂得大人们在谈生意的时候，小孩子是不可以插嘴的。于是看着看着，竟睡着了。

"过了年，马上到郊外看看场地，千亩以内。"她已经止住了泪水，严峻的生活，容不得她花时间再去悲戚。

"嗯，打算自己弄？"靳平是聪明人。他从不过问老板的私事，就算刚才那种情景也是，其实他猜也猜得出发生什么事情了。

"是，"苏鸥叹了口气，"天无绝人之路。先搭一条钢结构生产线，到江西进白底，自己开始吧。"

第十章 另起炉灶

回到江城已经是凌晨时分了。突然见到靳平抱着睡熟的胡译南走在前头，苏鸥跟在后面蓬头垢面的，把文老先生和老太太实实地吓了一大跳。

"怎么又回来啦？"老太太关切地问。

苏鸥不晓得如何解释，但因为老太太一问，委屈立刻涌上心头，她喉咙哽咽，更是说不出话来。她低头不语，急急匆匆进到自己的房间里，引导靳平将胡译南平放到床上。靳平轻轻地脱去孩子的鞋子后，就蹑手蹑脚地退出到大厅去了。

苏鸥脱去孩子的外套时，听见靳平与老人家告别的声音。

等她帮孩子掖好被子，悄悄走出房门，却见老太太还站在过道上。

"可吃过饭了？"见到她出来，老太太压低声音问道。

"嗯。"苏鸥点点头，算是答应。

"那早点歇息吧！"关切的声音又响起。苏鸥实在不想说话，就唯有又点点头。当委屈大过心里的承受力，她就越发不想说话了。

老太太见她眼眶发红，神情悲戚，明明有着天大的事情，却死死咬紧牙关，只字不提，也只好由着她了。末了，又说道："什么事情睡一觉就好了，别想多了。"虽然是一句没什么用的安慰的话，但老人家真希望她能听得进去。

苏鸥又点点头，进了洗手间，解下了浅绿色茉莉花样的小小发夹。

望着镜中披头散发，浮肿又脸色发青的自己，大学时期自己神采奕奕，长裙飘逸的模样越发在脑子中清晰起来。而后，艾城的工厂后面，麦浪滚滚的田埂边上，胡明熹的誓言犹在耳畔响起，再然后……啊！再然后便是，"……今天你硬是要了她，我立刻就死在你面前，跟你早死的爹打报告去。"恶狠狠的话犹在耳边，经久不息……

苏鸥想着想着，又泪流满面。她掩面而泣，顺着洗手盆的墙边，瘫软下去。

忽地感觉手背余热扑来，她睁开泪光迷离的双眼，依稀看见老太太蹲在跟前，手里正拿着热毛巾，随即脸被热浪围上。

"三九时候，地板生凉，快起来！"老太太一边轻声呵斥她，一边连搬带拖的，拉扶着她到大厅沙发去。

睁眼看着慈祥的老人家，任凭她拿着热毛巾擦遍自己的发际、眼睛、脸庞，只有母亲在她孩提时候曾经这样做过。想起母亲，她心口一热，一把抱住了老人家的腰，把脸埋进她的怀里。

老太太任由她从近乎痉挛的哭泣到缓和地抽噎，中间并不言语，只轻轻摩挲着她的背脊，这只温暖的大手终于将一颗伤碎了的心捂暖了过来。

"伯母，我们回来的事情对谁都不要说起。后天找个地方，我和小南旅游去。"

"包括嘉梅？"

"是的。"

"放心睡去吧，没有人知道你们曾经回来过。"

腊月二十八，下午三点，香港机场。苏鸥母子正坐在候机室里，等待飞往泰国的飞机。

正百无聊赖地看着一样无聊的乘客，她的电话响了。

瞄了一眼，是胡明熹打来的。她快速摁了挂断键，现在只要一想起他，胡老太太的皱巴嘴脸和他仿似无辜的一脸委屈就会浮现在眼前，令她作呕。

登机之前，文老太太打来电话。

"还在香港吗？"

"嗯，准备登机了。"

"小南喜欢吃山竹。泰国多山竹。你要记住山竹和榴莲不能同吃。"老太太耐心教导着。当她听到电话里传来苏鸥的声音，说胡译南不爱吃榴莲后，才安心地放下电话了。

文老太太放下电话，刚走进厨房，文庆延和李嘉梅就推门进来了。后天就是大年初一了，然而明天文粒却要值班，所以文家决定在今天吃团年饭。

一进门文庆延就将手里的一个大礼包递给了他母亲，李嘉梅在一边旁白道:

"这是我妈妈亲手蒸的年糕和自己做的腊肠子,伯母您尝尝。"

老太太一边乐呵呵接过来:"哇,自家做的果然不一样,这味道闻着地道,也没有外面买回来的那种光鲜的色泽。替我谢过你妈妈,辛苦她了。"她边看边夸赞着,刚准备将东西放在饭厅的酒柜上,却听得袁小雅在门口说道:

"他们都在呢,我听见屋里妈妈在说话。"

文庆延去开门。袁小雅一进门就看见老太太手里的东西,便问:"妈妈,就是这东西,地道吗?"

文粒跟着进了屋子,手里也提着新年礼物,却是燕窝和鱼胶。

老太太接过后随手将两个礼盒放在了一起。

还没等老太太回答,袁小雅越发来了兴致追着问:"这东西哪里地道了?"

"哪里地道?手工制作的,当然味道地道啦。"老太太说着,走向客厅。庆延和嘉梅跟在她后面。

两堆市场价格天渊之别的礼物放在一起,李嘉梅尴尬得抬不起头来。她刚刚还有些自鸣得意,现在巴不得自己不曾拿过东西来,转眼间她连说话的底气也没了。可恨的是袁小雅还在驻足观察,还边自言自语道,"是吗?这个味道好?"

文粒见她专注,也不打扰她,就径直往客厅里去了。

"妈妈,你特喜欢吗?"袁小雅捏起腊肠闻了又闻,又大声问。

"喜欢啊!"

"你在哪儿买的?"

"嘉梅妈妈做的。"

"噢!"她一下把腊肠扔回礼包里,仿佛刹那间那包礼品成了烫手山芋。咻溜到了客厅里,她偎着文粒坐下。文粒和文庆延、李嘉梅正在玩扑克魔术游戏。

袁小雅看着嘉梅流畅地玩着扑克牌,又偷偷睥睨了一眼屏风后的酒柜,心里盘算着不知道母亲能否搞到腊肠年糕之类手工制作的玩意儿,又暗暗思量了一番,觉得李嘉梅真是个厉害的主,不但送礼送到婆婆的心坎里面去了,玩游戏也玩到哥俩的兴头上。以前和她做闺蜜,亲密无间,分享的全是儿女情长,青春年少的闺中欢娱。后来她辞去路桥收费员的工作,自己开了婚庆公司,私下里也就以为她只是插得一手好花而已。但今天一看,如此下去,以后自己在公公婆婆面前还如何立足下去……正胡乱思想着,却见他们三人正嘻嘻哈哈地收了纸牌，文庆延说要和自己换位置。

"小雅，换个位置，我们一起打'拖拉机'。我跟嘉梅和你俩对打。"

第一轮，大小鬼、六张2全跑到文粒夫妇手里去了，这一轮下来，他们连升两级，文庆延输得哇哇大叫。

紧接着的两轮，秋色平分，大家伙都看出了袁小雅是半桶水，但有数牌精准的文粒做后盾，文庆延和李嘉梅想赢也非容易。只是随之时间的推移，洗牌的次数多的时候，袁小雅就开始犯迷糊了，她不是这一场不舍得把一对黑桃2分拆来应对单张独打，就是那一场就不遵守游戏规则，别人出"拖拉机"的时候她掖着藏着，最后却亮出"拖拉机"做了杀手锏，弄得大家哭笑不得。也不知道她是真不懂还是假不懂，真迷糊假迷糊。

还没打过六级，袁小雅除外，其余三个人觉得不好玩，就越打越发没了兴致，好在在老先生和老太太散步回来及时，于是歇牌了。

"妈妈，外面冷吗？"袁小雅问。

"刚出去的时候有太阳，还好。一会儿工夫，日头就没了，挺冷的。"老太太搓着手说："还是老家好啊！这会儿屋里全是暖气，不像这里，屋里跟屋外一样的冷。"

"哈！你们都歇战了？那早点出去吃饭吧。"老先生后进屋，一进门就想着出门。

"好啊！那我们走吧。老婆拿酒去。"文粒说着进了洗手间。

文家的男人都会喝酒。酒酣耳热之际，就会说着漫无边际的胡话，斯文如文粒，也逃不过。

是夜，他们酩酊而归。

苏鸥母子是大年初七回到江城的。靳平还在休年假，她又想早些定下场地，于是一回到江城，就着手去找工厂用地了。

中介公司每天带着她看场地，一天看六七个地方，有曾经做食品的、电镀、炼钢等的旧厂房，基本是近些年来破产的或者搬迁了新址的小厂房，全都荒芜破旧，等待投入一大笔钱翻新重建。

这样连着看了将近一周，每看一场总要徒步现场勘测，做缜密分析，直搞得她筋疲力尽，却总徒手而归，燃起来的热情随着看的次数增加日益递减。

第十章 另起炉灶

元宵节前一天，中介又来电话说有一家新建的厂房要出售。那天靳平正好回来上班，于是苏鸥叫上他一起去看了。

厂子果然是全新的，一进工厂就见一栋两层的办公楼，办公楼的左侧是仓库，后面是横跨的车间，最让她欢喜的是办公楼靠北处是一座小山，围栏一直围到了一座山脚下。

她心里盘算着，如果要得下来就去租下小山丘一角，并进来做个小花园，那简直就美极了。

物主是个四十来岁的吴姓中年人，胖胖墩的身材，腆着个大肚子。经过一番讨价还价的激烈交锋，苏鸥和物主商定看完详细的图纸后再回复，便恋恋不舍地离开。

回到家里，刚走过屏风，突然从鱼缸旁窜出一个黑黝黝的影子，对着她呵斥道："打劫！"

苏鸥被吓得"啊"的惨叫一声，定睛一看是胡译南。

"你个小坏蛋！"她伸手想抓他，胡译南一侧身溜到茶几一边，手舞足蹈，一个劲地逗着苏鸥喊，"来啊，来啊！"

母子俩围着茶几追逐了几圈，做母亲的终于支撑不住，叉着腰站着不住地喘气。

胡译南指着母亲笑得弯下了腰，苏鸥却被茶几上的一张卡通画定住了。A4纸上一个长得和她一个模样的年轻又娴静的女子坐在溪边的一块石头上，穿着她平时穿的那套绿色的连衣裙，一只海鸥停在她优雅的手心上，而她正微笑着。画的右上角写着：祝妈妈，元宵节快乐！

一股暖流流经她全身的脉络。她颤抖着牵了牵嘴角，轻轻地说："宝贝，谢谢你。"

正说着，文老先生和老太太推门进来。老太太一进门就啧啧称赞译南："早上吃完早餐就开始画妈妈，画到刚刚才画完，足足画了三个小时，真是个心灵手巧的孩子！"

"还不谢谢奶奶的夸奖！"苏鸥看着被夸得心花怒放的儿子，微笑道。

等孩子道过谢，老太太又说："明天粒儿又值班，今晚我们先过元宵节，一会儿我们做汤圆。"

苏鸥害怕看见文粒和袁小雅恩恩爱爱的样子，急忙说公司有聚餐，就不回来吃饭了。

"往年过节你们都去艾城，难得今年过节一起吃个饭，你在公司吃过饭再回来吃些汤圆吧？"

听老太太说这么贴心的话，苏鸥心里想起胡明熹的母亲，都是做人家婆，怎么落差就这么大？虽然想着，毕竟是别人的母亲，她一再谢过，携了胡译南，往公司里去了。

刚出了36栋大门口，却见文粒裹着卡其色的大外套拐弯进来。看见他，苏鸥和胡译南让出大路，胡译南高声叫着文叔叔好。

文粒抬眼看见她们母子，愣了几秒钟后，松开交叉抱在胸前的双手，从大外套的胸腔里面露出一盒白酒来。

"小南，你们去哪儿？"

"和妈妈去公司。"

"噢。"他说着，左手放进裤袋里，掏出银包，抽出一个红包，递给译南，"呐，过年准备给你的利是，快高长大哈！"

"谢谢文叔叔！"

"来，帮叔叔把酒拿回家，我跟你妈妈说会儿话。"他又吩咐道。

苏鸥一直笑眯眯看着他俩，直到文粒支开译南，她才警惕起来，心里嘀咕着他又有什么话不能当着译南的面说了。

果然，只见他又伸手拿出来银包，在里面拿出个什么东西，攥在手心里，然后望着她问："发生什么事啦？"

苏鸥听他这么问起，自然想起了新年以来的伤心事来，她把它们锁进一层又一层的盒子里，仿佛成了潘多拉。这个事情不能让任何人知道，包括自己的母亲。但文粒却总是个破坏者，非得打开这层层盒子的锁不可。这样一来，灾祸就会降临她的世界，她肯定会在他的面前软弱得跟一只羔羊一样，这不是她想要的。

于是她别过脑袋，咽了口水，看着他摇头了。

"这是什么？"他叹了口气，"回艾城那天，明明看见你束在头发上的，除夕前一天却出现在洗手间的旮旯里，怎么解释？"

"为什么要跟你解释？"她眼尖地看到，就伸手去拿在他手心里的淡绿色的茉莉花发夹，指尖还没及得触到他手心，他霎时将手收了回去。

"就用解释来赎回吧。"他脸上堆起了那招牌式坏笑。电梯门开了,胡译南从里面蹦跳着出来,他耸耸肩膀走了过去,从容进了电梯,还挥手再见。

看着电梯楼层数字1、2、3往上跳动,她拉了儿子往门口走去,才想起那个发夹就在她悲恸万分的时候落在了洗手间里了。

"我们先吃晚饭去,吃完了跟妈妈回公司。"

"妈妈,吃比萨吧。"

"好,Pizza Hut,没别的选择哦。"她话刚说完,靳平就打来电话,说他叔叔已经把成本算出来了,等她去过目。

冬天的黑夜来得特别早。六点刚过,黑幕立刻降临。晚霞这种仪式只存在几个月前的记忆里了。倒是月亮,早早挂在了光秃秃的不知名的树杈上了。

"妈妈,9月我真的回家里读书?"胡译南边喝着酸奶边问。

"当然,9月,喜欢吗?"苏鸥抬头将眼光从图纸上转移到儿子身上,这话让她想起半年前,江城的企业协会召开会议,坐在她旁边的正好是宜家江城片区的蓝玲总经理,聊起各自的孩子,对方说孩子就在江城上学,一周她起码亲自接送超过三次。

苏鸥惊讶极了:"你这么忙,这是如何能做得到?孩子寄宿不挺好?既省了大人的时间和精力,又锻炼了孩子的自理能力。"

"通常人们都这样认为,其实不然……现在时间不允许,这样吧,散会后到我家,我拿一本有关这方面的书籍给你看,往后有时间我们再一起聊。"

就这样,她们成了好朋友,苏鸥也接受了蓝玲的建议,以企业协会的名义申请胡译南9月到江城江都小学三年级上学。

译南很向往和母亲生活在一起,还一直担心母亲是哄他的,像刚才的问话,也不止一次了。听到母亲肯定的回答,孩子说:"嗯,好吧,这样我就可以吃到酸甜排骨咯。"

"馋猫!"

"唉,如果在艾城就好了。"小屁孩舔了舔嘴角的余奶,继而道:"这样我就可以玩瓷泥巴了。"

苏鸥瞟了他一眼,微笑着说:"在这里,很快也可以了。"

"真的?"

"真的。"苏鸥坐在办公室的大班椅上,招呼他过去,"过来看看这图纸,这是我们的新厂。"

"哇！这里是什么？"

"仓库。"

正比划着说,靳平进来。

"我的意思呢,这两天你和销售主任一起约权主再交谈一次,将标的锁在1230万元左右。我刚刚也咨询了我的一些做建筑的同学,其实他的成本不及千万,只是周围的地价高,综合下来,也就值这个价。的确不行,另行想办法。"

"也是。只是,他虚开高了这么高的价格,怕是下不来台。"

"就说只要栅栏里面那三百八十亩,其余的不要。哦,等等,靠办公室的这座小山,要个小山脚,有一亩就足够了。其余的,都懂说的啦,不要往死里谈。"

"好,明白。"

"辛苦你啦。今晚到此结束,下班吧。"

第三天下午,接到靳平说谈妥了的消息。

由于江城的公司成立时间不长,原始积累也不多,这项目投下来,免不了要找银行贷款。不出两日,银行那边就发话下来,说无论公司或是法人,账户流水均不足,要她找人担保、同贷。

她自然想到了李嘉梅,于是找她。把李嘉梅的所有资料递交上去,又被驳回来,理由还是一样——不够资格。

霎时之间,苏鸥陷进困顿——或许胡明熹可以的,但倔强如她,是绝对不想向他开口的。

"算了吧,从零开始,到西郊外找片荒芜的土地,弄一条钢结构厂房,搭个简陋的工棚应对先,再从长计议。"苏鸥对李嘉梅说,"这些资料,都还给你。"

"西郊离这儿开车都快要两个小时,还是东郊那片好,又是工业区,交通、生活设施等各方面完善,去了西郊,怕是工人都难招到,没有更好的办法了吗？"

"资金匮乏,巧妇难为无米之炊,你说能怎么办？"

"唉,我就是穷极所思都不明白,你为什么不去艾城调资金过来？"

"嗯,我们财务是分开的……"苏鸥说着,停住,说不下去了。"咦,蓝魔鬼鱼怎么啦？"她说着,走过鱼缸看鱼去。

第十章　另起炉灶

还没靠近鱼缸,就听见"啪"的一声响,刚刚还摇摆着的海藻直发般竖在了珊瑚边上,没有了灯光照耀,神仙鱼依旧色彩斑斓。

"哎呀,快快快,跳闸了。"苏鸥叫嚷起来,"怎么办?让物管快快过来看一看吧,这咸水鱼没了供氧会受不了的。"

不一会儿前台的杨玉兰回话说物管的电工师傅刚去16楼,要等一小会儿了。

"算了吧,再等鱼儿就没了。"李嘉梅立刻打了另一个电话,"庆延说马上到。"

"哎,拿个勺子来回倒一倒吧。"李嘉梅停顿一会又说。她刚说完,只见苏鸥已经冲进厨房,拿了勺子准备动手了。

"嗨,不行,关掉电源。"

两个人手忙脚乱了一会儿,文庆延带着电工师傅进来了。有了专业师傅在,余下三个人在阳台的小茶桌上坐着闲聊了起来。

说到了苏鸥的生意,李嘉梅就把她遇到的困难说给庆延听,她当然希望他能想到两全其美的法子。

庆延果然不负所望:"也不是没办法,找基金投资吧,这是唯一的办法了。"

"可是风投是有标准的。瓷器行业可是传统行业,怕也不行,这个我是考虑过的。"苏鸥心里燃起的希冀之光随着自己的话语一出,便又暗淡下去。

"唉,那可真真没办法了,找人同贷吧,这么高要求,不是亲人间,谁会为你去背债。"

听庆延这一说,李嘉梅气鼓鼓拿眼干瞪他。他扑哧一笑说:"小姐,你讲讲道理好不好——公司里,我不是法人,自己名下的流水竟连你的都不如,扒了我的皮也是没办法的了。"说完耸耸肩,无奈地摊开双手。

不一会儿,鱼缸漏电修好。文庆延和电工师傅离去。黄昏来临,李嘉梅也回去了。

苏鸥刚淘好米准备煮饭。文家的老太太和老先生就回来了,他们去了北方之家店里买了很多面点,其中千层饼也是苏鸥喜欢的。

炒了两个小菜,就着小米粥和面点,吃完晚饭,夜幕已经降临。

靳平打来电话,说昊先生又在过问签合同的时间,还主动说山脚下那一亩地就免费送了。说得苏鸥心动不已,但自知又无能为力。

"你推一推,说我出差没回。"

"每次都这样说,已经快十天了。"

"银行那里出了点问题,我们资金现在还没筹备到啊!"

"好吧,我尽量拖延就是了。"

刚刚挂了电话,李嘉梅的电话就进来了:"姐,好消息,你那个项目可以做了,庆延帮你找了一家基金投资公司,对方约你明天见。"

"啊?幸福来得太快了!"苏鸥在电话尖叫,"少奋斗5年啊!太谢谢你啦!"

"呵呵,谢我?我只是传话筒,也好,至少有实际表现吧?"

"说一说,你还来真的啊,哈哈哈。"

"君无戏言。"

"好,不跟你计较,虽然我非君子。"苏鸥忍住不笑。

"后天是周五。全陪一天,我正在学高尔夫。你知道,庆延公司是生产高尔夫球的,我这个准总经理夫人须得会!说好了,早上高尔夫,下午你们行业会所,晚上陪电影还是陪逛街,你决定,免得说我欺人太甚!"

"哇哇哇,'周扒皮'啊!阿弥陀佛,满地鸡毛!"苏鸥装嚎叫声,逗得嘉梅在电话那端咯咯笑。

第二天,文粒家里。

"哥,合约在这里了。"文庆延将一沓文件摆在文粒的面前,上面写着退出家族股份合约。

"如果她真还不起了,这份合约就生效了哦。"他又提醒道。

"知道,相信她吧,她可以的。"文粒边穿灰色西装边问,"在哪儿签名?基金公司那边需要这份合约?"

"当然。然后等我电话。苏鸥姐一离开,你就过去签名,本质上跟银行的手续是一样的,只要在借款人上面添上你的名字就可以了。哥,你可考虑清楚了?"

"有什么考虑不清楚的,除非她突然出意外了,不然这钱我铁定她能挣回来。哦,对了,是不是签了名马上放款?"

"是。哥,突然事故是其中的风险之一。"

"知道,我考虑过了。庆延,这事你知我知,更重要的不要让小雅知道,我不想节外生枝。还有也不要让苏鸥知道,她要是知道了,这事也就办不成了。"

爸妈也是不能让他们知道，这个你懂的！"

"嗯，其实，她还有一个方案的，就是去西郊外要一块荒地，从零开始。退一步看，这也是可行的。这样，你就不用为她担风险了。"

"她既然喜欢那块地方，为什么还要去西郊？再说了，西郊目前荒无人烟，无论从生意的角度或成本还是便利程度，都不是理想之选。她那是权宜之计。嗯，不用再说了，就这样决定了。"

就这样，新建工厂的事情顺利地展开了有序的工作。管理生产原本就是苏鸥的拿手好戏，销售那块则是靳平的强项。生产、销售全在她的管辖之下，半年不到，她就把生意扩展到临近的几个省市，大有气吞山河之势。

只是每每胡译南想念他的父亲时，她就得硬着头皮拨通他的电话。让他出现在自己的眼皮底下，看见他，层层伤心往事便涌上心头。

好在伤疤是慢慢地结痂，然后一点一点地脱落的。苏鸥心口那道深如雅鲁藏布江大峡谷般的伤痕，在珠三角年复一年的雨水洗刷下，渐渐被填平了。

第十一章 合同期满

文老先生和老太太一般在学生放暑假的时候回来一次，偶尔寒假也回来。在澳洲的时候，就通过越洋电话，叮嘱一下苏鸥记住要吃早餐，或者问文粒夫妻俩有没有过来看她，还有胡译南学习、绘画之类的话题。苏鸥会很高兴地一一汇报，有时生意起伏也顺带说说，李嘉梅和文庆延之间的恋爱进程也向他们报告。她还按照合同签的那样，每半年存一次款到老太太名下。眨眼间已经是三年，今天她将最后一笔款子存了进去，便高兴地打电话通知文老太太。文老太太说着庆延、嘉梅的婚事一直乐呵呵的，又告诉了苏鸥今年回来要住袁小雅那里。

老人家在 9 月 21 日就回到江城了，比往年回来足足提前了三个月。这次因为李嘉梅结婚，文馨也一并回来了。这次老人俩回来后只在苏鸥家吃了几顿饭，顺便打理他们的茶花，照料一下两只金钱龟，然后真的回文粒家里住了。反而是文馨，觉得苏鸥处清静，就在她家里住下了。

两个年纪相仿又都受过教育的女子住在一起，自然默契得很。苏鸥因此了解到澳洲的很多风土人情，当地年轻人的习惯思维，这些都是老头老太太所给不了的。苏鸥自然也带着文馨去穿街过巷，跟她回儿时的中小学校，陪她吃江城的烧烤宵夜，并扯上李嘉梅，一起去喝酒 K 歌，总之让她这个归侨百分之一百接近"地气"了。直到李嘉梅办完婚礼，第二天她才和苏鸥依依不舍地道别，先行回澳洲去了。

苏鸥见了李嘉梅说："真是不习惯，知道老头老太太回来，却不住一起，就像炒菜缺了盐巴一样。"嘉梅笑话她说："别人碰着老人家巴不得离得远远的，你倒还招惹上了。哎，姐，是不是他们——我的婆婆后来的款子全给你免了？"

第十一章 合同期满

苏鸥故意凑近了她的脸，鼻子快挨着她鼻子了："唉，我还以为某某是我的知己呢。原来是个近视眼，这回靠近了让你瞧真切了——看真切了没有？"

李嘉梅大笑说："小气鬼，就说你。好了，不跟你一般见识。快帮忙出出主意，搞个西式的结婚仪式？"

"我觉得啊，什么仪式都好，最重要的里头要有这样的台词——"苏鸥边说边站起来摆上兰花指，学着京剧花旦的腔调唱道："狗仔队出生的。"唱完这句，调整了一下姿势成了小生模样，学着文庆延的神态说："狗也是最忠心的。"

她刚表演完毕，自己就笑得直不起腰来："阿弥陀佛，金童玉女。"

李嘉梅恶狠狠地盯着她，然而看着竟不恼怒。几秒钟后，她终于抿着嘴笑说道："你等着瞧吧，总有一天我也悄悄记了你说过的话来整蛊你。看你这会儿笑的有多甜，到时候就有多惨，哼——"

李嘉梅的话音刚落，苏鸥的手机响了。她摁通了，"喂，"手机里传来了文粒软绵绵的声音。他们就这样，打电话给对方，也相互不称呼名字。她每每想叫他的名字，或者别人称呼了他的名字，她都觉得异常的刺耳，总有一阵悸动毛茸茸爬过心头。所以话到嘴边，终又咽了回去。她感觉在这点上，他跟她是心有灵犀的。即便这样，他们也极少通话，特别那次阳台上的对话后，好长时间他们都没见面了。

最后一次见面似乎是那次他送他父母去机场，他用一副冷冰冰的样子对待她。苏鸥也面若冰霜。

老人走在前面，他拖了旅行箱跟在后面，出门的时候卡到门槛了，苏鸥用手在后面抬了一下。

"松手！"他呵斥道，"关你什么事。"

是啊，关她什么事呢？袁小雅来都没来瞧一眼，她慌什么呢？然而她只停留了那么几秒钟，最后还是用力与他合作着把那个笨重的家伙抬了上去。推出门后，她重重地关上了门，背靠着那扇门，泪水不自觉地就流了出来。

"开门。"他并没有走远，站在门的那边说，"出来送送他们！"

她二话不说又开了门。她可以不理会他的，真好笑，他凭什么来指使她？但是她知道他，清楚他，明白他所承受的压力——他爱她，却只能憋屈地偷偷地在心里爱着。因为她说那是不可以的，所以他恼她。

这会儿，苏鸥听到他的声音，想恨也恨他不起来，想挑些尖酸刻薄的话说来激怒他的，半天也讲不出口，停了好一会却温柔地回答："嗯，听着呢。"

"我妈那风湿痛的病，你买的药她吃完了。在哪儿买的？叫什么名称？"

"药瓶子上面不写着嘛，你看看就知道了。"苏鸥一时也想不起那叫什么木瓜片的，最后一次邮寄似乎在半年前了。

"她嫌那瓶子太大，不方便携带，把药倒到一个小瓶子里了。原来的瓶子在澳洲呢。"

"那这样，等我回家看看原来的病历本才知道，看完了才告诉你啊。"

"哦……"他吟哦了片刻说，"要不我过来拿本子吧，是不是看骨科的周医生？"

"是啊，你自己带着伯母和我一起找他的，他是你们医院的大夫呀。"

"一直看到现在呀？近几年妈妈没提起，我竟以为不发作了呢，真是惭愧……你现在哪呢？你在家里吗？我马上过来。"

"我呀，在嘉梅家里，正商量着她和你家老二的婚事呢……好吧，看病紧要，我现在就回去。您十分钟后来吧。"她换上讽刺的口吻，把"您"字加重了语气。

"那行，我十分钟到。"他顿了顿，声线软绵，居然一点也不恼气。

她没听他讲完，啪地挂了电话，跟李嘉梅道了别，准备回去。

"你真成了人家的保姆呀？——什么事儿都管。虽然那是庆延的父母——但你也是我姐，这我就不得不说了，不如放心思在自己身上好过了。你不知道这是吃力不讨好的工作呀？照顾老人喔，要是出个'冬瓜豆腐'的，唯你是问。我可告诉你啊，苏大小姐，他们现在已经回去住了，你无论如何都不能再掺和他们家的事……"

"你今天发烧了呀？梅梅？我怎么让你讲得这么不堪，这么不要脸似的，我倒自个儿去招谁惹谁啦？"苏鸥好不生气，文粒这样惹她生气，那是因为他是文粒，这李嘉梅也牙尖嘴利的朝向她，说话还含沙射影了！

"姐，你就别装了。你当别人是透明的呀？你看你，每次文粒打电话来，你天大的事都搁一边去，那种认真和专注，就像恨不得将他的话刻在心肝上一般。表面上你一脸轻松，熟捻你的人一看就知有鬼——这是你的作风吗？你告诉我，他文粒和你是什么关系？让你犯得着为他去生气了？你为什么要这样尽心竭力地照顾他的父母？你不要拿当年签合同的事来搪塞我，以前我没少跟别人同租一室住过，互相帮忙是有的，但你们像什么，比普通的婆媳还要亲，如果彼此没有特别的关系，那是不可能的。你倒是解释解释一下？"

"我……用不着你管，你顾好你自己就行了，我……我才不要你管。"她竟然语无伦次地耍起赖来。

"羞羞！"嘉梅惯熟地支起手指在脸上比划："说不出口了？这事石头知道了不知怎么说了，还有姐夫，姐夫知道吗？他要是知道了……"

"别说了。我有你说的那么无耻吗？我只想做他的那只狐狸而已！"苏鸥在她的节节逼近下，毫无防备地脱口而出了，然而她马上后悔了。因为她把嘉梅的思想引到另外一个方向去了。

果然，嘉梅更为犀利的话蹦了出来："姐，狐狸还不至于吧，你怎么自己作践起自己来了？这到底是怎么回事呢？"

苏鸥窘迫极了，像被捅破的蜘蛛网一样，她越补越烂，越描越黑，况且此时此刻她归心似箭，因而泛泛地补充道："嘉梅，今天我不想说了，以后有机会再说吧，我要回去了。"说完，拎了挎包落荒而逃。

"不送，"嘉梅咬牙切齿说。

傍晚时分，袁小雅也打来了电话："苏鸥姐。爸爸说他的老花镜找不着了，是不是落你那儿了？"

"老花镜啊？哦，我想起来了，放在他房间的书架上，一本地理杂志夹着。"

"这样啊，那这两天他们过你那儿的时候你记住提醒一下他。还有，妈妈说你煮的粥里放了一种很香的叫什么翅脯的粉末，在哪儿买的？"

"那是自己加工烤熟的一种干鱼，磨碎了散在热粥上或煮熟的菜肴上的。"

"噢，有现成的卖吗？"

"好像没有吧……我也不清楚，这是我妈妈在我们小时候啊，碾制着调味的。或者你到超市看看吧。"

"还有啊，以前去你家吃饭的时候，妈妈做的蒜香排骨和卤味特别好吃，跟现在她做的根本是两个味。这一问，才知道以前是你早已经做好了调味，她只是看看火候而已。苏鸥姐，你能不能也教教我，文粒也爱吃。"

"你想学可以啊，挺容易的。改天教你吧……哦，小雅，他们很多事情，转个身也许就忘了哪对哪儿了。这样吧，你过来我这里，把几个大口浅箱子拿过去，让他们尽量把东西放在里面，这样就好好多了……慢慢来，你就适应了。"她刚下班走出公司门口，"我准备开车回家，就不聊了。"

袁小雅结婚前是十指不沾阳春水的娇小姐，结婚后也是，她和文粒总是回娘家蹭饭。如今，为了文家的二老，居然亲自下厨。苏鸥看到文家和睦呈祥，甚是欣慰，没有什么比看见文粒过得幸福更让人安慰的了。

到了玉海苑，她开门进屋，收拾去水疗中心健身的泳衣及贴身用品。这些年来，她和李嘉梅一直坚持去那里游泳、泡澡和健身，所以即便再过十年，她仍然确信自己能保持曼妙的身材，以证明时光永远留驻在她和文粒初次遇见的那一年。

从健身室到蒸汽房，甚至在泡澡的时候，姐妹俩一直在商议着李嘉梅的婚礼诸事。其间李嘉梅提起文粒，苏鸥坦然道："暂时不想说，总之你要相信姐，是爱了，但绝非你想象的那种……唉，等你度完蜜月回来，有机会说的。"

等她们从水疗馆出来，苏鸥发现竟有四五个未接来电，全是袁小雅打来的。令她意想不到的是，接连下来的那些天里，一直到庆延和嘉梅的浪漫婚礼完毕后，她还是一天至少接到文粒或袁小雅关于老人家日常生活诸如哪个储物柜里的小绳头，他们用开的小剪刀，甚至他们的那对绒毛袜子在哪里等等的电话。

那个星期六。胡译南周末回家，胡明熹接他，然后一起过江城来。老人家听说译南回来了，说要过来看看他。冷清的屋子又热闹起来。

文粒刚好值班。袁小雅破天荒没回娘家，她打电话给苏鸥："苏鸥姐，今天文粒值班。我一个人想过来你那儿。我们平时就少在一起吃饭，就算有时去你家，你也总说让我们一家子团聚，不肯在一起。今天我过来，既可以跟你学学烹饪，打打下手，也可以跟你聊聊天，可好？"

其实苏鸥见到她就闹心。尤其看到饭后大家坐在沙发上闲聊，或者一起去散步的时候，她总摩挲着文粒的手臂，黏糊糊黏住他，苏鸥看着，整个心就像被千万只蚂蚁啃噬过一样痛，所以她极力避开一切他们同在的场合。今天她一个人来，可以接受吧。

"那你过来吧，我们都在家里呢。不过下午可能要去游泳。"苏鸥说。

眨眼间，文老夫妇回国已经两个月有余了。

第十一章 合同期满

他们原来在入室花园里养了不少茶花。在这个北风呼啸的季节里，几乎所有的植物都停止了生长，它们却奇葩一样娇媚地开始吐蕾，并且有的已经争香斗艳地绽开了。老太太自从这花儿开始吐蕾后，就天天往苏鸥家里串门，对它们千宠万爱。这茶花哪怕只有一片枯叶，她也一定将它剪下，更不用说施肥浇水的了。如果开了个碗口大的花朵儿，就会在花前驻足半天，嘴里唠叨着，跟花聊起了天。苏鸥看着，笑说道："这么痴迷，不如就回来住着吧，这样每天来来回回，挺跋涉的。"

其实，袁小雅早盼着老人搬回苏鸥那儿住了。

老人刚回来时她满腔热情招待了，现在却像盆冷却了的开水，勉强能喝却没有了温度，但老人是她先前要回的，现在也就不好意思再吭声。她原来以为所有的老人都像她爸爸妈妈那样，总把年轻人伺候得舒舒坦坦的。就算不是舒舒坦坦的，起码三餐无忧，基本的卫生搞好。哪知道这一对不是个宝，一会儿这儿痛，一会儿那儿病，反而要她花费心思照顾。而且连饮食习惯也与她大相径庭，她是地地道道的本地人，爱吃甜味，连炒个青菜也巴不得放多两把糖进去，可老人家是北方人，爱吃咸味，加了糖的菜一口也咽不下去。一个月过去，新鲜感退却，她就腻烦了，天天在心里巴望着他们快快回澳洲，或者回原来的住处也好。

第二天苏鸥就去工厂里待了一天。

艾城的瑞达现在成了老太太的鹿家镇蓝勾村老家的天下，即使雕刻技术精湛的黄师傅，也经常成了老太太教训的对象。在一次箸子架的样品用浮雕还是圆雕与老太太争执不下，赌气不做了，于是投靠了苏鸥。苏鸥说她的厂刚刚开始，坯子又不是自己生产的，仅仅有部分手工上釉和描绘的高端产品用得上他这样的大腕，真是要委屈他了。但是苏鸥又表示，她也在努力出品更高端的产品，希望黄师傅能与她共谋大局，说得黄师傅表示一定忠心跟随她，与她共荣辱云云。有了靳平和黄师傅，苏鸥如虎添翼，转眼间，不但在江城及珠三角的大超市里稳住了阵脚，还开始走出省门。当时业内人士个个只注重国外市场，苏鸥却注重国内市场，按她的话说，这叫"农村包围城市"——先围剿了国内市场，不日也可以蚕食国外市场。

看着她亲手缔造的产业日益膨大，她也时常偷着乐。

第三天一早，苏鸥就回老家。前天苏鸥接到哥哥苏斐的电话，苏妈妈想吃家里的酸梨果糖，苏斐和嫂子跑遍北京城的商场也没找着。只好让她帮忙回老家一趟，寄一些过去。

她有三年多没回老家了，自从母亲去北京后，她就再也没回过鹿家镇。当汽车驶进那个清秀的四面环山小镇时，手机响了，是同学李岚娟打来的："回到哪了？"她是苏鸥高中三年的同桌，在学校读书时是亲密无间的闺蜜。

李岚娟在省城一所师范大学毕业后回母校执教心理学课程，嫁给了镇上名中医贾时源的儿子贾远程。苏鸥一直跟她有联系，特别是在认识了文粒后，越发觉得跟她亲切，也许她婆家是医学世家的缘故吧。

她两通了电话，约好和几位同学6点30分在前魏善庄的凤来阁相聚。

她们有好几年没见面了，有时候就会想起当年读书的情景，想起她们天真无邪的情怀。苏鸥心情舒畅地回想着，汽车缓缓地前行。当她看见在路边来回走动着，讲着家乡方言的乡亲们，和一座座错落的房屋时，她感觉亲切极了，仿佛那是一种血肉相连般的亲昵。

沿着公路驶过一排排新房子，穿过镇里唯一的菜市场，终于到家了。她的老家是一所旧式大院，坐落在镇里的东郊片区上，每天太阳在那儿冉冉升起。院子里住着六户人家，苏鸥家居中。她进了院子，左边的金凤树依然沧桑地屹立着，张开它大伞般绿绿的细叶，有一半盖出院子围墙外来，一直延伸到院子门前的小溪流上。小时候清澈见底的小溪水，早在十年前变成了一条流着浑水的臭水沟了，湍流变得缓慢得几乎像一条死水。淙淙的水流载走当年晨起在溪畔洗衣裳的大婶们的嬉笑声，她则背了书包跨出院子门槛，逆着溪流的方向上学去。背后，晨光将这一切烙成金黄色……

如今的捣衣婶婶们经已成了耆老，她则成了别人的母亲。

昨晚她打电话给母亲，老母亲叮嘱道："老屋的钥匙就放在隔壁梁婶家，因为家里没住人，她早晚好帮忙打扫。"

推开梁婶家的半掩门，屋里空无一人。她只好把手里提着的手信放在一边，坐在自家家门口放着的一张矮凳上。院里阒静，除了偶尔有鸭子嘎嘎的叫声，或公鸡喔喔的鸣声打破了时间的凝固。午后的冬天竭力挽留住时光，可日头还是偷偷溜到屋后去了，阳光照在金凤树树顶上，北风在上面轻轻地吹过。

"呵呵，小鸥回来啦。"苏鸥在瞌睡中听到了梁婶破钟般的嗓门在耳边响起。她睁眼一看，果然是她。

只见梁婶硬朗地走到屋檐下，放下肩膀上的锄头和簸箕，簸箕里头还有一小撮芥兰菜。

苏鸥和她寒暄一阵，拿了钥匙便出来了。走到门口，将带来的手信送到她手里，梁婶收到手信又是一阵夸苏鸥懂事。

全屋子的家什母亲都用粗棉布包裹起来，以免惹得尘埃落脚。

她走进以前母亲居住过的房间里，那把木梳子还摆在梳妆台那个简易的竹子插筒里。苏鸥走过去伸手拿了，台面上那面小圆镜子里的人影晃动了一下，她站着看真切了：当年还在这儿居住的扎着两根小辫子的豆蔻模样已经逝去，现在镜子里的是一个韵味十足的少妇。她手里抓着那把梳子，想起母亲每天晨起就站在窗台前的这个位子上为她扎辫子的情景，脸上荡漾起甜蜜的微笑。还是孩提的时候，还是豆蔻年华的时候，她无论如何都想象不出利索漂亮的母亲有一天会老去，会像小孩子一样跟哥哥索要酸梨果糖。那时候的母亲，仿佛永远有不尽的热情张罗家里的一切事务。她总会精神饱满地教训说："小鸥，过来把作业重做了，错得实在太多。"或者对苏斐说："斐子，快把妹妹书包里的蟑螂抓出来，你这个臭小子，尽会欺负她，你不把她哄住了，小心我揍你。"

还有相册，啊，怪不得母亲念叨着呢，这上面全是苏鸥和苏斐小时候的照片。苏鸥翻着翻着，沉湎到孩提时候去了。怀念过去真是一种美好的享受，她随着照片忽而从这个年龄里度过到那个年龄里，种种的趣事，包括哪个闺蜜在哪个时段迷上哪个男生，全在记忆深处涌了出来，在眼前翩翩起舞。

屋里的光线开始昏暗起来，她不得不打开了昏黄的电灯泡。不一会儿，听到隔着几所房子传来梁婶的话："老梁，今晚多下点米，苏鸥回来了，一会让她到家里来吃饭，我上街买些熟肉回来。"

苏鸥听了，急忙赶出屋来，看见她正往大院门口走，就叫住了她："梁婶，谢谢了。今晚我们同学聚会呢，您就别忙了。"

"那明天吧。"她停住了转过身来，"这样我就不出市场了。回头跟老梁讲讲，你明天一定过来啊。"说完她扯着喉咙喊："老梁，甭下了，小鸥不在这儿吃！"她边回头走边热情劝苏鸥说："屋里坐坐吧。"

"哦，不了，我还没关门呢。回头再坐啊。"说着她就回家里去了，收齐了物件。看看时候也差不多了，她锁上门，跟梁婶夫妇道了别，直奔蔷薇山庄去了。

不一会儿就到了蔷薇山庄门口。这是一家建在半山腰上的酒店,由多座三层的别墅组成,每座别墅的一层就是一个包房,这差不多是全镇最好的吃饭去处了。跟着服务员上了二楼的"凤来阁",她推门进去。昏黄的灯光下,早坐了一围桌的人,少说该有十来个。

"噢,美女来了。"马上有油嘴滑舌的老同学调侃道。

"迟来罚三杯。"有人接着起哄。

"苏鸥,来,坐这儿。"李岚娟站起来招手道,"女生不算。"

"不算也行,规矩总要的。来,逐一说出在座的每人的名字,说不上一个罚一杯。"苏鸥屁股还没坐稳,老班长樊晓逸又出了新招。他话刚说完,马上围拢了人头过来,大家嬉皮笑脸的,争先恐后:"我,先说我是谁?"几个男同学异口同声问。

苏鸥咯咯笑个不停,几十岁了,却个个像老小孩。"哎,坐回去,都坐回去。"李岚娟下了逐客令。

"切——"他们集体发了这个响声后,却按兵不动。

"听好了——你,胡海睿,马连山、曲俞艺、林俊方、林少阳……对了吧。"苏鸥昂起头得意地一一点过了名,就算因为岁月沧桑,有的已经严重发福变样,仔细辨认音容后,她还是轻而易举地攻克了。

"哗——"他们又集体起了哄,"这不算,不记得当年你是生活委员,晚自修的时候负责点名的,这不算——"

"啊,一帮老赖!"苏鸥委屈地叫喊道。

正交涉得热炙,门被推开,外号"猪苗"的苗贵填肥模肥样地站在门口。读书那会,因为他长得肥胖,又姓苗,故而大家给他起了这绰号。大家刷的将注意力转移到了他身上,又一番整蛊。这次果然得逞,这个苗贵填——男同学十二人中认得八人,女同学除了苏鸥和黄鹂珊外,其余三人一个也叫不上名字来。

"足见岁月磨人,这'猪苗'脑筋已经磨钝至此,看来我们大限将至。"老班长樊晓逸打趣说,"饶了他吧,罚两杯好了。"接着让胡海睿叫服务员上菜,一边倒了罚酒。

不一会儿,菜上齐,大家一边举杯一边闲聊,一一叙述交流各自的家庭和工作。席间,林少阳说:"苏鸥,我在广州开了家贸易公司,你们生意挺大的,看看能否关照关照?"

"今天只谈同学间的情谊,生意免上桌。"他余音未落,早有人打断了话语。

"对,谁都不许谈生意或官场上的话题。"似乎是胡海睿顶了一下曲俞艺,接着陆续有人顶上。往后没人再谈此类话题。

胡海睿原先在艾城一所中学任教物理,后来任学校党支部书记,再后来调到江城教育局里任职,苏鸥也是刚知道。

"啊,竟是同城工作呢,"她说。

"是啊,就我们俩在江城了,"胡海睿也唏嘘道。

"噢,回去两人私下好好聊聊,山盟海誓一番才是。"不知又是谁在起哄。

"还别说,我在学校那会儿还真对一个女同学来真情了。"他儒雅地笑笑说,眉开眼阔的样子。嗡嗡的吵闹声立马停下来,对这种话题,男女都敏感和感兴趣,这会儿,谁都拉长了脖子等着他下面的话。

"我对黄鹂珊情有独钟。"他话刚说完,大家刷的将眼光集中到了后者的身上,只见这位在工商银行任理财经理的白领丝毫不怯场,她睁着雪亮的眼睛,优雅地站起来,像在电视剧里见惯的大家闺秀一样,给在场的所有人施了个万福礼,"谢谢胡局长厚爱,小女子竟不自知,早知您垂爱,等你一万年!"

大家见她这招接来,都笑得人仰马翻,差点喷饭,上气不接下气。

"我真心喜欢过你。"胡海睿争辩道,"你在我眼里最是漂亮,只是我一个农村出来的愣小子,没那个胆量,今儿当着这么多同学的面,硬是把这话讲出来,好消除多年来的心结。"他豪爽地讲着,举起酒杯,"敬我曾经心爱的姑娘一杯。"

大家推搡着,有人来劲说喝个交杯酒。黄鹂珊真的站起来和他敬酒喝了。又一阵热烈的鼓掌喝彩声。"还有谁要当场表白的?"班长樊晓逸笑得涨红了脸高声说。

"如果兰晴来的话是有一对的。"又不知是谁在闹哄哄的人堆里阴声阴气地说了句。鼎沸的人声渐渐停了下来,还是班长发话了:"我们同学中,最是可惜就是这一对,往后谁也不提罢了。可能大家不知道,刘浩然9月的时候去世了,所以今晚也不敢请兰晴过来。"

苏鸥知道兰晴和刘浩然上高中时候就要好,后来还相约考上广州的一所海事院校。毕业后俩人回到县城海事局工作，相栖相宿。刘浩然有时候跟船出海，他们刚结婚那年有一次刘浩然出海之后就没再归来。大家以为他沉船海底早入鱼腹了。四年后，兰晴迫不得已改嫁了，不料第五年他竟自归来，说是给海盗掳了去。兰晴苦恼不已，又庆幸还未有新添儿女，又离婚再嫁给了他，这会他却真的离去了……

"得了肝腹水……"班长说，"所以我们要珍惜美好韶华，在一起能开心就开心一些。像这样的同学情，没有再增加的，只有——"他还没说完，"猪苗"拍了一下他的肩膀："好了，不说了。"然后问，"去KTV怎么样？我们平日里生活够'鸭梨大'的啦，跟谁在一起也不可能跟一帮老同学在一起轻松快乐，大家说说好不好？"

"好！"早有一群人狂性十足地狼嚎道。

散场之后苏鸥不敢一人睡在老屋里，自然就去了李岚娟家过夜了。在李岚娟家见到她家的小山堆似的种种药材，苏鸥又想起了文粒。光阴逝去，韶华不再，只有文粒，在她心里定了格。

第二天和李岚娟一起买了十斤酸梨果糖，然后买了一件对襟开的羽绒夹袄，三顶时髦的羽绒遮耳毡帽，一顶给母亲，两顶给文粒的父母，还有木梳子相册一并寄到北京。在服装店的时候，还顺手给文粒的父母分别买了一件羊毛纳里的保暖外套。

"啧啧啧，你这媳妇做得还挺到位的。"李岚娟搂着她的肩膀称赞道。

苏鸥心里掠过一丝惆怅："不是。他们是原来的房东。"不过，她待文粒的父母确实如亲生父母一样，经历了离婚之痛，才觉得家有老人如文粒的父母疼爱自己，是一种大幸。

最后一次去艾城，在胡家和老太太决裂后，胡明熹辩解道："原是老一辈的错，做小辈的如何跟她去争辩，更何况动则以死相要挟……真希望你能谅解。我这一辈子就只认你一个老婆，日后母亲西驾，我们便复合。"

他说得荡气回肠，苏鸥也不知如何说好，但因为自己心里装了文粒，便不想装下另一个人了，于是回答道："你到底找个人过吧。即便找了别人，有时间来看看小南就够了，孩子想你。"

"老婆，不，小鸥，别这样，就算你另嫁他人，我的心里还是只有你一个。"他说着说着，竟然呜咽起来。

苏鸥倒是同情他起来：有个强势如斯的母亲，真是人生最大的不幸。

想起有次买些小姑爱吃的零食寄去艾城，却全部被胡老太太悉数毁去，这才深知胡老太太对自己是如何恨之入骨。老太太当然有理由对她恨之入骨——胡明熹和她已经离婚两年有余了，可还是不肯再娶。老太太没少花心思帮他挑人选，可不论燕瘦环肥，胡明熹一概目不斜视。他虽然不敢明目张胆表示想念苏鸥，但老太太可是心知肚明的。眼看着一天天过去了，胡明熹依然孑然一身，可愁坏了老太太，于是更加迁怒于苏鸥。

既是这样，苏鸥也无话可讲了。但让苏鸥难以理解的就是，她怎么竟然连孙子译南也不理不睬呢？她恨她，总不该迁怒到孩子身上吧？但偏偏这个世界就真有这样的人。她一想起这些，就觉得别扭，觉得心灰意冷，就捻熄了种种亲热的念头，毕竟胡明熹还要听老太太的命令。

下午太阳还没偏西，苏鸥看望过叔父伯父舅舅等等亲戚后，便和李岚娟一起去探望兰晴。

因为去前也没打电话给她，就直接去了她单位里。当苏鸥和李岚娟出现在她眼前时，她"啊"地尖叫了一声，随即意识到自己失态，马上用手捂住了嘴巴。不一会儿，她就请到了一小时的假，三人一起到一家咖啡厅。

"见到你们太意外了，特别是苏鸥，我们都有十几年没见面了。"

"嗯，高中毕业后就再没见过面。"苏鸥说，想起她的磨难，欲言又止。

"岚娟，你看看苏鸥，是不是比以前还漂亮了啊？"

"以前没现在有气质，但以前可是瓷娃娃一样的哦。"

"行了，就不说这个了，你们还不是一样啊，还那个模样。"

"我不行，老多了，特别经历了那么多的事，不苍老才怪。"

她倒是说到苏鸥心里去了，苏鸥心想："何止变老，简直快成老妪了，一副哭丧脸，你要想得开才行啊。"于是，她小心翼翼地说："过去了就算了，以后的日子还长呢，是疼你的人都愿意看到你开开心心呢，你不开心，记挂你的人也就不安宁，你说对不对呢？"

"苏鸥啊，汶川大地震的时候，我和我家公代表我们镇民间慰问团去了灾区。"李岚娟换了个方式说，"到了那地儿，环境和生活艰难这些的，我就不说了，就说说碰到一个少妇的事吧。她也就我们这个年龄吧。老公死了，父母、家公、家婆，还有五岁的孩子，一夜之间全没了。我们刚见她的时候，憔悴得不得了。我公公让她每天烧香拜祭她的亲人,让她告诉她逝去的亲人当天新的情况,你们猜猜半个月后她有什么变化?"她说到这儿停住了,等待兰晴的回答。

"怎么样啊?"兰晴瞪大了眼问。

"她会笑了。"李岚娟说到这儿,眼里笑意盎然,"接着我公公又告诉她,'现在开始,你还是每天烧香,除了告知你的亲人这儿的新情况,还要告诉他们你的新打算,特别告诉你的爱人、娃娃,以前他们的梦想,你正在努力帮他们实现。'一个月后,你们猜猜她又变成什么样?"

苏鸥有点明白李岚娟在做什么了。噢,她想,她在帮兰晴上心理课呢,这个李岚娟,真厉害!

看着兰晴茫然的表情有了一丝生动,就像刚刚蓦地看见苏鸥她们出现在她眼前那刹那间的表情一样。李岚娟抓住时机,接着说:"一个月后,她告诉我们,她碰到了一个境况和她差不多的旧相识,俩人正互相帮助呢。"

"她后来怎么样啦?"兰晴又问。

"后来他们结婚了,生了个女孩,现在快三岁了。"

"她还烧香吗?"

"特别的日子,像忌日这些的,还烧呢,不断告诉逝去的亲人她今天过得怎样了。"

"哦,我明白了。谢谢你,岚娟,可是我不懂烧香的。"说着,她笑了。

"你可以祈祷啊,宁可相信天堂里还活着我们深爱的人,知道吗?"

"我信,我真的信,他还活着,看着我们呢。"兰晴真的笑了,又一次笑了。

苏鸥看着,长长舒了口气,她欣慰地看到,兰晴已经和她们回忆起儿时快乐的时光了。末了,苏鸥留下了她的联系方式,约她有时间到江城玩。李岚娟则说她上县城的时候就来看她,还请她如果回鹿家镇就一定不要忘了她才是,说得大家依依不舍的。

送李岚娟回鹿家镇后,苏鸥就径直回了江城。

回到江城,天气寒冬,北风呼啸。

当晚苏鸥打电话给老人,说买了御寒的衣服,问他们是否马上送过去,还是等他们过来了才拿走。文老先生说因为这几天天气冷得出奇,正好添衣裳,真让苏鸥费心了。老太太则有点感冒,他们已经有两天没出门了。末了又问:

"给花浇水了没有？天气实在太冷了，晚上给盖个塑料罩，以免冻坏了。"苏鸥笑着说："这么惦记，不如过来，天天看着，多好呀。"说得老人有点动心了，他答道："好吧，我跟粒儿说说。一会复你。"

　　老先生说完，到书房里把事情跟文粒说了。小雅在隔壁房听了，走过来："这好不容易一家人一起住了，又要回去苏鸥姐那儿住，本是不让的。但那茶花既对爸爸妈妈这么重要，去守着也好，免得天天掂挂的。"

　　文粒觉得自己的父母老去别人家里住着，本来就不妥。之前有合同为约，也在情理之中，现在钱已付清，就没有理由再进去住。但见他们的确在这儿住得没那么自在，也觉得挺为难的，再想想这几年来，苏鸥也没将老人当外人看，去住住也无所谓了。他思索了一会说："爸、妈，要不我们还将那房子买回来，你们既然这样不舍得——"

　　"傻孩子，你当玩游戏呢。这几年来苏鸥也和我们混熟了，比一般亲戚还亲呢，你说得出口呀？再说了，她自己一个人住着也挺孤独的，而且我们真合得来。就回去住吧。"

　　"既已决定，就去吧。不过也得过两天，妈妈感冒还没好呢。"

　　"也好，这就回苏鸥电话去。"

　　不一会，袁小雅妈妈也打来电话，说炖了鸡汤，要不她拎过来，要不年轻人回娘家去。

　　"要去你去好了，大冷天就因为一碗鸡汤回去，我就不吃那玩意儿，小心你长膘。"

　　"老公，"小雅嘟起那两片薄得几乎像线一般的薄唇，撒起娇来，"我有好几天没见我爸妈了，你就陪我一起回去嘛。"说着，开衣柜子扔了他的衣服出来。

　　夫妻俩一个兴高采烈，哼着小曲，屁股一扭一扭归心如箭；一个耷拉着脑袋，四臂低垂拖沓着跟在后面，齐齐回娘家去了。

　　老人见他夫妻俩出门去了，巴不得这会时间飞速轮转，就连夜收拾衣物。老太太摸黑出了阳台，拿了叉衣架正准备收下晾干的衣服，忽的脚底一滑，整个人侧身倒了下去。文老先生听到妻子"哎哟"一声惨叫，接着听到咕咚一声巨响，他慌了神，赶忙飞身往阳台赶来，只见老太太捂着胸口说不出话，只招手让老先生过去。老先生见她捂着胸口疼痛难忍的样子，爬满皱纹的老脸脸色铁青，指着右腿半晌出不了一句话。他忙又进屋，赶紧打电话给文粒，却只听见文粒的手机在他的房间里嘟嘟响个不停，他想找电话本翻看袁小雅的电话号码，角几上的电话响了。老先生如见救命稻草一样抓起电话就喊："你妈妈在阳台摔了一跤，赶紧回来。"

就在老太太疼得冷汗直冒的时候，楼下响起了救护车的声音，苏鸥出现在门口。苏鸥陪着老太太去了医院，在旁照看，并打电话通知文粒。不久，文粒和袁小雅来到医院，文粒满脸愧疚。文老太太腿骨摔断，需要住院一段时间，文粒便留下陪房。

第二天中午，苏鸥炖了汤水去探望。得知文粒夫妇不会做饭，文老先生也没人照顾，苏鸥又建议文老先生再住回她那里，文老太太拗不过便答应了。

傍晚时候，袁小雅在外面叫了两份外卖，她和文粒吃了。又在医院里叫了一份给老太太。晚饭后，她拉了文粒到病房外头，悄悄跟他商量道："我妈说，现在好多家庭人手都不够，家里若有人生病了，自然要请护工的。老公，要不我们也帮妈妈请个护工吧，这样我们就可以放心上班，正常点生活，也不用这么辛苦挨夜，好吗？"

"这怕是不行，妈妈最多住上一个星期就可以出院了，再辛苦也就这么几天。再说了，这话我跟她也讲不出口啊。"

说完，夫妻俩又回了病房。第四天，袁小雅上班去了，老先生下午过来看护了一会。苏鸥在家里弄好了饭菜，拎了两份到医院来。然后她接走了老先生，两人回家吃过饭休息了。

胡译南回学校后，老太太也出院了，她依了苏鸥的安排，回玉海苑住了。

见着老人大袋小袋地拎完贴身衣物出去，袁小雅舒了口气。老人在医院的时候，袁小雅上完班就往娘家赶，优哉游哉吃过晚饭才去医院溜一圈，说些甜蜜的话哄哄文粒。她也是真心关心婆婆的，只是要她像她妈妈照顾她一样照顾老人，她确实办不到。其实她笨手笨脚的，照顾病人还不及医院的护工来得细心和专业，她在想如果她自己将来老了，或者生病的时候，一定不劳烦她的子女，她让医院的护工照看就可以了，甚至她觉得她老了以后，她就住在养老院里，那也是爽心的。想到这里，她想起了苏鸥，想起她殚精竭虑照顾老人的样子，心里就想偷笑，就想着她真是变态，这女人八成有着"恋老癖"。然而这多好啊，这本来是她的责任，现在有人像宝贝一样捡去了。她天生就命好，这是她母亲经常这样说她的。不错,她的确天生命好,锦衣玉食,被宠着,宛如公主。这个世界真好笑,竟有愿意免费伺候别人老爸老妈的。反正,她袁小雅在政府部门工作,有稳定的收入,父母退休前是高官,现在还被单位返聘着呢,她不缺钱,也不存在父母老迈养老花费之虞,因此也不稀罕老人留什么财富给她。反而,如果不是因为是老公的父母,她才懒得跟他们说话呢。

  当天晚上,小夫妻俩又回了娘家吃晚饭。第二天,太阳暖烘烘地照耀着大地,把前几天湿冷的空气挡在了云层外。袁小雅趁机把全家里里外外清理了一遍。老人在家里,不知什么缘故,总有一股难闻的馊味在蔓延,这真教她难受。清理完毕,她又打理了一下书房,把层架上的书籍分门别类地整理。就在她爽心悦目地享受自己的劳动成果时,忽然瞥见书架最顶层上方,雪白的墙壁上,有一小角像海水一样的倒影在摇曳。她好奇地爬到书桌上,踮着脚,伸手摸摸,竟然摸到了一本天蓝色的软皮笔记本。

第十二章 文粒的日记

她取下了那本笔记本。

翻开第一页，文粒工整遒劲的字迹映入眼帘。本子封面上"怀念昨日"这几个字迹被划去，下面重新写着"送苏鸥"。袁小雅看着笑了——文粒真可爱，懂得弄些哄孩子的把戏来哄人，这也是她惯用的伎俩。

记得有一次，她想要母亲帮她买她中意的一个 LV 拎包，就写过一篇赞扬母亲的日记，然后在里面稍稍提示一下对拎包的渴望和对母亲辛勤劳作的疼爱，最后写道：那是一件多么让人心仪的礼物啊！我做梦都想拥有你——拎包。然而拎包，你太珍贵了，比起母亲勤苦得来的血汗钱，我只能将对你的爱埋在了心底，做回我的灰姑娘去……然后将日记本放在书桌上。不出一个星期，她就如愿以偿得到了那款新式拎包。想起这件往事，她总偷偷发笑。

现在这本子里面肯定写着苏鸥啊，你不辞辛苦为了老人任劳任怨，你真是伟大的女性，全人类向你致敬等，洋溢赞扬之词。这本子送给那个脑门被夹的女人，她肯定会感动得泪流涕零，发誓终身伺候老人到底了。想到这儿，她有种同党的归属感，精神愈发兴奋，紧接着看了下去。

首页是一首诗：

相信你

不相信笑

不相信泪

不相信语言

但相信眼睛

第十二章　文粒的日记

还有你

信你，信你

还是相信你

　　她从来不知道文粒还会写诗的，只是这样的好诗送给苏鸥，太抬举她了。接着她翻开了第二页，是一篇日记：

　　7月12日　星期三　晴

　　今天我终于明白了为什么曹雪芹写贾宝玉第一次见到林黛玉的时候，说她是神仙一样的妹妹了；为什么金庸的书里段誉称呼王语嫣为神仙姐姐了。因为今天我真的见到一位神仙一样的妹妹，她气定神闲，优雅地坐在梅主任的工作室门口的等候区里，清纯得仿佛不食人间烟火，身体曼妙得像刚从仙境里降落下来一样，不染世俗的味道。

　　我一见到她就仿佛见到我生命里的夏娃一样，这真是神奇极了。我屏气敛声地小心翼翼地从她身畔走过，却忍不住看了又看她。我看见她也在注视着我，眼神带那么点热情，那么点惶惑，那么点迷茫，充满生机。我的心怦然一跳，向她傻笑了一下，下意识地点了点头。我想我肯定看起来在向她点头致敬或者更像一个傻子……唉，真后悔自己就这样走了，我如果记下她的姓名、地址就好了。真好笑……我想了一会儿，打算折回去再瞅她一眼……谢天谢地，她正在梅主任的诊室里！于是我也走了进去。

　　我看见她转过身来，体态娉婷在我身旁擦身而过，她真的给我一种恬静甜蜜的感觉——那种隔世的、远在梦境的魅力。我想我这是一见钟情了。简直不可思议，我向来不信一见钟情的，怎么可能会一下子爱上一个根本不了解的人呢，这真是荒诞极了……

　　袁小雅看到这里，又震惊又愤怒，脑门嗡地响起，一下懵住了。她双手开始哆嗦，紧张又迫不及待地往下翻看。

　　7月19日　星期三　晴

昨晚值班。早晨7时，来了个重伤病人。他因为车祸右眼珠子整个的被挤压出来，突兀地裸露了在眼眶外。我们马上为他做了手术……这是我第二次接诊这样的病人。记得几年前也接诊过这样的病例，当时看到这样的病状，我害怕得不敢看，恶心得忍不住反胃……

　　手术出来的时候，我又看见了她——"神仙妹妹"——自从那次见到她后，我已经无数次回玉海苑父母的家了。有一次心血来潮还跑到她的家门口去。我想我只要轻轻摁一下门铃，就能看到她了。结果我还是放弃了，主要因为我心里也很紧张，我觉得自己突然出现在她眼前会是一件很唐突的事。于是我只好在小区的林荫道上晃悠。我是多么期望她就坐在某棵柳树下，像第一次见到她那样，她正在出神地眺望着某个地方……

　　今天的空气清新，桌子上的富贵竹也不再晦暗，它绿得透亮。"神仙妹妹"款款地跟着我，坐在我旁边，那样的清纯、美丽……我们一起去门诊取眼镜，在楼梯转角处，她痴迷地看着我，第六感觉告诉我，她也喜欢我。如果不是因为在公共场合里，我一定已经吻了那片红唇……我坐在她的车上，忘记了跟小雅的约会——如果不是她打来寻呼。这件事我要和小雅好好地谈谈？哦，想起小雅，我觉得难受极了。她是个很好的结婚对象，而且我们都快准备结婚了……

袁小雅看到这里，脸刷地绿了。她抓起了电话，想叫文粒马上回来对质。但拨好号码后，却犹豫了——他或许那时候鬼迷心窍了，这不，后来已经跟自己结了婚，现在自己是货真价实的文太太呀。且看看他们以后有没有什么发展，或许仅仅就此而已，后来苏鸥怎么就跟他们家混得那么熟了呢，就因为住进了玉海苑？这其中的缘由？真就买卖房子那么简单吗？她疑惑着，忍住怒火，接着往下翻看——

　　7月25日　星期二　晴
　　我想她想得快发疯了。原来她根本就不住在玉海苑，难怪我始终没能见到她。我想念的"神仙妹妹"，到底叫什么名字？你是单亲妈妈？想到你曾经受过被人抛弃的痛苦，我心里就隐隐作痛。我真的喜欢上你了。我一定要找到你，你会一直等我的，是不是……

第十二章 文粒的日记

7月29日　星期六　晴

今天终于到了艾城。以前来过艾城，觉得它是个普通得不能再普通的城市，今天却觉得它距离我特别近，特别的亲切。可几个小时后，我就有点恼恨这座城市了。我刚到艾城人民医院，好朋友老薛就让我去看一位刚入院的病号。他一说我马上就过去了。天啊，那个病号居然是她！她那双亮晶晶的眼睛已经给包扎起来了，只露了圆润的下颌和朱唇。老天保佑，一定没什么大问题才行啊！我看着心里发疼，马上过去检查了。谢天谢地，"神仙妹妹"只是外伤前房积血而已，睫状体轻微撕裂，虹膜和括约肌分毫未损！我在原来开的药物上加了20%甘露醇液，估计很快就能使眼内液体外移加速，积血将在两天后全部吸收完毕。

下午，再去检查，她听到我说话的声音时，身体轻微地颤动了一下。看得出来，她的确是喜欢我了……但我天仙一样的女人，从天而降的女人，你为什么结了婚？你对你的先生那么小心翼翼，是因为他给了你富足的生活吗？我的心像被蛇蝎缠绕般窒息得发痛……

午后的老屋静悄悄的，只有一阵阵的北方在窗口呼啸而过。好奇心驱使她一页页接着往下看。

7月30日　星期日　多云

在艾城的几天里，日出日落我都去看看她。医院的工作实在繁琐，我多么想时时刻刻陪伴在她左右，直到她康复……每次出了诊室或手术室，就算上洗手间，我都绕个弯故意从她的病房门前经过。来看望她的人络绎不绝，我想八成她家庭背景显赫，说不定还是当地什么名望贵族……

7月31日　星期一　晴

薛医生的话证实了我的推测，她家经营着一家规模不小的工厂，好像是日用瓷器。不过这已经没有关系了，昨晚我终于想通了。只要她喜欢、她过得幸福……艾城的工作明天就结束了，我在这里一刻钟也待不下去了……苏鸥——神仙妹妹，我魂牵梦挂的女人，有一个幸福的家庭。我还有什么话好说呢。再见了，艾城。再见了，苏鸥，心爱的女人。

接下来写的几篇，大多是工作上的一些总结什么的。枯竭干巴的数据理论，看得袁小雅昏昏欲睡，如嚼干蜡般无味。原来真是一时的糊涂而已，她略略安心了，觉得烦倦，正在她打算合上本子的时候，一段煽情的文字又映入眼帘：

2月27日　星期一　阴

今天傍晚，天上乌云又黑又厚，空气像结了冰一样冷飕飕。谁的脸都没有天的脸翻得快，中午还阳光明媚，现在却雷滚云翻。我惦记着家里的门窗未关，就加快速度往家里赶，到了停车场停下车来的时候，已经雨点零星了。可是我还是不能回来，因为我看见一个人，她慌乱地在寻找东西。雨势明显下大了，我也不知怎的，就站在她身后去了。看见她，我又喜又悲。这几个月来，她已经够折磨我的了——她老在半夜里钻进我的梦里来。在河边、原野，甚至床榻上，我与她缱绻，她在我耳边细语呢喃，正难分难舍的时候，却总有当头棒喝来惊扰。她哭得泪人一样舍我而去，那速度快如闪电。半夜醒来后，总辗转难眠……这会儿，我终于真真切切地看见她了。

2月28日　星期二　晴

今天妈妈递给我一张名片，上面触目惊心地写着"苏鸥"、"瑞达陶瓷日用品有限公司"等字样。我是颤抖着接过名片的，心里充满酸楚。母亲忧虑地问："这个人就是想买我们家玉海苑那套房子的人，说是开了挺大的公司，却现金不够。要是按揭的话，又等不得她那么长时间？我和你爸爸不可能还待在这儿，你姐一个人忙不过来。要不，让小雅接手来做完按揭？"我惊讶地半天回不过神来——苏鸥，你真是无处不在呀。然后，我跟母亲说我们认识的……生活总是喜忧参半，苍天总是眷恋有情人。这不，已经安排了一个冠冕堂皇的理由，让相爱的我和她休戚相关了……

3月27日　星期一　晴

母亲交给了我一大堆关于苏鸥的资料。我迫不及待地看了。原来她比我还大两岁。这让我挺郁闷的，她看起来那么年轻，甚至比小雅看起

第十二章　文粒的日记

来还年轻。中国人喜欢老夫少妻,这千百年来的观念根深蒂固……晚上,我们终于在一起吃饭了。她是那样的心灵手巧。今天我就享受了她亲手制作的蒜香排骨,她应该在上面放了一种香草,味道美极了。对于烹饪我一窍不通,但品尝还是可以的。母亲说她还会做各式各样的果酱……我们和谐得像一家人,可为什么我们不能做一家人呢?……我尽管有千万种想法,但还是不敢提及,她有一个爱她的丈夫,一个活泼可爱的儿子,有丰硕的收入。我什么都没有,除了爱她,我什么都没有……

接下来的文字写得随便潦草,还经常涂抹,简直是三岁孩子的涂鸦。可以想象得出,文粒写这段文字时,心烦意乱的样子。袁小雅合上了本子,心里开始慌乱如麻。她颓废地坐在木地板上,恼怒多于伤心。她骄傲的自尊从云端跌落到了水平线下,现在要怎样处理?置之度外,装作不知晓?想扣这种憋屈和侮辱在她袁小雅的头上?她就算同意了,她的父母都不同意!她所有的亲戚朋友都以为她幸福极了,然而实际上她忍辱负重?可恶的文粒,装得跟个模范丈夫一样,其实心里尽是这些肮脏的东西,不得好死的东西……她歹毒地想着,怒火中烧。下面还写了哪些不为人齿的东西,她寻思着,又打开本子,续着几页缭乱无章的涂画之后,一首不写日期的自由诗跃入眼帘:

如果远行能够忘却你

如果远行能够忘却你
我将巢穴做圆心
脚步是尺度
眼睛来丈量
只要能忘却你

如果远行能够忘却你
我将徒步天涯海角
苍凉到戈壁滩
只要能忘却你

情迷江城

海水如咽如泣
诉说着
蓝蓝的思念

残阳下的胡杨
满目残垣断壁
锥子的风沙掠过
刻画的
还是思念

溪流不能
水的每个音符载走流年
载不动思念中的荒芜

沉默的大山不能
山的隽永
足以把思念长驻

不再远行,把你带在身边
为了忘却,把你牢记
行不行?

自由诗后面,又是关于苏鸥的内容:

7月24日 星期一 晴
　　那天过端午节,我们见过面。那时很想问你有粽子吃吗?我很想送粽子过去给你,但还是忍住了。到现在,一个多月了。我们没再联系过。你过得好吗?
　　有时我想你想得不得了。相爱的人,近在咫尺,却不能相见,这简直快让人疯掉。本来爱情是美好的，但因为我们彼此有了伴侣，这就变得像魔鬼一样可恶了。可我们都不是十恶不赦的人呀。这太矛盾，太痛苦了……孩子想得到某样东西，可以哭着喊着要，足见人与生俱来有着追求的欲望。但成年人追求幸福却要符合伦理文明……袁小雅、胡明熹他们没有错，难道我们错了？爱情错了？那种与生俱来的、最原始的、最自然的感觉错了？……你说，你不想伤害另一个人……你想让我做一个负责的人，有担当的人；你想我保全一个好好男人的形象；我懂，全懂！……我会和小雅结婚的，会的，我现在就通知你……

7月25日　星期二　阴雨

我按照你的意思做了，却听到你哭泣的声音。你真懦弱，你不敢跟这个世界说你需要我；你不敢说你要对自己的内心和感情负责；你不敢说你要文粒，你要幸福……我恨死你，恨你出现了，却要装模作样佯做陌路人；恨死你虚伪地负责任，恨你不能真实地面对自己，恨你没由来的大度；这一切，你的这一切都可憎……

8月12日　星期六　晴

我结婚了，新娘子袁小雅，与我熟稔三年的女子，成了我的妻子。我在众人面前发誓爱她一辈子、照顾她一辈子，然而眼睛却在人群里找你，你哪里去了？胡明熹认识你比我早，你成了他的妻子；袁小雅认识我比你早，她成了我的妻子，这就是伦理道德？你知不知道，你才是那个让我魂牵梦绕的女人。大学课程里的荷尔蒙理论一点都不适合我，只有你才知道我的心是什么颜色的。我结婚了，你遂愿了吗？可你为什么伤心哭泣了？该死的你……可恶的苏鸥，来看看我的婚礼啊，没有人逼迫，你却如旧时的小媳妇，你真是可怜又可悲，你在哪里了？快来看看你心上人的婚礼啊，真精彩！你抱着你的伦理道德去了哪个该死的角落里？你不是大度能容天下难容之事吗？该死的苏鸥！哈！哈哈！该死的苏鸥！哈哈哈……

袁小雅看到这里，脸色陡然变得煞白。她气恼得几乎想撕烂手上的软皮本，心里诅咒道:"不得好死的狗男女,不要脸的狗男女……"她难过地想,难怪那个臭娘们跟他父母住在一起亲如一家人,反而她像个局外人了。文粒因为要对她负责才娶的她,天呐!还什么她是绝好的结婚对象!他爱的是那个臭娘们。欺罔!欺罔!欺罔!这是欺罔……想起了苦苦追求她的高中同学韩志峰,直至现在,还经常对她嘘寒问暖;想起了那个天天买甜品给她的大学师兄;想起从小到大各种宠爱;想起了父母将她视作掌上明珠,向来过着的公主一般的生活……她什么时候受过这样的委屈?嫁给文粒之前她还收到父亲一个同事的儿子的情书,然而她毫不犹豫地嫁给了文粒。

　　委屈的泪水像断线的珍珠一样,一滴滴地掉在本子上手腕上。她一刻也忍受不了了,于是站了起来,顺手拿了一件外套,镜子也不曾照一照,就往苏鸥家里理论去了。

第十三章 袁小雅的愤怒

当袁小雅满腔委屈、理直气壮地站在苏鸥家门口时，却听见屋里文粒的母亲欢快地说："小鸥快来看看，第二十七朵花儿开了。"果然是妖冶的狐狸精，连老太婆也给迷得俯首帖耳的。她怒发冲冠，按了又按门铃。开门的是她的家公，她不情愿地喊了声爸，就径直冲进屋里来了。

黄昏的落日将入室花园镀成了金黄色，老太太右腿绑着石膏绷带，腋下支着拐杖和苏鸥正在研究着开得荼蘼的茶花。一株株茶花给屋里增添了勃勃生机。

老先生手里握着放大镜，正在看书。这个和谐宁静的雅致去处，竟似乎像在学术氛围浓厚的书香院校里。然而她还是觉得肮脏，她来这儿就是唯苏鸥是问的，然后把她和文粒之间不为人齿的奸情——将这狐狸精的真实面目公之于众。而文粒的父母又在，正好由她的公公婆婆来主持公道。然而如今见到她端庄又知性，穿着一套蕾丝滚边的黑色套裙，披着白色绒毛披肩，态度亲和地站在自己的前面时，却顿时气短了，反而急促得不知该怎么说好。

苏鸥见她啜啜嚅嚅的，似有难言之隐，就揣摸着是不是因为自己是外人，有不便之处，于是说："伯母，厨房里的酱油用完了，我下楼去买。"说完，关门而去。

老太太放下手中的活儿，三人就着休憩间的小藤椅坐下来。文老先生也把书本、眼镜和放大镜放在一边。两个老人安静地等着袁小雅说话。

"文粒他……"袁小雅一提起文粒，泪水就哗哗地流个不停。老人弄了半天才从她断断续续的控诉中知道了个中的原由。

"原来为这个事。"老先生说，"文粒是不该有这种想法。你先别急，我和你妈妈好好教育他。要不，现在就叫他回来，我让他跟你道歉。"

老太太吟哦了片刻，却说："我看先别叫着吧。小雅，妈问你一句，你可说实了，你到底爱不爱文粒？"

"当然爱，不然我就不嫁给他了。"袁小雅一想到自己牺牲这么多，到头来换了这负心汉，心都凉透了，就又呜呜地哭起来。

"既是爱，就不追究了。女人要学精明点，他又没有做什么对不起你的事。对某些人怀有好感是人之常情。你想啊，他现在是你丈夫，到你们白发斑斑如我和你爸爸一样的时候，你们还是夫妻，一起变老，这需要多长的日子？你今天把这事儿弄大了，对你们的婚姻不利。啊，听妈的经验之告，你把本子拿回去放原位，就当没有发生过。好不好？"老太太边开导边望着文老先生说，后者不住地点头赞成。

"那怎么可以，他这在侮辱我，欺骗我。我不能允许我的爱人这样对待我，背叛我。"她终于激怒了，言语尖锐地说。

"你既要顾及自己的感受，也要顾及文粒的感受才好。你们的婚姻才刚开始，你就因为这点事忍耐不住，将来如何面对更棘手的事。小雅，婚姻是要夫妻两人互相厮守的。无论发生了什么事，都全力以赴，专心经营，这样的婚姻才长久。等过些时候，我找文粒谈谈，他也是个讲理的人。苏鸥我们太了解她了，她是绝不会跟你争的，这最多只是两人无奈的感情，说白了就昙花一现。她有自己的家庭，人又是那样恪守传统。而你拥有实体婚姻，只要你好好经营，文粒会对你好一辈子的。我那孩子什么心思，我还不知道吗？乖孩子，你就放回去，照样过日子去，嗯？"说着，抚慰地拍拍她的肩膀。

"妈，你看看那日记，里头写的那些肉麻的话，我看了都起鸡皮疙瘩，怎么能就这样子过去。这无疑在我心里撒了一把盐，我是无法忘记的。他一定要给我个说法。"袁小雅坚决地说，"如果你们不给我做主，我自会找办法去。"

"那你认为该怎样好呢？你现在原谅了他，他以后对你更是感恩戴德的，不更好吗？"老先生终于开口了。

"我要他当着大家的面给我道歉，然后写份保证书给我，保证永远不能和那个苏鸥有任何瓜葛。还要当众把这日记撕了，以表决心。这样我就原谅他了。"她边啜泣边态度坚决地说，"我现在就让他回来。"说着，拿起手机拨通了电话。

这时文粒正写着医嘱。忽然电话响了，一接听到袁小雅啜泣的声音，他吓了一跳。只听得她断断续续又含含糊糊地叫他去一个地方。

"去哪呀？"他大声地问，以为出了什么大事。他实在很焦急，全科室的人都扭过头来看着他。

她重复又说了几次,他才听清楚了,挂了电话,慌忙往苏鸥的住处赶去。

当下三人对坐无语。老人默默辗转至沙发上坐了,一个静静看着报纸,另一个把电视调到静音状态。苏鸥买了酱醋回来,在门口贴耳听得屋里没什么声响,就开门进来。一进门见三人各自坐着默不出声,感觉不对劲,正想找借口再出去。老太太叫住她,说:"小鸥,你就别走了,一会有事找你商量呢。"

苏鸥见满屋子是神色凝重的人,除了远处偶尔传来归巢的鸦雀声外,屋子里静得让人惶恐不安,仿佛能听到茶花绽放和落日西沉的声音,当然还有袁小雅偶尔长长的一个抽噎声。她屏声敛气脚步沉重地挪步回到房间里,顺手在床头拿起一本书。

随着一阵急促的门铃声响,文粒窸窣的开门后,终于打破这种难堪的沉寂,仿佛他是一抹阳光,专为驱赶笼罩在屋子上空的阴霾而来。

袁小雅是渐渐止住哭泣的,她仍然坐在藤椅上,在茫茫的暮色里一动不动的,极像一尊沉思的铜像。她正思忖着要不要让她父母也过来,当然,如果他们来的话,她的胜数就更高些……因为她想得入了迷,文粒进来了她也不知觉。

"怎么不开灯?"文粒说着,在墙壁上按了一下开关,全屋一览无遗。他父母见了他,仍旧端坐了在沙发上,头也不曾抬一下。倒是袁小雅,一看见他,气不打一处来,也不等他开口,就恶狠狠地呵斥道:"你做的好事,你给爸妈说说,这算什么回事?"说着,将软皮本摔在了他跟前。

文粒看见了那本子,脸色霎时变了,他厉色问道:"谁将我的日记放这儿的?我做了什么事?这话怎么这么难听呢?"

"说说就难听了,做你都做了,还怕难听。你倒说说,你在里头写的什么下流的东西?你让大家来评评理,你对得起我吗?"她昂起头,嘶叫着。

"我哪里对不起你了?什么下流的东西了?写日记宣泄情感是我的权利,我只是将我真实的情感封存起来,这妨碍你了吗?"

"就是你的破烂情感伤害了我,你说过你爱我的,你这个骗子!"这无疑触摸了她的痛处,她又开始哭泣了,声音嘶哑,歇斯底里地叫着。

"这日记是结婚前写的,结婚前我爱任何人也与你无关。而且,我对你哪里不好了,你可以说呀。"他以为家里出了什么惊天动地的大事,就为这点小事,闹到这个地方来,真是意想不到。

"结婚当天还写呢！又怎么解释？说跟我结婚是要对我负责任,意思是说,我只是你的责任,你的包袱,而你并非真心爱我的,对不对？"她一说这个就更来气,她本来脑子里乱糟糟的,但现在思路在自己的控诉中边说边清晰了起来。这让她陷入更深的痛苦,似乎她原来只是在熊熊燃烧着的火坑旁犹豫徘徊,如今却有一股无形的力量把推她进去一般。

"难道你不需要我对你负责任？不需要我对婚姻负责任？那你倒说说,负责任就不爱你,难道不负责任就是爱你了？真是不可理喻。"他气恼地说,为这个闹得鸡犬不宁,他有点不认识袁小雅了。袁小雅没有像苏鸥一样在他心里留下刻骨铭心的爱,更没有给他生离死别的痛和迷醉的甜蜜。但她属于那种天真烂漫的女人,只是长期在父母的娇惯下,有时任性了点而已,也不至于无理取闹的。

"这样一说,反倒是我的不是了？好,我就不跟你理论,你告诉我,你爱不爱我？"她居然不再哭泣,反而还俏皮地看着文粒,将眼睛扑闪了又扑闪。

"娶你就是要爱你的。可以了,老婆,别闹了。这在别人家里呢。"文粒见她这样,以为风波业已平息。他略微宽了宽心,接着压低嗓门说:"我们回去再说,好吗？"

"嗯,这个嘛。也可以,不过有个条件,把这本东西给撕了,然后写份保证书,说'对不起,我错了',说'我文粒以后不再想这个贱女人了'。这样,我就跟你回去。"说完,她咯咯地笑了。她觉得这种情形,文粒会答应的,很多时候她就这样得手了。

"说'我错了,对不起'？——不可以,因为我没做什么错事；写保证书——可以,我随时保证对你负责,爱你一辈子。但日记不可以撕掉,那是一种美好情感的怀念,你无权干涉我的过去。"

"你们听听他说什么了,'你无权干涉我的过去',这话听起来像是我做贼了？合着是我错了？要不要我跪着向你求饶？"

"我可没这样说。你爱怎样是你的事,我没做过什么对不起你的事,我光明磊落。"

"可你在里头写了什么破烂东西,真恬不知耻,还振振有词'光明磊落',你受的就是这些教育？"

"我受什么教育了？这日记怎么破烂了？"

"你简直就是土匪一个，野蛮人一个。"

"我土匪怎么了？我就是这么野蛮了，就土匪了……我现在问你——'文明人'，你看过这日记了？"

"看了。"

"里面的东西精彩吗？"

"你还有脸说这个，里面全是些肮脏不堪的东西。"说到这个，她又恼怒起来，逼迫着说，"说好了啊，现在就撕，以后不准写这样的东西。"

他克制地不让自己暴怒起来，她的话刺耳地穿过他的太阳穴，在那里挑起了条条青筋，突兀得趴在穴位上。"谁让你不经我的同意，乱翻我的日记？什么贱女人？说谁呢？"他眼露凶光，大声呵斥问。

"你还有理了，我是你妻子，有权利监督你。看日记怎么啦！就因为你在里头写了不堪入眼的东西。你敢公开吗？"

她说完，瞪眼看着他，他的眼里有复杂得她看不懂的情感在里面。但有一点是确切的，就是她以前从没见过的恼怒，那目光凶悍的似乎冒出了青烟……

"你说完没有，说完你走吧。"他冷冰冰地说，语气里没有了往常的温柔和细腻。

"我不走，"她任性地说，"除非你解释清楚了。"

"你走吧。解释不清楚，我没法解释清楚。你满意了吗？"他又恢复了原来的状态，那股暴戾已经给强行压迫了下去，这会儿消失得无踪无影。

"哼，听到了吗？你们都听到了吗？爸，你来评评理，他说解释不清楚——姓文的，你跟她怎样个不清楚——"她说着哭了，从啜泣到抽噎，后来崩溃般厉声叫嚣道："怎样个不清楚，怎样啊！"那哭叫声简直惨无人寰一般，冲出露台，飘远到漆黑的夜幕里。

没有人回答她的问话，也没有人理会她的伤心。文粒就站在她的对面，然而对她的歇斯底里无动于衷。

突然她狂性大作，像头无法控制的野兽般疾步奔至苏鸥的房间里，推搡着、拉扯着后者出到客厅上，趾高气扬道："苏鸥，你这个狐狸精，你为什么躲起来了，当着大家的面把话说清楚了，你和他到底什么关系？"说到他的时候，她还不忘指了指文粒。

"我——我——"苏鸥嗫嚅了半天，只说了个"我"，她实在没见过这种情形，竟'我'了半天也说不出所以然来。

"哼，我来告诉你，他在日记里说爱你，我问你，你爱他吗？"这会，袁小雅终于找到一个决口——只见苏鸥听了她这话，脸上立刻跟抹了鸡血似的涨得通红，腼腆又害羞地低着头。

袁小雅以为苏鸥肯定因为害臊，因为内怯才有的这副模样，不禁心里暗暗得意起来：一个结婚育儿的女人，事业正值日中天，丈夫出色，儿子乖巧的女人。以她的判断，苏鸥不会愚蠢到说她爱别的男人的，因为这会给她带来灭顶之灾。优越的物质，出色的胡明熹，这是多少女人梦寐以求的！如果她说了，这一切将断然在她手里毁掉！还有她的儿子也会恨她一辈子。而且全世界的唾沫就能淹死她——背后被人指着脊梁骨说是狐狸精，是小三，破坏了别人和谐的家庭。然而这件事情上，她袁小雅是无辜的，这一点可是她无比坚固的舞台。因而苏鸥才不会去犯傻，而且，依据日记里的内容，她说过不可以的。顺道而来的是，苏鸥既说不爱了，那么文粒就是在自作多情，他就会非常难堪。因而她也找到了下面子的台阶，日后还有了奚落他的话柄，她借此就能更好地控制他。就在大家僵持的当儿，袁小雅的思绪飞扬，还未来得及收回，就听见苏鸥缥缈地缓缓吐出一个字："爱。"

半响之后，苏鸥像蚊子一样哼唧了一声，接着又坚定地哼唧了一声："我爱他，海枯石烂。"那声音虽小，却清脆得异常。屋里所有的人都给她惊愕住了，时间仿佛刹那间也凝结了，死一般的沉寂。她说完转身出了门，还轻轻地仔细地关好厚重的门扇，才步履轻盈地走了。

腊月的晚风是冷冽的，但面对家里那些乱糟糟的事，吹吹北风也是不错的选择。一个又一个畏缩着脖子裹紧大衣的人从跟前走过，没有不疑惑地看着她的，大冷天坐在冰冷的长凳上，看光秃秃的柳枝迎风舞动，湖面在路灯的照耀下微波粼粼，更显寒意。

"姐，你怎么坐这儿了？怎么打电话你也不接？"李嘉梅像只欢快的云雀，叽叽喳喳的从小径上奔过来，叫住她。"还想着去你家蹭饭呢。你在等谁呀？"她刚从不丹回来了。对了，她讲过今天回来的。苏鸥这才想起，她给袁小雅吵得都忘记掉了。

"回来了呀。哦，电话呀？我忘记带出来了。好玩吗？梅梅。"苏鸥站起来跟她说话，眼睛却往她背后瞧，文庆延拖着个硕大的旅行箱走在她后面。

"挺好玩的。你干吗自己一人坐这儿呀？"

苏鸥苦笑了一下，没回答她。"回你家吧。哦，对了，忘了你已经嫁人了，你们回哪住呀？"苏鸥说着，不好意思地笑了。

"表姐，你好。"文庆延喘着小气赶过来了，向苏鸥打着招呼。

"叫苏鸥吧，听着顺耳。"苏鸥也向他招手，大声说道。

"先回这边吧，他那儿哪有这边好玩。是不是呀，石头？"

"你愿回哪儿都行。"男人说着腼腆地笑了，"回屋里去吧，起风呢，怪冷的，小心感冒了。"

他们刚迈开脚步，只见袁小雅泪痕满面地迎面走来，看见他们也不打招呼，倒是文庆延忍不住叫了声嫂子，可袁小雅却仍旧独自悲悲戚戚的和他们擦肩而过了。

文粒站在玉海苑36栋的门牌下面眼睁睁看她离去，一点追赶的意思也没有。

李嘉梅和文庆延正要和叫他，苏鸥制止了："让他独自静会吧。刚刚小雅和他吵得不可开交。"

"可他看见了我们呀。"李嘉梅小声地说，那音量比蚂蚁发出的响声还小。

"他站在明处，我们在暗处，他又是近视眼，最多只能看见模糊的几个人影站着在聊天，看不出谁。"

幽暗的灯光，呼呼的北风，几个悄声细语的人，像密谋惊天大案似的，连灯光都觉得见不得人，越发暗淡了下去。他们静静地站着，看着文粒。只见他抬头呆呆看了会儿天空，若有所思凝神看了会儿簇拥的毛杜鹃，仿佛那花儿告诉了他什么真理似的，或是他在对花参禅；几分钟后，他领悟了禅机般踱步从走出来的方向又回了原处去。

苏鸥看他笔直的背影消失在大玻璃门里，那种书卷味却还晃荡在他站过的格子砖头上，他摸过的玻璃门把手上，她看着竟也愣愣地出了神。

"魂儿也跟着去了。姐，他走了。"李嘉梅轻推一下苏鸥的肩膀。李嘉梅刚才一会儿看看眼前这个人，一会儿看看远处那个人，怎么觉得中间有些不平常的味道。

"啊？什么？"

李嘉梅又把刚才的话说了一遍。

苏鸥的脸顿然红了起来。但她故作镇定地说:"回去吧,没吃饭呢。"

"不做了,到外面吃吧。"李嘉梅说着,将钥匙交给了文庆延,温柔道:"要辛苦下老公了——你先拿这些包包回家,然后叫上妈妈,我和表姐到麦田茶楼等你。"

"我妈妈爸爸呢?"文庆延迟疑地看着嘉梅。

"你看看这情形,怎么叫,算了,妈妈也不叫了,我们仨去吧。"

苏鸥挽着嘉梅并肩在昏暗的淡黄色的路灯下走过,小径依偎着矮矮的裁剪整齐的树篱笆墙,右边是人工湖,湖畔的柳枝依然迎风飞扬。小径接小区出口处分岔了,有一条路一直蜿蜒着通往小山丘巅顶,另一条则通往出口处。

街灯闪烁,街上人流涌动,车辆穿梭。她们边聊着,边往餐厅的方向走去,进了餐厅,找了位置坐下。苏鸥要了杯柠檬水,李嘉梅点了奶茶。她们一边等文庆延,一边说着话。

"姐,刚才说的话你听了吗?我有时候想想,真替你担心。男人嘛,就应该攥手心里。姐夫成天在外面飘荡,很容易被诱惑了去,到时候你后悔就来不及了。"

"梅梅,如此便被诱惑了去,那就去好了。我从来没有想过要攥住谁。你不知道。明熹除了爱事业就是做孝子。我是个有饭吃,有块栖息的地方就满足的人,我做事业一方面是争口气,不要让看不起我的人小瞧了我;一方面是自己有个生活的寄托,不要让自己落到尘埃里去,没了自己的生活方式。至于做得算是成功,那是老天怜惜我。我跟他之间,更多的还是因为孩子而联系着。因此,我也没有别的念想,以前没有,现在没有,以后也该是,没有!"苏鸥淡淡地说,看着杯里的柠檬越泡越饱胀,颜色越来越淡。

"姐夫是个美男子。"

"色即是空。"

"姐夫是财神。"

"我也是。"

"你若放手,他便飞走了,自有收留他的人。"

"他是自由的。从相识到结婚,从来没攥过。"

"哎哟,我的好姐姐哦,真是皇帝不急太监急!求你不要这样子了,如果他落入别人手里,我会心疼死你的。"

"哈哈,"苏鸥被她逗乐了,"我就打算这样一天天混下去了——静等小南长大传承瑞达,传承中国的瓷文化,如此而已。"

"你怎么能这样坐着等老?厌世?应该不像。老实交代,你是不是有外遇了?文粒?天哪,我之前的预感是对的——文粒刚刚和小雅吵架也是为你?"嘉梅说着,捂住了嘴巴,瞪大了眼睛,研究地看着她。

苏鸥抬眼看了看李嘉梅,苦笑了一下:"别那样盯着我了,看得我心里都起毛了。"

"他们为了你吵架,是不是?"她仍旧不放过她,眼里余光迫切等她回答。

"可以说是,也可以说不是。小雅因为看了文粒写了日记才发飙的。"

"里头写的你,是不是?"

苏鸥沉思了一小会,伴着柔和的灯光说道:"是。我也没想到他是这样深地爱着我,我以为他结了婚,就会忘记我……文粒活在这里好几年了。"苏鸥又指着自己的心口说,"原来想着相爱的人若像你和庆延,当然要结为连理的,但当相爱若文粒和我——彼此有都家庭又该如何呢。如果袁小雅能好好地爱他,安安稳稳伴他,也许这辈子就这样过去了。我爱他,无时无刻。因为爱他也爱他的父母,爱他的事业,爱他的一切和他有关的事情。这就是为什么我能一直和他父母居住在一起的缘故了。说将他拱手让人,那是违心的话。但我不想他因为我,被社会唾弃说他是花花公子,被指责没有责任心,这对他是不公平的,也是太沉重的。我们都是凡夫俗子,以我们的力量来对抗社会的伦理道德?——是担当不起的。我宁愿就这样子一直守在他身边,不离不弃。这样的信念,足以支撑到我老死。"

"上回你说,'你只是想做他的那只狐狸',是什么意思?"李嘉梅疑惑地看着她问。

"你看过《小王子》吗?"

"很小的时候看过,差不多忘光了。"嘉梅笑笑说,诡诘的眼睛里闪过一道灵光,恍然大悟道:"哦,你是说,本来你和他原本是不相干的,却要成为相干的人——"

"如果可以选择,我真想从来就不曾认识他。这样虽然没有了甜蜜,但也就没有痛苦。我就会天真地认为我和胡明熹之间的感情就是爱情。"

"天呐，你一直隐藏着这个秘密？这不是自欺欺人，自我麻痹吗？魂儿早跟着人家去了，留了躯壳行尸走肉呀？你有追求幸福的理由，你应该主动去追求，你自己也很重要。"

"不知道……总有事情比爱情更重要，比如亲情，选择了译南就要给他一个完整的爸爸妈妈……所以，还真是爱不起呀。"她幽幽地说，忧愁拢聚了来，眼神又开始迷茫。停了一会，她又说："译南还有几天就放寒假了，我准备带他一起去北京。我有好长时间没见到妈妈了。不知怎么的，现在越老越是记挂她老人家了。"

"今晚这场架吵下来，怕是没有安稳日子过了。现在，不论你愿不愿意，你都要做个决择了。这可为难了小雅，她那么爱文粒……"

"所以我一直放任着啊，一直远远地关注他们啊。其实她真爱他，就该对他不离不弃。当然，放弃也是一种爱。我不知道小雅心里是怎么想的，她有否理解文粒的苦衷和内心。但就在刚刚，她却在歇斯底里叫喊什么，'苏鸥，你这个狐狸精，你为什么躲起来了，当着大家的面把话说清楚了，你和他到底什么关系？你爱不爱他？'她这是把自主权给了我呀。"

"你说爱了？"

"我不能违背自己的内心啊！爱，并不代表要攥在手心里啊！不过，大家的生活可能因为我这句话搅乱了。"苏鸥说完，长长叹了口气。

"姐，你说得对啊！这个选择太正确了。现代社会并不欣赏无私奉献，做人就需要有点儿自私。既然她非逼着你说，那就说呗。你想想，你这种想要顾及全局的做法根本就不可取的，鱼与熊掌不能兼得，你再这样活着就累死了！只是，你怎么跟姐夫解释？"

"这个社会，谁不是劳累地活着呀？不是为权累，就是为钱累，为理想累着光明磊落些，听着正义些，始终就是自己一种信仰。我为守候着他活着，为谁都不在当中受伤活着，这是我的初衷。"

"可是已经有人受伤了，比如袁小雅，比如明熹姐夫。姐，你顾及得太多了，我觉得如果简单地为自己，反而是件好事，换了我，绝不会如此婆婆妈妈，一早就跟爱的人比翼双飞去了。"李嘉梅说完，哈哈大笑了起来。

"那是你，天下唯我独尊——反正从头到尾我都没刻意地去改变原有的关系，一句话，我踏实地活着的，不无耻，不折腾。因为文粒，我的精神世界有了归宿，如此而已。这件事里面，只有袁小雅是最自由的，她怎样选择都可以，我和文粒却处在被动的狭小的空间里。"苏鸥眯着眼看嘉梅笑，也跟着吃吃地笑了。

李嘉梅点点头："嗯。位置是狭小的，精神和心灵却是宽阔的。对不对？"

苏鸥听着她的话又笑，也点了点头，不语。

"要找小雅聊聊吗？"

"不。她能理解，该明白我们的苦衷，也能体会到这些年来我对她的支持。今天，看了文粒的日记，应该更明白。如果不能理解，就是对牛弹琴，何苦招来她的不满和辱骂呢？"

"那是。"李嘉梅心想，难怪你办厂的时候有人会着急成那样子，原来如此！

"你还没回答，你该怎么跟姐夫解释呢？"

"他在艾城，我在江城，早分开了。不提他也罢。"

李嘉梅听她这样说，明白她心中早有打算，既是不提，她就不再说什么了，于是叫来服务员点菜。不一会儿，文庆延也安顿完毕也过来了。

晚饭过后，他们踱步回了小区。到了分道扬镳的岔路口，李嘉梅说："姐，要不今晚我陪你吧。"她见苏鸥整晚心神不宁的，很是担心。

"不用了，我没事。再说了，家里有老人们在呢。你们甭担心了啊。"

"哦，忘了还要劳烦你照顾'爷爷奶奶'呢，好吧，回家做好小媳妇吧。"李嘉梅戏谑她说。

"看看，又开始损我了，早就知道说了不是好事。"苏鸥委屈地说，"你们要不要回去见一下他们啊？"

"这么晚了，家里又发生这样的事，我们还是不去惹爸爸妈妈的烦心好，明早再回去吧，我打电话给他们就是。"

文庆延忧虑地说："梅梅，你先回去吧，我去找找哥哥，陪一下他吧。"

李嘉梅咋舌道："也是，谁料到会发生这种事情呢。姐姐你可要扛住了。"

他们说完便各自散去。

回到家门口的时候，苏鸥踌躇了片刻，想想今天发生的事，这会儿老人俩会怎么想呢？会不会很恼她呢……她胡乱地想着，机械地开门进了屋。

家里安安静静的，有电视剧的声音隐约从老人的房间传了出来，一切跟平时一样，老先生和老太太看会儿电视剧，十点半准准时睡觉。

苏鸥走进他们房间，跟他们打招呼说回来了。

"延儿打过电话来了，说你们一起吃过饭了。你吃得好吗？家里给你留饭了呢，要不要再吃点儿？"老太太的视线从电视转移到了苏鸥身上，关切道。

"嗯，是的，和梅梅还有庆延，我们一起去麦田茶楼吃过饭了。"苏鸥低头细声地说着，仿佛做错事的孩子。

"吃过了就好。平时我们会打电话问你的，今天大家心情都不好，就不想再问了。"倒是老人们似乎不曾发生过任何事一样淡定着。

"文粒怎样啊？"苏鸥怯生生地问。是的，以前她只顾了自己的感觉，自己的伦理来做事，丝毫没将文粒的情感考虑进去，难怪他说自己自私了。岂止自私，简直就是过分了。她是该勇敢地扒掉那件虚伪的外衣，就算世俗把她咬得鲜血淋漓，也该为爱她的人勇敢一回。

"今天让你们吃惊了，"她又说。

"文粒一个大人，能有什么事。小鸥，现在什么都不管了。我们静观事态就是了。小雅爱文粒没有你爱他来得深切。她爱自己胜过爱任何人，以她的性格，我敢断言她应该放弃文粒的了。估计她今天回了娘家就不回他俩那窝了。孩子啊，我和你伯父早看出来了，你那点心思，能瞒得了我们吗？我们文粒能有你这样的女人爱着，也是他的福分。本来做父母的，不该鼓动自己的孩子对媳妇以外的女子有感情的，但你确实深得我们家的喜爱，你该努力争取，你有责任让自己活在真爱里——我是说是现实的生活当中。"

"你们不恼我破坏了他的家庭吗？其实我已经努力和他保持了距离的。这几年来，我们很克制地过着的。也许对彼此真是一种伤害。"苏鸥听她这么一说，脸刷的红了。但心里却欣慰万分，忐忑不安的焦虑没有了，感慨地说下去：

"即便是这样，只要文粒心里还有我，我就已经心满意足了，不敢有别的想法。"

"过来这儿坐着说吧。"老太太拍拍她旁边的木凳子，苏鸥过去挨着坐了。

"你知道吗，我和你伯父第一眼见到你就觉得纳闷，我说这孩子怎么看起来这么眼熟呢。后来老大拿过你的名片的时候，就坚定了我们的决定。竟是意味着让你永远和文家有着理不清的关系了，因为粒儿是颤抖着接过你的名片的，还处处维护你，说既是你家钱不够了，迟几年还也是可以的，他担保出不了什么问题的。包括之后你的工厂,他竟然以退出家族股份为筹码帮你做担保,写同贷!当然这些是延儿后来才告诉我们的。"

"什么!?"苏鸥惊愕得合不拢嘴,"怎么这些我全不知道!"

"啊!你现在还不知道啊?嗳嗳,我以为你都知道的呢。这件事,小雅也不知道,要知道了,早就翻天了,怎么收拾?"

"幸好,苍天保佑,我事业顺利,如遇不测,岂不连累了他!"

"是啊!我们也是为你捏把汗,你的命运干系着我的儿子甚至孙子的运数呢!好在你是众望所归的好人儿,所以无论苍天还是粒儿,都愿意眷恋你——你可知道,除了学医,粒儿从来不和父母唱反调的。但他竭力为你兜底房子,我们以为是你动机不纯,对于我们来讲,什么是最重要的?就是有一个知书达理的、心灵纯洁的媳妇最重要了。然而——"

"然而我结婚了,却还与他情意绵绵,所以,你们就怀疑我有不纯的动机?"苏鸥说着自嘲般笑了。

"那倒不尽然。有些十几岁的姑娘已经学着如何在背地里暗算亲友。所以一开始我们的确在明侦暗访你的,结果却被你感动。虽然你谙熟社会时事,为人处世周到,却从不算计别人,且有自己的思想并坚持,这是一种成熟美,成熟了的纯真。在这个物欲横流的世界,要洁身自好,又要生存,哪来这么简单?"

"您的意思是说,我虽然结了婚,但保持自身思想的纯洁,又不排除世故。是这样的意思吗?"苏鸥对自身的优劣还是有自知之明的。

"嗯,特别是后来,一起过日子的时间长了,才更明白你了。粒儿真的没白相信你,文家因为你而亲情充盈。如果不是你,我们一年能回来至少一次以上吗?知道吗,是你给了我们家的感觉,想到回国,就想到你,一想到你就觉得很温暖,因为你经营的家让人觉得温馨又踏实,让我们不再害怕老至将死。"

苏鸥听了,对她佩服不已,真是睿智的老人啊。自己苦苦活在世间,觉得女人就该是这样子的,而且是心上人的父母亲这样看待自己,这让苏鸥感动极了。

"为什么每次你们当面都冷冰冰的,有时候还出言不逊呢?文老太太问"

"哦。"苏鸥想起这些就难受,"因为我们彼此都有家庭,却又深爱着对方。痛到深处,不是麻木就是疯掉。可我们既不想麻木也不想疯癫。如果相对太亲密了,会更伤心欲绝,剥削彼此仅有的一点幸福感觉;若相对残忍一点,他就会在小雅那儿感受到多一点的爱,甚至奢望他可把我忘记。"

"竟是这样的思想,宣明,我们一把年纪了,终于见证了这样让人大开眼界的爱了。谁说现在的女人眼里只有物质的,那是他们没福气碰到或者还没到时候碰到而已。"老太太说着,忍不住又流下泪来。

文老先生说:"无论结果如何,我们可是认定你是文家最亲的人了,而且我们一直是一家人一样生活着的。老太婆也真是的,尽说这些干嘛,今天还嫌闹得不够吗?"停顿了一会,他又问:"苏鸥,你以后怎样打算啊?"

"不知道啊,让时间来作答吧!过几天译南放假了,我带他上北京看妈妈和哥嫂吧。顺便也散散心吧。"

接着,他们又聊了一会文粒小时候一些陈年往事,晚上十点来钟的时候,各自回房睡了。

那晚她睡得特别安稳,也许是多年的心事已意外公之于众的缘故吧。

过了一个星期,文粒父母本来打算在江城过年的,但因为发生这样的事情,他们也就没什么心思留下来了。

还有几天,胡译南就放寒假了,苏鸥早定好飞机票,收拾好行李,只等着从学校接回儿子了。

杨玉兰知道她要去北京,在胡译南回来的当天晚上,和靳平一起送了些海产品干货和桂圆来,说让苏鸥帮忙带去给苏斐家里。苏鸥替哥哥嫂嫂收下了,谢过了她。靳平和她小坐一会儿就告辞了。苏鸥在阳台上看见靳平和她手拉了手走出了小区。这才想起本来想调她到工厂那边学习管理财务的,她却说:"我就在这儿做接应工作好了,挺适合我的,谢谢了。"原来是不舍得靳平!她想着暗暗笑了:母亲这下可放心了。

第二天她和胡译南早早去了候机厅里等候登机了。

到首都机场时,正好下午两点,早有播音员提醒说北京下着小雪,请旅客注意安全的话了。译南听说北京有小雪,开心得一路又蹦又跳,激动地说:"从来没见过雪,这下太好了。"一脸笑容像春天里的花朵。

母子俩寻了行李,刚走到机场出口时,苏欧呆住了。她脑袋轰地像被炸开了一样,茫然看着前方的一个人,血液在身体里沸腾,挪不动脚步……她朦胧听到孩子欢快地高喊道:"文叔叔……"

是文粒，真的是他！只见他拥抱过孩子，然后牵着他的小手，朝着她的方向走来，接着又接过她手里的行李，紧紧拥抱着她。他边吻着她的额头，边呢喃道："我生命里两个重要的女人，我爱的那个逼着我结了婚，我想对她负一辈子责任的那个却逼着我离开她；现在我要自己选择——"

苏鸥抬头看着他，热切的目光像燃烧的火焰。她切切地问："怎么选择？"

"我要守着那个守着我的女人，不离不弃。"他目光犀利地看着她，仿佛要在她脸上烙下什么印痕。

"嘉梅告诉你的？"她嗔怪道，眼里笑容明媚如阳光。

"猜对了。"他刮了一下她的鼻尖，笑眯眯。

"这个内奸。"苏鸥说着笑了，银铃般的笑声划过簌簌落下的雪花，划过整个洁白的世界……

第十四章 随行

"先找下榻的酒店再去你哥那儿吧。"

"那也得找一家就近的。"苏鸥话刚说完,就听见苏斐在高声喊她了。

"舅舅!"译南朝他挥起了小手。

"我哥,苏斐。"苏鸥忙介绍起了人,"哥,这是我的朋友,文粒医生。"

"您好!文医生。苏斐。你们一起乘飞机过来?"

"您好,哦不。"文粒有点不知所措,他觉得一下子很难跟他解释这是怎么一回事。

"哥,文医生是江城人民医院的眼科医生。他是来北京出差的,因为我也恰好要来北京,就同路来了。"还是苏鸥机警,见文粒支吾,立刻接了话茬编起了谎言。她因为见到文粒,眼里心里就只有文粒了,竟忘了哥哥要来接她的事了。

"哦。之前你并没说过跟其他人同来的呀?"

"舅舅,文叔叔是爷爷奶奶的儿子,不是坏人。"胡译南见他舅舅还在拷问文粒,就认为是舅舅误解了文粒了,于是马上替他解脱,心想舅舅这下您该明白了吧。

"啊?没听你爸爸说过有弟弟的呀?"苏斐彻底蒙了!心里磨叽道:"今儿是怎么一回事……"

"哥,走吧,先找家离家近的酒店下榻,好让文医生歇歇脚,回去会让你弄得明明白白的。"苏鸥心想这么复杂的事,哪里可能三言两语讲得清楚,一行人便离开了机场。

当文粒从闪烁着霓虹灯的旅馆里走出来的时候,胡译南也醒过来了。"妈妈,我们在哪里了?"他睁着朦胧的双眼问。

"在文叔叔下榻的酒店里。"

"马上到家了啊,译南。"苏斐安慰他说。

"文医生对北京熟络吗?"他忽而问他妹妹的同伴。

"不熟悉,无论工作学习都不曾来过,旅游倒是有一次。"文粒规规矩矩地答道。

"到了,下车喽。"苏鸥看见那栋眼熟的红砖楼,抑制不住激动地喊道,"可以见到姥姥喽。"

"噢,见姥姥喽,见滢滢姐姐喽。"胡译南也跟着哄叫道。

大家都很欢喜。苏鸥当然更有理由高兴了,岂止高兴,简直兴奋得不行,简直幸福得如痴如醉。她连看苏斐的眼光也流波顾盼,这让苏斐大开眼界,原来妹妹可以这样开心和年轻,仿佛回到了少女时代。他还细心地发现文粒医生也是用这样热切的眼神看着妹妹的,这让他对他们的关系有点恍然大悟了——原来他们是情侣?他是妹妹的初恋情人?抑或——

他不敢想象下去,只希望他的推测不是真的,虽然这一对是那样让人养眼。

"译南回来了!"苏妈妈苍老的声音越过扶梯传递了下来。

"姥姥,"胡译南听到老人的声音,快步先行。

不一会儿,并不宽敞的客厅里站满了脱去大衣的人。喊妈妈的声音,喊嫂子姑姑声音,还有和文粒打招呼的声音,沸沸扬扬地充斥满整个房子,热闹极了。热气腾腾的火锅也摆在了餐桌上,一幅团圆喜气的家宴图跃然纸上。

饭后稍作休息,苏鸥依偎在母亲的身边坐了。她拉了母亲的手,亲昵地喊了妈妈又喊妈妈,苏妈妈对她也左看右打量了,然后对着文粒说:"文医生,您别见怪,看看我这女儿就这模样,老长不大。"

"阿姨,她是在您面前了才这样。在江城家里,和公司里,她俨然是老成的主人和威严的老板,呵呵。"其实文粒也是第一次看见苏鸥小鸟依人的样子,才发现原来她可以像一个小女生一样的可人,这让他越发喜爱她了。

大家吃过水果喝过茶,聊了些北京的风景和医院,还有近几年的医闹等话题,时间很快就到了十来点。文粒和苏鸥约好第二天去游览圆明园和清华大学,看着时候不早了,他起身辞别。

苏鸥依依不舍地送到了楼梯口,雪花还不停地扑簌簌地下着,两人相互呆看了一会,动情地拥抱了在一起。他们热吻了又热吻,像胶水一样黏合在一起,也不知过了多久。最后如果不是因为苏鸥忌讳着家里人，怕是两人就再也分不开了。旅馆就在对面，苏鸥一直看着他进了门口才上楼去。

"小南，为什么文叔叔是爷爷奶奶的儿子呢？"苏鸥还没走进苏斐的家门口，就听见屋里苏斐正疑惑地在质问着译南。

"文叔叔就是爷爷奶奶的儿子啊，舅舅。"

苏鸥听着偷偷笑了，仍旧纹丝不动地立在门口。

"是哪个爷爷奶奶？"

"江城的爷爷奶奶，从澳洲来的爷爷奶奶。舅舅，还要问吗？"胡译南稚气地问。

苏妈妈开口了："小南，姥姥问你，你喜欢文叔叔吗？"

"喜欢，"孩子简单地答道。

"为什么喜欢呢？"

"文叔叔跟我玩，教我下国际象棋，还陪我去上学。他还告诉我说，男孩子要学会用拳头揍欺负自己和弱小同学的人。所以我就喜欢他。"

"哦，姥姥和舅舅都知道啦，你跟滢滢姐姐玩去吧。"苏斐宽赦地说，译南咚咚的跑步声响起。

按了门铃后，苏鸥进到屋里。

母亲已经沉下了脸，自顾自收拾着沙发上一些细碎的物什，瞅也不瞅她一眼，更别提搭理她了。小时候，如果苏鸥做错事了，母亲就会用这种方法来惩罚她，如今她已经长大成人，这个方法依旧发挥了它的威力。这不，苏鸥见母亲这般，她就如背针芒，手脚都无处摆放了。她又开始恨起了自己，恨自己如何也学不来嘉梅。哦，如果嘉梅处在这种情境，立即会反抗，会起义，会闹得鸡犬不宁，会让家里撑舵的人调转了方向围着她，哄着她，这才善罢甘休了。然而她是苏鸥，虽然在家里也排行最小，却也不能由着自己的性子胡来。她尴尴尬尬地成了个多余人般，实在不知该怎么办，就磨蹭着进了苏滢的房间里。

苏滢在摆弄着胡译南送给她的几个瓷器小人。胡译南仰头仔细地看着苏滢的书架上的《鲁宾逊漂流记》，和表姐聊着他们学校的情况。不一会，孩子都睡着了。苏鸥再从洗手间出来的时候，母亲突然开口问她："明熹知道这事吗？"

苏鸥给吓了一跳，条件反射地答道："还不知道。"本来她想捏造一下她和文粒只是普通的朋友关系的，但母亲的突然袭击让她毫无防备之下脱口而出。

然而她觉得这样更贴合自己的性格,她本来就不善于谎言的,既然母亲已经看出破绽了,她也就不必掩饰了。

"小鸥,哥哥也不做表态,文医生人也挺好,对译南看来也不错,修养也极好。只是明熹也是你自个儿选的,今天这样,就是你的不是了,你可知道这多让人落下话柄。"苏斐凑过来数落着,他已经忍了半天了。

正说着,胡明熹就打了电话来。

"在北京呢……哦……你也来北京?什么时候?……后天?……嗯,好,那后天见。"苏鸥说着就挂电话了。

"你跟妈妈就一直这样教育我,做什么先要用'社会意念'来衡量,要让自己活在'标准道德'里,所以,我是不可以有自己的追求的。唉,那么只好让自己活在先人画好的框框里,活在你们心目中的'标准道德'里了。"苏鸥晦暗地说,无限惆怅。

"明熹也是你自己找的呀,我们谁也没有去要求你啊?"苏斐听了妹妹这番话,又着急又生气。他当然希望苏鸥的一辈子美满幸福,滋润自在。但她的话里却仿似对自己处境的一种悲哀的妥协,而且这种妥协源自于他的高尚的道德理念的背悖!

"是我自己在要求自己,我所受的教育在要求我自己;是的,明熹是我自己选择的,可是人是会变的。"她话音未落,苏妈妈已经扬起了手,准备搧她一巴掌了,幸亏苏斐眼快,一把握住了母亲的手。

"好啦,妈妈,您去歇着吧,我来教育她,省得您生气。"做哥哥的生怕母亲的旧病复发,连说带推地将母亲送进了卧室里。

"我的好妹妹,别的人可以变,可是我们家的人我们不允许自己这么不忠良、不负责任的!你倒说说,这是怎么一回事?"苏斐其实不相信自己的妹妹会出轨,他的妹妹识大体,蕙心兰质,这其中一定有什么缘由。

"跟文粒在一起可以无拘无束,他让我感觉到平静,给了我归宿感;看到他,仿佛看见阳光一样,那种最自然最原始的感觉是在哪里也找不到的……"

"我们也希望你幸福,可是毕竟你和明熹做了十几年夫妻,他人也那么好,这样你该怎么处理呢?"苏斐陷入了深深的思考当中,"这样的良心拷问,你还能快乐吗?"

"其实我和明熹……"苏鸥支支吾吾的不知道从何说起,三年了,其实她离开胡家已经整整三年了,但为了儿子,为了母亲,她一直都缄口不提,一直在对他们撒谎,和胡明熹配合着遮掩离婚的事实。现在,该如何自圆其说?

"看看,出问题了吧。"几分钟不到,苏妈妈像鬼魅一样忽然又出现在客厅里,她又说:"让你看好明熹,不要让他老往外跑,你非但不管,还让自己的感情被别人乘虚而入了。闺女啊,感情也是要经营的,你这是经营管理不善,才让别人有空可钻。依我看,你该快刀斩乱麻,首先跟这个医生断了关系,然后叫明熹回来,好好过日子。"

"妈——"这把苏鸥逼急了,仿佛明天以后,她就再也不能见到文粒似的,因而泪水马上蒙住了双眼。

苏妈妈见她哭成泪人般,反而怒从心起,于是呵斥道:"难道十几年的感情抵不上这一时半会儿吗?你这样的事我见多了,只要你不去见他,不出一年,他就会娶回老婆,成立新家。男人就是这样的东西,你以为能好到哪儿去?等后天明熹回来了,你们夫妻俩正好好好和好一番。若你再说半句那医生的好话,我今晚就将你碾死,权当没生过你!"苏妈妈年龄虽大了,但母亲的威严依旧,遇见大事丝毫不含糊。

苏鸥看着老迈的母亲,态度决绝又坚硬,她心里苦恼极了。这是她始料未及的事,她原来想敷衍一下就完事的,哪知母亲和哥哥的眼睛竟是这样的锐利,话说得这般固执和决绝。她开始在心里埋怨文粒了:文粒啊,你跟着来北京做什么呢,这下该怎么办呢?总不能和母亲闹翻脸吧,她那么接纳胡明熹,他已经成了她的至亲活在她的世界里了,我如果告诉她我们早就离婚了,她受得住吗?

于是苏鸥无助地看了看母亲,又哀求地看了看苏斐。苏斐呆坐了一小会就回自己的房间里了,不一会儿,母亲也叹着气走了,昏黄的灯光把她孤寂的影子拉得老长老长。

她对袁小雅说:"爱。我爱他,海枯石烂。"那一刻,她是没有想到胡明熹的,也没想到胡译南,更没有想到母亲的,她的心里只有文粒还有和他在一起的快乐。如果,如果她不能跟他在一起了,那个滋味她当然品尝过,世上不也有很多人,不能跟相爱的人在一块,母亲不是说:"只要你不见他,不出一年,他就会娶回老婆,成立新家……"然而,她会温馨如故吗?哦,不会的,她会对这个世界死了心,会行尸走肉般活在这个世界上,然后等待死亡……等待死亡会很漫长吗？哦，不会的，据说心理可以指导现实，如果一个人想死，阎罗王肯定会很快如他所愿的……

正当她想着"我无悔，因为我真心爱过"的时候，抬头看见嫂子杨红霞像灯杆一样站在了自己的跟前，正充满同情地看着她。

"给。"她说，递给了她一叠纸巾，然后挨着她的身旁坐下，一言不发。

等苏鸥的抽噎声消失在一片寂静里的时候，嫂子干瘪的声音沙沙从她耳边响起："小到十八岁，老到八十岁的人，热恋的时候智商都是零，这你该很清楚。是不是等过了一段时间，你再做决定，会睿智些？"

"嫂子，我跟他相识五年多了，请问，人生有多少个五年？"她望着灯光底下的那些久经日月的家具，忧愁又拢聚了过来："如果这都不是爱，那么什么才是爱？"

"感情这种事，只有你们自己才最明白。"

"是啊，但是，你看见妈妈和哥哥的态度没有，是不是一定要我从亲情和爱情中做一个抉择？我已经够无助了，为什么最亲爱的人，还要置我于死地呢？"她说着，想起了胡明熹，想起了胡明熹的母亲，泪水又不自觉地流了出来："嫂子，你还不知道，我这么些年，靠什么信念一直活下去的啊？其实，我和明熹……"她话到嘴边又吞了回去，她心里还没有把握要将这个能把家里炸开锅的消息说出去后有什么后果，特别是母亲！

"嫂子，"苏鸥望着杨红霞诚恳地说，"如果因为别的原因我和胡明熹不得不分开，您能支持我吗？"

"那也要看看到底是什么事情？你们能有什么天大的事情导致一定要分开，明熹对你可是没有二心的……"

"让我好好想想该怎么说清楚这事吧，想好了，我们再说吧。"苏鸥又担心母亲受不了刺激但又想得到家人的支持，她一时不知道该如何是好。

杨红霞看她也是挺累了，就让她想清楚了明日再说也无妨了。于是一夜无语，各自就榻了。

第二天天已放晴，阳光照在已经扫成堆的冰雪上，胡译南起来看见了，吵着要去玩堆雪人。

苏鸥一夜没睡好。她一会儿梦见母亲凶煞地拿了长棒来打她，一会儿梦见译南哭哭啼啼地找爸爸，一会儿文粒又来和她相会，正当她和他难舍难分的时候，哥哥一把就推他进万丈深渊里。天！她魂儿也跟着他去了，任凭漩涡似的寒风割锯着脸也不知觉痛，她纵身一跳也要下去，哥哥死死扯住她，她这才号啕大哭，心啊、肝啊，全掏出去了……梦里她肠子都哭断了，紧接着就醒过来了。

起来看看夜里的窗外，雪已经停住了，月亮圆圆的挂在天边，泛青地发着洁净的光辉，整个世界沉寂在洁白里。小区不知名的树枝杈里，传来猫头鹰婴儿般的哭叫声。文粒就在窗外那座高耸的旅馆酒店里，或许也正做着梦。想起他，她又回味着梦里的情景，独自伤感了一些时候。

当漆黑的夜色渐渐褪去，天边依稀露白，她又半醒半睡地浑浑噩噩地睡了些，直到曙光升起了才沉沉地睡去。

再起来天已经大亮，阳光照在床脚上。她有点头昏脑涨的，哥哥和嫂子已经出去了。苏滢在复习功课，她已经是高三的学生，苏鸥进去她房间里和她寒暄了几句。

"还要上课呢，因为是星期天的缘故才留在家里，总共才放两个星期的假，也要到快过年的时候了。"苏鸥忽然想起了小姑胡晓燕，她也是高三生了。

"打算报考什么大学？"

"暂时保密，考上了再说。"

"晓燕也是高三生，她最想进宾夕法尼亚大学了。"

"是姑丈的妹妹吗？"

"嗯，你们见过面的呀？"

"有一年过年回鹿家镇的时候，去您家里见过。"

"现在跟你一样是个懂事的大姑娘咯。"

"姑姑，译南说你们要去圆明园？"

"是啊，文叔叔说要去感受一下那屈辱和悲壮的气氛。"

"姑姑，您很喜欢那个医生吗？"

"嗯，你喜欢他吗？"

"我又没跟他接触过。姑姑，我想问你——"苏滢一副欲说又止的踌躇样。

苏鸥看着笑了："跟姑姑说，没关系的。"

小姑娘思索了一下问："姑姑，您已经很爱他了，那您还爱姑丈吗？"

"按理说，你是长大了，可以告诉你的具体的情况的。但你现在正进行着人生重大转折点中，不该让这些庸俗的事骚扰你的。你只要坚信一点，就是姑

第十四章　随　行

姑也有姑姑的难处，不过我会处理好的。等你高考完了，再跟你聊仔细，好吗？"

小姑娘闪了一下有着苏家优良基因的大眼睛，表示理解和接受。姑侄俩击了一下手，微笑着达成了默契。

苏鸥走出苏滢的房间。

苏妈妈在阳台甩手做着健身操，见到闺女，她停下手来。屋外，阳光下的空气干冷着，然而是那样的清新，树杈上依旧架着没来得及融化的薄雪。她面无表情地和母亲打过招呼，打点了一个小背包，带了胡译南正想出去，母亲拦住了她。

"去哪儿？"老人问。

"去圆明园，去清华大学，中午就不回来了。"她平静地说，心里预期着她的干预。

"等你哥你嫂子回来再一起出去吧。"老人果然说。

"嗯。那我们去跟文粒讲讲吧。"

"你不用去啦。现在都几点啦？你看看快十点了，文医生早走了。"苏鸥母亲得意地说。

"不可能！我跟他约好的，不见不散。"

"昨天夜里，我和你哥哥已经跟他谈过，他答应我们天一亮就回江城的。"

苏鸥听了，不啻给当头泼了一身冷水。她抓起胡译南的手，母子俩飞奔到了文粒下榻的酒店。

"对不起，文先生昨夜就已经退房了。"服务员恭敬地说。

"他没有留言吗？"

"没有。"

"他没有说去哪里吗？"

"对不起，没有。"

"妈妈，我们可以打电话给文叔叔啊。"到底还是孩子理智些，最简单的办法往往最让人忘记，尤其像她这样六神无主的时候。

她即刻拨打了他的电话了，还没接上就"喂、喂"地叫开了，可电话里却传来"对不起，您拨打的电话已关机，请稍后再拨"的提示语音了。

"妈妈，那你陪我玩吧。我们玩堆雪人，好不好啊？"

"好。妈妈陪你玩。"苏鸥说着，机械地在苏斐家的楼下和胡译南玩起了堆雪人的游戏，可怎么堆也不行了，因为那雪扫过后有些脏了，太阳照过后也有的已经融化了。硬邦邦的冰块把孩子弄哭了："妈妈，我们回去吧。文叔叔给姥姥赶跑了，雪花也没有了。我要回江城，这儿不好玩。"

"小南乖，明天你爸爸就要来北京了，我们在这儿等他啊。"正说着，忽的卷来了一股北风，夹着孩子的嚎哭声在身边冷飕飕地吹过，直把苏鸥的心划得破碎不已。她嘴里在安慰孩子，心里却在流泪。到底母亲和哥哥跟文粒讲了什么，导致他竟不辞而别？可恨的文粒，你到底就这么不相信我？你为什么一语不发就舍我而去呢？你知不知道我多么无助？你知不知道我心里多么难过？你知不知道我多么需要你？你在哪里？

和煦的阳光下，喜鹊在光光秃秃的桦树枝头上歌唱，可她的心里却是一片灰暗的绝望，她的眼里已经看不到一丝炫目的色彩。

母子俩去了圆明园，然后还闲逛了清华大学、北京大学。在回家的路上，苏鸥又拨打了文粒的电话，那手机一直处在关机的状态，打去江城他的家里，也没人接电话。苏鸥后来又把事情告诉了李嘉梅，李嘉梅在电话里说："我帮你找找看吧，有消息了告诉你。"到晚上的时候，她实在熬不住了，就打去澳洲他父母的家里询问。

接电话的是文老先生，俩人聊了一会儿，苏鸥问起文粒，老先生在电话里支支吾吾也不知道。苏鸥怅然，然而却因为怕老人担心，也不敢再将焦虑传到电话的那端，唯有失望地和老人相互道珍重就挂电话了。

胡译南早就呼呼大睡去了。苏鸥虽然不知道了文粒的去处，却肯定他只是受了母亲和哥哥的什么唆使才离她而去的，或许他自有安排，只是这样不辞而别实在让她恼气。但既是这样了，她唯有安下心来慢慢等待，等待未知的境况如何朝着既定的方向发展了——她铁定文粒和她终究会在一起的，反而是胡明熹，对了，该如何跟胡明熹说清楚这事呢？她开始沉思。

这时苏妈妈走进房来，苏鸥把脸背了过去。她和胡译南在外面的食店里吃过牛腩面条才回来的，回来后胡译南一着床就睡着了，苏鸥也把自己关在了房间里，对谁也不理不睬。

"小鸥，今天去哪儿玩来？"

沉默。

"你们吃过饭了？"

还是沉默。

"明熹明天什么时候到？"

苏鸥仰头盯着天花板，几秒钟后，她幽幽地问："妈，您和我哥到底跟他说了什么来着？"

"无可奉告。"

苏鸥听了，哧溜进了被窝，拉起被子盖过了头顶，只听得母亲远去的脚步声和重重的哀叹声——"无可救药。"

这话像刀子直割进了苏鸥的耳朵里。

第二天，胡明熹早上九点出头就坐在了苏斐家的客厅上了，苏妈妈又是泡茶又是蒸广式干蒸、广式叉烧包，给他做好了早餐。胡译南听到他爸爸回来的声音了，一骨碌爬起了床，光着脚丫往他爸爸怀里一钻，爷俩马上腻歪在了一起。

苏鸥懒洋洋起了床，拉开了厚厚的遮光窗帘。窗外，梧桐树上早有不知名的鸟儿站在那儿慢条斯理梳着羽翎。一阵寒风，掀起了它羽翼下的油亮的绒毛，鸟儿"啾啾"着飞走了。

盥洗了出来，胡译南已经和胡明熹一起在吃早餐。父子俩好久不见，又是一阵说笑。

早餐后，胡译南一溜烟到表姐的房间里收罗书籍和玩电脑去了。他早就对她的那只装着圣诞老人的音乐盒垂涎欲滴，好几次伸手刚摸着，苏滢就抢先把它放置到更高的位置："小南，这可是我爸爸到欧洲出差时买回来的纪念品，你玩别的吧。"谁不知道十来岁的小男孩正是最淘气的时候呀！

苏妈妈照例在阳台上甩手做健身操，每星期一至星期五，她就到附近的公园里和一群老太太和老爷爷们耍太极拳或五段锦的，而那天刚好星期一。不过，因为苏鸥有了感情的变故，胡明熹刚从国外回来，她不放心就不去了。这会儿，她正偷偷监视着苏鸥的一举一动，心里揣摩着胡明熹如果知道这件事，会有什么反应，而她又应该怎样处理。

"老婆，移民局已经通知去取绿卡了，我先移过去，然后办译南和你的。"胡明熹吃饱喝足，就躺在沙发上，跷起了二郎腿，悠然自得地说。

"说过不要那样叫我的。"苏鸥小声地说，睖去了严肃的眼色权当是警告，接着装作若无其事道，"要去你们去，我留在江城，哪里也不去。"

"江城有什么好？再说了，成千上万的人紧巴着要出去呢。"他剔起了牙齿，依旧慢悠悠地搭着话。

"你就喜欢别人按你的意思去做，然后冠上堂而皇之的理由。你可有问过我，喜不喜欢去？"

听了这话，胡明熹倏地挺直了腰板，牙签捏在手里，睁大了惊讶的双眼，怀疑道："你不知道有多少人渴望绿卡吗？你去了，依旧可以回国内，照旧生活；若是不喜欢，也可以留在国外。这是两全其美的事儿，还会有错的吗？"

"错没错，我心底有数，反正我就不喜欢去折腾那些事，你喜欢你去好了。"

胡明熹没吭声。半晌后，他索性站了起来，问："出去走走吧，屋里怪闷的，这算不算是按我的意思去做？"

苏鸥本来就想跟他摊开她和文粒之间的事，只是这当儿说了，母亲肯定过来添乱子，她才话到舌尖又吞回肚里去的。

母亲自吃过早餐后就一直在厨房里忙碌着，苏鸥揣度是因为厨房连着饭厅，饭厅又连着客厅，母亲为方便听清楚他们夫妻俩的谈话故而滞留在厨房里的。她瞥见母亲手里拿着碗去冲刷、放下，一会儿又冲刷，又重放下，反反复复，而母亲自己根本还没意识到！如果换了其他人，苏鸥肯定调侃她两句："窃听是不是件很过瘾的事儿？"

然而这是她的母亲，心里肯定在咒骂自己死丫头，冥顽不灵之类的话儿了。母亲总是担心儿女的问题，就像自己为了译南一样，她会认为对译南不好的事还鼓吹他去做吗？不会的，永远不会。

"就出去走走吧。"苏鸥说着，到房间里穿上羽绒夹心短外套，披上白狐皮披肩，围上白色丝绸围巾走出门来。又从餐桌旁的衣架上取下胡明熹的羽绒外套，替他架好。胡明熹两手一摊穿上便走，扣子也懒得扣上了。

"妈，我们出去溜达溜达。"苏鸥边关门边说。

苏妈妈这才转过一直朝着洗菜盆的脸，皱巴巴的脸上露出一丝勉强得几乎看不见的笑容："外面特冷，穿够了啊。"

话刚出口，大门已经哐当关紧了。看来闺女还是不舍得胡明熹的，要不就不会跟没事一样跟着男人出去了，待会儿回来便更知晓了，常言道："宁拆十座桥，不拆一桩婚。"何况是自家闺女的婚姻，她更巴不得他们白头偕老了。

苏妈妈生在战争年代，成长在物质不丰裕的时代，一辈子她最怕的就是饥饿挨穷。然而苏鸥日子刚过好了，又想闹婚变，又准备去过苦日子，这是什么逻辑？难道医生将有辉煌的前途？就算有辉煌的前途也是不行的，离婚在老家来说始终是不光彩的。何况是他们苏家，世代书香门第，虽说早去的老伴只是一个中学书匠，但苏妈妈一直引以为荣的。所以，这样不光彩的事儿绝不能出现在苏家的，还别说胡明熹这个女婿要模样有模样要钱有钱，除了对闺女特别上心还对她很孝顺。

深冬的阳光是那样的和煦，照在身上像睡在一窝暖烘烘软绵绵的绒毛毯里一样让人舒坦。然而对于一个装有重重心事的人来说，还是如坐针毡。她听他一路絮絮叨叨在国外的所见所闻，如何跟那些金发卷曲，鼻梁高高的欧洲人谈生意，却丝毫没放在心上。

有一个叫皮埃的英国人，是胡明熹最大的客户，也跟着他来到中国。皮埃的父亲20世纪30年代来过中国，留下了很差的印象，皮埃也不愿意和中国人做生意。胡明熹把皮埃带到中国，就是想让他见识中国发生的翻天覆地变化，改变对中国人的看法，做成一笔大生意。他请苏鸥一起帮忙接待。关系到企业长久的生存，见到胡明熹坚毅的脸庞隐约可见的疲惫，苏鸥竟然起了恻隐之心，只得又把文粒的事情压下。

苏鸥、胡明熹和皮埃从宾馆出发，去了故宫、景山公园。晚饭他们去了胡明熹每次到北京都要落脚的啤酒街，又聊了些中国的历史，便一起去见识北京的夜景。一天下来，回到宾馆的时候，各人的手脚没有不僵硬如木偶的。当然最开心的是皮埃了，他整个晚上不知说了多少遍"beautiful"和"charisma"。皮埃被美丽优雅的苏鸥所折服，这与他想象中蓬头垢面的中国女人有着天壤之别。每到一处新景点，他就非要苏鸥一起合照一个，并美其名曰她是"具有东方神秘色彩的美女"，把胡明熹臭美得喜不胜收。

只有苏鸥心里是落寞的，她老惦记着文粒，她和文粒刚刚黏糊在一起就被强迫着分开了，这真让她沮丧。她盼星星盼月亮，终于盼到文粒来到了自己的身边，可恶的母亲和哥哥却几句话就让他远离了自己。她终是心神不宁的，她有预感，文粒就在北京的某个角落里，或是其他地方的某个角落里。总之不会是江城，她宁肯相信自己的这种直觉，也不愿相信如母亲所讲，他已经回江城的了。

然而，他到底在哪里？他的电话始终是关机的，李嘉梅在晚饭时分也已经打来电话说在江城找不着他，是什么原因让他玩起了这种躲猫猫游戏呢？这只有母亲和哥哥才晓得其中的缘由了，也许母亲和哥哥连他的行踪也是一清二楚的。

"胡先生，我想看看中国人的舞会是什么样的？"皮埃乞求胡明熹。

"中国人不开 Party 的。"苏鸥急急接了他的话。她忽然想到母亲和哥哥可能知道文粒的去处，已经两天了，文粒还没有一丝线索，她心里就越发着急起来。

"酒吧，去酒吧。那儿也是个跳舞的地方。"胡明熹居然不顾苏鸥的反对。

"那么你们去吧，我要回去了，我要看看儿子。"说到胡译南，苏鸥才想起一整天了，儿子只打过来一个问候的电话。她真的想念他了，特别是在这样既寒冷又陌生的地方，还有文粒，他们同时占据在苏鸥的心里。

"对不起，我妻子要回去照看小孩。那么就我们俩去吧。"苏鸥听到胡明熹这样跟皮埃解释诧异得长大了嘴巴，心里直怪他张冠李戴。胡明熹找了个岔子跟她央求道："怪只怪以前在皮埃面前许诺要带他体验中国的家庭生活，而且在皮埃面前吹嘘过我的太太苏鸥是怎样的贤良淑德，如果你现在不帮我，我就没办法自圆其说了。"末了又发誓说，"仅仅且只有这一次。"

他深知她的性格，既然这样说了，又不是十分为难的事，她同意了："好吧，又做回一次胡太太，仅此一次！"

于是，他们就在宾馆门口道别，临走时候，苏鸥还不忘礼貌地向皮埃道声晚安，就自个儿拦住一辆出租车，急切地自行先走了。

看着路边倏忽而过的光秃秃的树木，她不停地吹哈着自己冻得僵硬的双手，心里又想起文粒来：如果他在这儿，决然不会在如此天高夜黑的晚上任由她自己回去的。

胡明熹说过一辈子只有她一个老婆，即便如此，也抵不过他的生意。皮埃是他的最大目标客户，他是不会放过任可以让他开心的机会的，只要皮埃认同他了，就等同做成了生意。

当她越发清晰这一点的时候，对胡明熹仅有的一点内疚也就随着车轮的滚动一点点逝去：这就是母亲念念不忘的好女婿，是不是有一天，为了生意，把我押做筹码也是可以的呢？抑或是现在的自己就已经是他的筹码了呢？想到这儿，她的腹部忽的涌动起来，阵阵恶心直让她难受。

第十五章 文粒的离去

第二天依旧是个晴朗的好天气，喜鹊早早地就在窗外的梧桐树枝头上鸣叫。

胡明熹昨晚喝得酩酊大醉地回来，屋子里酒味还未散去。虽是日上竿头，他仍旧沉沉地睡死了一般，鼻鼾声此起彼伏，阳光斜照在厚厚的被单上面。

苏斐和妻子也还没起来，母亲在廊里过道处来来回回不知走动了多少遍。胡译南在她的阵阵步履声中迷糊醒来，苏鸥和他一起吃过早餐，就到楼下晃悠去了。

"小南，宝贝，我们明天就回艾城了。"

"啊？回艾城？"

"你爸爸想做好这单生意，让我们回艾城帮他的忙。"

"哦，可是，妈妈，我还没玩够呢。"

"你还想玩什么？"

"我想去雪世界滑雪场溜冰。"

"好的，我们回去就让你爸爸带你一起去。"

"妈妈，要是文叔叔在这儿就好了。"

"为什么他在这儿好呢？"

"他会带着我一起溜啊。"

"你爸爸也可以带你一起溜呀！"

"我爸才不呢，不信你等会儿瞧——我爸最多看着我溜。"

"你爸爸这么忙，能抽时间陪你就已经很好了，是不是？"

这母子俩刚绕着小区结了冰的水池走了那么一圈，就赶着回了屋里。

所有的人都围着餐桌准备吃早餐，当然胡明熹除外，他正围了围巾准备出去呢。看见苏鸥和儿子，就说："皮埃起来了，约好一起吃早餐，然后去长城。"

"爸爸，我想你陪我去雪世界滑雪场溜冰，可以吗？"孩子看见父亲起床了，特别高兴。

"儿子，"胡明熹面有难色，"爸爸有重要客户要见，下次一定陪你玩，好吗？"

"可是明天我们就要回去了耶。"孩子闪光的眼神马上暗淡下去，"爸爸，我很想很想去，爸爸，陪我去嘛！"

"真的不行，宝贝。"胡明熹蹲下身来，郑重道，"让妈妈陪你去吧，要不这样，你陪爸爸去。"

"爸爸，你去哪儿呢？"

"长城。"

"我不去，长城我都去了好几次了，我要去溜冰。"

"那就让你妈妈陪你去了。"

孩子的泪终于夺眶而出："妈妈，我早说过的，爸爸不能陪我去的……"

苏鸥进了屋后，就任凭胡译南跟他爸爸磨叽，自己进了卫生间。父子俩的对话一一传进了耳朵里，她只恨自己不能提着裤子出去，只好强忍着孩子的哭啼。

"明熹，要不你跟那老外说说，就去去溜冰场玩玩？"苏斐也忍不住了。

"哥，这次真不行，皮埃是客户里最大的一个，而且他向往长城尤久，我答应他来了中国一定带他去的。"

"小南，舅舅陪你去哈。不哭了，好不好？"苏妈妈也来哄他了。

"好了，小南，爸爸有重要的事情，舅舅和妈妈陪你去也是一样的，乖了啊。"苏鸥出来后，忍着恼火哄着译南说。

看见胡译南渐渐平息下来，胡明熹就迫不及待地出门而去了。

苏斐匆匆吃过早餐后，果然和苏鸥带着译南去了雪世界滑雪场。去的路上，除了稀疏的几句必要的话，其余时候都缄默不语。因为孩子的缘故，苏鸥才忍住了没跟苏斐吵起架来，其实她很想问他："你都看到了吧，这就是孩子的父亲，三个多月不见了，陪一会儿儿子都不行。回艾城了，也是不能消停的，要做的事情就更多了去了……"

其中车子经过一些庙会，胡译南就惊讶地问他舅舅，这些人为什么装成古代人的样子啊，为什么要挑着担……苏斐一边开车一边耐心地讲解给译南听。

一直到了冰雪世界,冰池里放着悠扬的《溜冰圆舞曲》,小至三岁的孩儿,大到中青年人,男的女的穿得花花绿绿的,正玩的起劲。胡译南见了早按捺不住诱惑,没等母亲买好入门票,就已经脱去鞋子候着了。

等他下了冰池子溜过两圈后,苏鸥看儿子技巧精熟,偶尔还耍些花样溜着来,就很放心了,没再盯紧着他看了。苏斐也跟她一样,就待在围栏外,眼睛从译南身上转移到了别的"运动员"身上去了。

"哎,小鸥,还真看不出来译南溜冰能溜得这么好啊。在家里,你常带他溜着来吗?"他的眼光又落在外甥燕子般轻盈的身上。胡译南正好往他们的方向溜了过来,到了跟前,还给母亲和舅舅扮了个鬼脸。

苏鸥抬手扬了扬,算是回应。胡译南喜气洋洋地一晃而过,一脸满足。如果不是苏斐和母亲自作主张捅走了文粒,现在在冰池里的就会是两个人了——他曾经和译南拉过勾许诺带他去溜冰。他向译南炫耀说他在东北长大,从小溜冰的技艺了得的。苏鸥曾经憧憬过无数次这样的情景,如今她只能气恼母亲,气恼苏斐。然而,气恼也于事无补,到这一刻为止,她仍旧还没能知道他的去处。不知道他的去处倒也罢了,最令她伤心的莫不过她竟不能此刻就去找他,如果她满世界去找他的话,是能找着的,是不是?

"小鸥,你还在生我的气吗?我就知道你会生气的。生气了你干脆打打我得了,免得闷出病来。"苏斐眼睛停在一对年轻男女身上,他们溜得实在太好了,就在池子正中间,女人像水里的鱼儿一样从男人的胯下一溜而过。旁边有人惊叫起来,惊叫声引来更多的注目礼,冰池里有些人停了下来,欣赏这对舞得起劲的情侣。

"他们溜得多好看啊,妈妈。"译南顺着围栏溜到母亲身边,停下来看得津津有味。

"是啊,太漂亮了。"做母亲的由衷地感叹道,"人的身体柔软的像团可以揉捏的面儿一样了,竟是不长骨头的。"

舞者赚尽了全场人的眼球,因为所有人都停下来欣赏他们。等到他们舞到最后,给在场的人深深鞠躬的时候,鼓掌声绵绵不绝地响起。他们穿着贴身的白色薄棉衣,虽是在腊月的寒冬里,还是汗津津的,棉衣紧紧箍在青春的酮体上。而后,他们又开始新一轮的舞蹈。这时,看的人渐渐少了,人群恢复了常态。舞者是不疲倦的,苏鸥真怀疑他们会这样子一直溜着舞动下去,永远,永远的，爱着的人是不知疲倦的，就像她爱文粒。从看到他那天起，她的生命就开始充满活力的，她的激情就像野草一样疯长。舞者也是，他们爱上这冰刀，或许对方还是情侣，这怎么能让他们消停呢，除非他们老到舞不动为止吧。

苏鸥赌气地将头扭到背着哥哥的方向去，苏斐见妹妹这个样子，也只好作罢。但没过多久，他还是又开口了："小鸥，好妹妹，你就有那么喜欢文医生吗？如果拿他和哥哥调换也是愿意的，是不是？"

"真无聊，凭什么要跟你调换？"苏鸥终于回过头来白了他一眼。苏斐又是一阵劝慰，奈何苏鸥油盐不进。一阵激烈的交锋后，谁也说服不了谁。

"哥哥，你知道，我和文粒在一起是幸福的。而且，我一直独立地生活在江城，跟胡明熹有什么关系？他再疼我也不及文粒——哥哥，求你了，告诉我，文粒在哪里，你知道的，是不是？"

"难道我刚才说的都是废话？你竟一句也没听得进去？"

当苏鸥见到苏斐眼镜后面的眼神严厉起来，温文尔雅的脸上的肌肉也开始抽搐时，她彻底地绝望了。想让哥哥和母亲支持自己是无望的了，她万万没想过，她和文粒之间还要经历这一关，还有这一劫拦在了前头。

母亲和哥哥，文粒——她又泪眼盈盈起来，如果只有文粒，没有母亲和哥哥，她还是孤独的。

"其实，我和明熹早……"苏鸥正想说她和胡明熹早已离了婚，却被胡译南打断了——

"妈妈。"不觉中，译南已经来到跟前，小眼睛关切的，小嘴巴急急的，"妈，你们在说什么，你为什么哭了？"

"哦，没什么。跟舅舅讲起我爸爸，你的姥爷，想他就哭了。"在孩子面前撒谎真让她难受，然而她有什么办法呢！

其实孩子早关注到母亲不对劲的神情了，从她专注地和苏斐谈话开始，他已经在他们面前滑过去好几次，偶尔还故意耍了些并不成熟的花样，但母亲和舅舅简直就当他是透明的一样，瞟都不瞟他一眼。

"你继续玩吧，妈妈过一会儿就好了。"苏鸥轻轻拭去眼角的泪花说。

"哦，那我去玩了，妈妈，你不要想姥爷了，你想我吧。"

看着孩子天真无邪的脸，听了他稚气的话，苏鸥和苏斐不约而同"扑哧"笑了起来。

第十五章 文粒的离去

"好，妈妈想你。"

看到母亲含泪笑了，孩子满足地又向前滑动。他虽然有时挺淘气的，但妈妈如果悲戚，如果伤病，他稚嫩的心就会敏感起来，就想帮助妈妈一臂之力，只是他真的太小了，真不知要从哪儿出手。苏鸥每每见他这样做却总是很开心："你好好长大，长大了就可以帮助妈妈了。"有时候他觉得母亲是苦闷的，就像他想玩电脑游戏时老师和妈妈不让一样，因为母亲总一个人带着他，妈妈在爷爷奶奶回来的时候，就会意气风发些，他也喜欢家里多点人住着，这样玩的东西就会更多些。

"一个人多么闷。"他边想着边向前滑去，悄悄回头看了看母亲，她还在朝他这儿看，脸上表情柔和，带着微笑。

他们买的是套票，溜过冰后，胡译南还可以去玩会儿人工室外雪景。当孩子看见白皑皑的一片北国风光，银装素裹，满山满树的雪，还有满地里玩着雪的人群的时候，胡译南连连惊呼着狂奔了过去。

他们一直玩到傍晚时分才回去，因为兴奋地玩了一整天，胡译南一上车子就睡着了。苏鸥靠着座位和他相依偎着，也迷迷糊糊地小睡了一会儿。

到家的时候，华灯初上，邻家传来了往高温油锅里下料的嘶嘶声，锅铲相撞的哐当声。苏妈妈已经张罗好饭菜等着了。模糊中，苏鸥仿佛又回去了童年时光——门前流水涓涓，天空暮色苍茫，邻里呼儿唤女，家里碗碟磕碰叮当，晚饭时分了。

文粒也吃饭了吗？她脑里一下闪进了这样的念头，随即她便失望无比——这种下意识是多么的无稽和令人沮丧。不一会，胡明熹就会回来，在这里，她依旧是他的妻子。胡译南明日想去玩了，就算文粒如何和他玩得来，母亲和哥哥仍旧果断地喝断，童年家里的温暖只是永远封存的记忆了。

"妈妈，爸爸还回来吗？"临睡的时候，胡译南问。

"回来呀，爸爸打来电话说晚点回。"苏鸥帮他披好被子："你想他了。"

"呵，有点想。妈妈，可是我玩的时候就想着文叔叔了。"他小小的身体躺在被窝里，小眼睛溜溜贼瞧着母亲说。

"文叔叔喜欢跟你玩，所以你想他了？"

"可能是吧。"孩子有点困了，眼神渐渐迷蒙："文叔叔还回来吗——"

他的话刚问完,苏鸥还没回答,就听见小鼻子里发出均匀的呼吸声,宝贝睡着啦。

"文叔叔还回来吗——"天知道。

……

胡明熹临去机场前还带了皮埃去了趟天坛公园,苏斐耐着性子做了司机和导游。皮埃三番几次竖起拇指夸奖:"good!"——

欣赏中国古代建筑是:"good!"

苏斐导游工作做得仔细也是:"good!"

偶尔看见漂亮的中国女人也是:"good!"

苏家兄妹每每这样就面面相觑,他们理解西方文化,但对他的这种高调和张扬还是难以接受。

当飞机稳稳当当地降落在广州白云机场上时,苏鸥感觉还停留在北京里。几天前,在北京机场里,一下飞机她就看见文粒了,现在他到底在哪里呢?她无论如何都要找到他,在北京因为母亲和哥哥的缘故收敛了找他的念头。现在已经远远离开了母亲的视线,她就自由了,早把母亲和哥哥临行前叮嘱她要她好好维持现在的生活状态的话忘得干干净净的。他们刚刚走出机场,看见一抹绿色的树木,生活的热情马上又召唤回来了。

"我要先回江城。"苏鸥对胡明熹说,"还有些事情没处理,处理完了就过去。"

"有很重要的事吗?皮埃不可能待很久哦,要不先回艾城,等皮埃走了再回来。"胡明熹挽留她。

"皮埃回去主要参观工厂……再说了,你知道我一向不喜欢与顾客周旋,我只回去两天就去艾城,可以吧?"

"皮埃想感受一下中国人怎样居家过日子,还想……"他欲言又止,苏鸥不禁皱了皱眉头:

"还想什么呢?"

"他想尝尝你做的饭菜,"他不安地望着她。

"行,等我过去了,做给他吃。这下可以了吧。"

胡明熹如释重负般长长舒了口气:"老婆。哦,不,小鸥。你待我真好。"

"明熹,你变了。"

"哦,"他既不申辩也不认同,低头听她说,"事业比以前更重要了。"

"我如今只有事业了，它若不重要，还有谁？"他苦笑了一下，望着灰蒙蒙的天空，又说道，"以前你在的日子一去不复返了。"正说着，胡译南和皮埃从洗手间出来。

"你家译南英语真不赖，有爸爸的风格。"皮埃夸奖道。

"你跟皮埃叔叔讲英语？"

"皮埃叔叔说，Snake、China，我就猜他是想问 Snake 的中文怎么讲，就告诉他'蛇'呗。"

"是啊，是挺不错的哦，以后学好英语就可以跟叔叔聊天了。"

皮埃就教了胡译南几个简单的英文单词，而胡译南利用皮埃不懂中文，在水果店里戏弄他，二人嬉戏打闹，好不热闹。

分头坐车的时候，皮埃对苏鸥说："您的儿子真可爱，我喜欢他。"

苏鸥闻言，伸手摸了摸胡译南的头，羞赧一笑。

他们在家里招待了皮埃，皮埃十分满意这次行程，还一直夸苏鸥是优雅的东方女人。

回到江城，苏鸥和胡译南直接去了李嘉梅家里。文庆延和她正在厨房里忙活。饭后，苏鸥又问文粒的消息。李嘉梅也一筹莫展，该找的地方基本都找了，他们真想不出有什么法子了。文庆延说打过电话给母亲，可是文老太太似乎并不很着急，依据他的经验，哥哥应该在爸爸妈妈那儿。只是李嘉梅和他也分别给过电话文老夫妇，他们并没有透露半点儿风声。

"有一个人，说不定能打听到消息。"文庆延若有所思地说。

"谁？"嘉梅和苏鸥立刻追问道。

"甄伯伯，甄英葵！"

李嘉梅听到这话，立刻吃醋地瞥了他一眼，苏鸥看在眼里，若换了平时，定然取笑她一番，可这刻她提也提不起兴致来。

"那就赶快打啊！你没看表姐都急成啥样子了！"李嘉梅催促文庆延道，表姐这副尊容，实在让她看着心急。

"延哥哥！"甄英葵在电话里惊呼了起来，"你怎么想起打电话给我的？公司的生意还好吧？"

"还是那个样子，这几年金融海啸什么的，也不太好做，好在我们政策比较稳定，还将就过去吧。"

"也不曾听爸爸说的。"

"你那么忙，老师自然没告诉你。英葵，有件事想麻烦你呢。"

"你说。"

"哥哥应该去了爸爸妈妈哪儿，可是因为一些事儿，他们硬是不肯承认，我想让你说服你爸爸，帮我问问。"

"这是怎么回事呢，说得我云里雾里的。"

"唉，你就别问那么多了，当我求你了，让伯父慢慢咨询下，我爸爸妈妈一向倚重他老人家！"

"嗯，好吧，我试试。"

"延哥哥，我可是偷偷告诉你咯，你爸爸妈妈是说过不让你们知道的。你不知道，你老婆的姨妈，就是苏鸥姐的妈妈，前几天把你爸爸妈妈骂了个狗血淋头，说他们是早有预谋的。阿姨气不过，所以才让他过去的，听说粒哥哥还病着呢。还说是要对你们绝对保密，你可别出卖我哦。"

"英葵，谢谢你！哥哥为什么病着？什么病？"

"好像说什么皮肤病……延哥哥，这是怎么回事啊？粒哥哥是怎么啦？跟苏鸥又有什么关系呢？为什么连你也要瞒着呢？"她一口气连抛了好几个问号，把文庆延噎住了，不知往哪儿说好。

"呃，这样吧，我粗略地告诉你：哥哥和苏鸥很相爱，他们俩都在想念对方，很痛苦。"文庆延皱着眉头，这事没头没绪的他真不知要怎样解释。

"啊！粒哥哥才结婚不久哦！小雅嫂子怎么办？这么会有这种事！太突然啦！"她在电话那头连珠炮一样惊叫起来。

"嘘，别这么张扬！"文庆延竭力说道，"事情不是你想的那样，回头再慢慢跟你讲。"说到这儿，停顿了一下，"不要到处宣传，先这样啦。"

"延哥哥放心，我懂。"文庆延听到小姑娘收敛了的声音后就准备挂上电话了。

"延哥哥，还有一件事要告诉你呢，我找到男朋友了，中国吉林的，摄影师！"

"恭喜你啊。"

"知不知道为什么我会喜欢他？"

第十五章　文粒的离去

"你说说。"

"因为他长得超级像你,连说话的声音都像!"

"呵呵,改天见识见识,看来你还没长大。好了,不跟你多聊了,有机会见面再说吧。"

放下电话,他看见嘉梅嘴边挂着不屑的笑意,丹凤眼里笑里藏恨:

"跟情人聊完天了?"她揶揄道,"还聊得挺火的嘛——要不要问她一天吃多少餐,一餐吃多少饭?每次都用什么牌子的'纸尿片'?"

"嘉梅,晚点再收拾他啊。"在这个骨节眼上,苏鸥可没心情看这对冤家打情骂俏。

俩人听了,文庆延朝李嘉梅撇撇嘴挤挤眼,露出了一个胜利的微笑。李嘉梅也抿着嘴笑了。

"庆延,都怎么说?"苏鸥又问。

于是文庆延把甄英葵的话搬出来讲了一遍。

"阿弥陀佛,终于找到人啦!谢天谢地!"苏鸥听到这话随即激动得拥抱起了李嘉梅,这几天的担忧终于在这一刻卸下心头。

然而片刻之后,却立即紧张了起来:"他请病假?什么病?"

"听英葵讲得那么轻松,似乎是借口请假般,我就没细问了。"

"英葵一个小姑娘家,她哪里知什么人间疾苦的。不行,我得问清楚了。"苏鸥说着,拿了电话直接拨打了。接电话的是文老太太。苏鸥告诉文老太太她已经从北京回来了,又替苏妈妈道歉后,便着急地询问文粒的消息。文粒确实病了,北京回来后身上便长着痱子一样的东西,不知道什么病。苏鸥更着急了,便让文老太太告诉文粒,她在网上等他。

不一会儿,苏鸥看见文粒的QQ头像不停地在闪烁着,她心里立刻纠紧了:"你何苦呢?痛吗?"她马上打了字上去。

"没事。就是有点瘙痒,你什么时候回来的?"

"刚回。什么药都无效吗?"

"可用的外用药都用了,效果甚微,小事,你别担心。"

"溃疡吗?起泡吗?到底什么样儿的?"

"起些小包包,嗯……有点像蚊子叮过后起的疱疹,真的没事。胡明熹不是回来了吗?"

"他回艾城了。起得多吗？给我看看，到底怎样的呢？"

"呵呵，你怎么看？除了脸跟脚底，身体其他部位都长了。小南呢？"

"在房里看电视呢。晚上睡得着吗？"

"不好睡。有时候刚睡着了，一下又痒得醒过来。呵呵，真见鬼，也不知怎地就这样了。"

"不要挠哦，怕挠破皮了感染。想我吗？"

"你说呢？啊，有时候实在痒极了就想一下呗，给吗？"

"不给，要你时时刻刻想着。明天我就去申请过去，那样就可以看见你了。"

"你不要过来了。现在身上长着这些东西，你看了会恶心的。"

"你胡说什么，你现在就是变成青牙獠面的样子，我还是要过去，永远陪着你。"

"变成魔鬼吃掉你，看你还敢过来。"

"阿粒。"

"嗯。"

"我会在这边找些中药，问些民间偏方带过去的，西医不行，我们找中医，一定能治愈的。"

"不用啦，医生说了是过敏引起的小事，你先别忙了，说不定明天就好了。"

就在他们聊着天的时候，李嘉梅悄悄探头进门看了她一会儿，可是苏鸥太专注了，根本没觉察。后来文庆延和李嘉梅带了胡译南去了附近的超市买了些生活用品，去的时候也没打搅她，只贴了张纸条在门背后，轻轻关上门就走了。那张纸条在文粒让苏鸥叫来胡译南的时候，她才发现。

现在屋里就只有她一个人。有好几个月了，她都不曾独处一室了，当胡译南上学去，文粒的爸爸妈妈又在澳洲，胡明熹也在国外的时候，她常常独自守着偌大的房子。那时候她多么害怕独自一人啊，那种孤独像虫子噬啃着她更为孤独的心，那种孤独就算胡明熹回来了也是存在的，就算屋子里塞满了人也是挥之不去的。

然而，今晚她一点也不觉着孤独，当她走出阳台看到万家灯火的时候，她感觉到的是一种温暖，那种亲切感是从来就不曾有过的。以前她看到的东西似乎都与她毫无关系，她既感觉不到别人的苦楚也感觉不到别人的快乐。她现在爱着文粒，文粒也爱着她，她眼里的世界就全是温暖的，可亲的。爱的人虽远

第十五章 文粒的离去

在天边,但他的呢喃却在耳边,他们心的距离是那样的近……

回江城的第二天,胡译南带着昨晚和李嘉梅一起买回来一大摞书——探险、惊悚、经典童话以及宇宙探秘,五花八门的,跟着苏鸥去公司,看得津津有味。

刚坐下,苏鸥就收到一个快件,发送地址上写着艾城,细看了却是小姑胡晓燕寄来的。燕子怎么会快递东西给我?苏鸥心里嘀咕着,马上打开了。

只见泡沫层里裹着个小银包,那不是文粒送她的吗?怎么会在胡晓燕手里?文粒结婚之前,她曾经把艾城的家里翻了个底朝天的,也没找着那个银包,原来却到了她手里,怪不得。苏鸥心里纳闷,整个儿地拖它出来,带出来的还有一封短信——

亲爱的二嫂:

您好!哥哥回来已经两天了,每次我问妈妈和二哥您什么时候能回来,他们都说江城的生意离不开您。我都快三年没见您了,江城的工作真的这样忙吗?还是因为那年您生着病被妈妈气得跑去江城,不要我们了?译南在江城做什么呢,他还上画画兴趣班吗?上次他画的变形金刚"擎天柱"真是惟妙惟肖,我的好姐妹都啧啧称赞。只是嫂子您真辛苦了,我现在才知道,嫂子才是我们家的主心骨,有您在,我们家的一切才能有条不紊的。

二哥这两天每天都喝得烂醉,他又不敢当着那个皮埃喝,所以总在送走皮埃去旅馆后就开始酗酒。他心里肯定很苦闷,是不是你们吵架了?

二嫂,您回来看看二哥吧。我知道您一定有办法让哥哥摆脱愁闷的,正如小的时候,学校里的功课从来都难不倒您的,还有生活上的琐事,哪件不是您搞定的?二嫂,您嫁到我们家的时候,我才八岁,每天陪着我做功课的不是妈妈,而是您。嫂子,那些难忘的日子一直记在我心里,只是我小的时候不懂事,总认为您对我要求太严格。您总是要我把写不好的作文重做又重抄,数学题一点都迷糊不得,所以我有点记恨您,想到这些真让我羞愧。

妈妈希望我长大以后,可以穿下您满柜子的衣服。大概农村出身的她,一辈子也没见过那么多衣服吧。现在,您又不回来,那些衣服就挂在柜子里，妈妈每天对着它们发愁，悄悄拿了几件给大嫂，可大嫂却穿不下。妈妈让二哥送去江城，哥哥不同意。二哥说了，只有这样，才能证明你是我们家里的人。我也支持哥哥。你的衣服放在自己的家里是天经地义的，为什么要带走？为这个事情，哥哥和妈妈大吵过，后来妈妈居然让步了。

  还在前天，二哥还没回来的时候，她又催促着我去试你的衣服了。现在，我终于可以穿下你的衣服了，可是无论如何就是穿不出那种韵味。妈妈说要等我出嫁了，做了妈妈了，才有您那么丰满，那么好看。鬼才信！满大街结了婚生了孩子的女人，为什么她们就没有那种韵味？那么好看？

  是的，二嫂，我做梦都想变成您的样子，虽然我知道那样做是不对的。但是，现在我不再会愧疚地面对您了，因为我以后再也不会那么傻了，因为我明白了：女人的漂亮是要和内心相匹配的，否则永远不可能像您那么美丽动人。我想起您江城家里书柜里那城墙一样的书墙，还有我们家里的那满满书柜的书——那些被妈妈称为浪费的东西。我现在明白，您就是在文化里面沉淀出来的，所以您从容、淡定、美丽。

  我想最能证明我开始进步的莫不过是这个小银包了。几年前我从您的柜子里发现了它，并占为己有。真庆幸因为我也太喜欢它了，所以一直不舍得用它。直到今天，它还是崭新如初。真是谢天谢地，如果当初我用了它，我就罪孽深重了。因为它里面藏有两颗相思豆，隔层里还有一首诗，而且被你层层仔细包裹着，足见珍贵弥足。那一定是二哥送你的定情礼吧。现在我把它完璧归赵了，心里顿时轻松起来。二嫂，对不起，请原谅我曾经的年少无知。

  向你报告一下我的情况：本学期末，我还是全年级前十名，被评为市优秀学生干部。我希望明年高考后，我就是宾夕法尼亚大学的学子，那将是我人生最荣耀的事了。

  您什么时候回来？

  此致

祝愉快

燕子
十二月二十三日

  看罢信，苏鸥好奇起来，因为收到银包的时候，她并没有发现有什么诗的。于是她细心地拉开隔层的链子，果然看到一张折得跟指甲片大小的纸张。仔细展开才看真切了：

> 红豆
> 昨日廊里仙葩降，
> 梦里翩跹难相忘。
> 一世倾情艾城寻，
> 红豆一双三生伴。

看罢，她心里掠过一阵欣慰一阵哀愁：欣慰文粒送的诗终于回来了，虽然没有及时看见，导致一度自认为自己是在单相思！嗳，欣慰胡晓燕，燕子这孩子，终于长大了，成为德智兼优的好姑娘；她哀愁她再也不可能是她的嫂子了，不知道她能否理解。她爱燕子，从她嫁进胡家开始，燕子就像亲闺女一样没离开过自己，直到后来去住校。她思索了一下，给胡晓燕的邮箱发了个回复：

燕子：

　　你在嫂子的眼里永远是个漂亮的女孩，全面发展的好姑娘。嫂子为你骄傲，以你为荣。那些陈年往事，我早已忘记，从没往心里去。本来下午就打算回艾城的，看到你的信，只会使我更想快回去。你二哥的事你不用担心，不是我们吵架了，可能是生意上的某些事情吧，这是所有的人都帮不了他的。最后时刻，紧要关头，你只要认真读书就可以了，千万不要因小失大，世界上所有的事、所有的人都可以拖延去处理，去等待，唯独你的考试如期进行，世上也唯独没有后悔药。有时糊涂一点，少理一点别人的事，未尝不是件好事。尤其现在的你，正处在人生的重要转折点。

　　晚上见。

嫂子
十二月二十四日

写好之后，她反复看了，把"嫂子"抹去，思索了一下，又改成"苏鸥"，才发过去。

当天下午四点整，苏鸥带着胡译南回到了艾城。安顿好儿子之后，她就往办公室走去。

进办公室的时候，前台接待王娅欣轻声说老板在里面，正要帮她开门，苏鸥把手指放在嘴边，示意她不要出声，因为她听到里面皮埃说的话了，后者识趣地走开。

只听得皮埃说："胡先生，谢谢您这些天的款待，后天您是否与我同行回去呢？"

"当然。我还有手尾没完成，而且今天我已经拿到绿卡了。"

"恭喜你了。那么，我们一回美国就签合同吧。"

苏鸥听到这里，推门而进。

"噢，尊敬的夫人，您回来了。"皮埃热情地说。

"是的。您好，皮埃先生，我赶回来做中国家庭宴餐让您品尝呢，希望不会让您失望。"

"噢，美丽的夫人，我听您的家人对您的厨艺赞不绝口，早倾心向往。"

"谢谢您垂爱。可否让我提个要求？"

"呵呵，请说。"

"不如现在就把合同签了。那么这次的家庭宴餐就更有意义了，便是我们的庆功宴了，我的厨艺会因而更加荣耀，您看可以吗？"

"哦——噢，那当然，神秘的东方美人，您太了不起了。"

苏鸥就这样把合同稳妥地签了下来，帮胡明熹圆了一个梦想，他不就是想拿下这单大生意吗？在客户犹豫的刹那间，苏鸥一锤追加下去，得到了理想的结果。

在江城，因为街边的霓虹灯，小区里闪烁的淡黄灯泡，夜晚会把每个角落都照着。然而这艾城的郊区，靠近村庄的地方，夜晚多么宁静，宁静得听得见霜露降落的声音。偶尔传来的一两声猫头鹰咕咕的叫声划破夜的黑，窥探着在淡黄的灯光下人们的谈话——

"谢谢你啊！不是你及时回来，这单子还真没那么快签得下来。"胡明熹斜躺在贵妃椅上懒洋洋地说，胡译南和苏鸥坐在沙发上一起看电视剧《大话西游》。

"那是咱们运气好，不偏不倚刚好我回来时你们就谈到那份上。"苏鸥边用手指梳理着头发边回答道。

"小鸥，这几年来工厂的出品，明显在走下坡路了。"他忧虑地边说着边向阳台走去。

苏鸥意会，跟着他走了出去。

原来胡晓燕说的都是真的，他真的有愁闷的事情。

"如今，从管理层到车间，重要员工都是蓝沟村里人，原来的厂长、领班什么的，走的走，被挤兑的被挤兑，剩下没几个了。员工有所流动，是正常的，原来你在管理的时候也会有的，所以并不很在意，何况总认为老家的人知根知底总是好的，却万万没想到这是极危险。如今，他们最厉害的伎俩就是讨好母亲，然后就是互相钩心斗角争取最大的利益。唉，根本没有凝聚力啊……"胡明熹叹了口气继续说，"母亲一辈子辛苦劳碌，从没这样被众星捧月过，她哪里能觉察这些细微的东西，就算我曾经微微调整过一些岗位，但逢出差，她便受不住亲戚们的哀求，又改了回去。目前，似乎没什么大碍，但长此下去，怕有朝一日会出什么乱子。你向来点子多，能否帮我出出主意？"

这有什么难的，关键在哪里，其实你都非常明白的，苏鸥心里想。说你不要理会老太太不就行了——那是不可能的，他若真可以做到，他们俩现在就还是夫妻关系。既然做不到了，说来何苦，于是苏鸥摇摇头，轻声说："要顾及这么多，我是一点办法都没有。你知道我的，就只懂得直来直去。你这是要顾全那么多人面子上的事情，我真不懂。"她说着，一眼瞥见胡晓燕从门卫处走进来了，就话锋一转道，"燕子晚修回来了。"

看着胡晓燕捧着书走到了楼梯口，苏鸥又说："看到燕子，仿佛自己也回到了那段高考时光。只是，那段时光，虽然知道即将面临人生的一大转折，却还是不大懂得不同的院校给的平台落差是如此的巨大。很羡慕燕子，小小年纪，能有如此远大志向——宾夕法尼亚大学！"

"嗯，燕子是很努力的，从来就不用母亲和我担心她的功课、她的习惯……对了，啊！我怎么一直没想到过，其实让燕子跟母亲讲就可以了！天哪！你可知道，燕子说向左母亲可不敢向右的，这就叫做兵来将挡水来土掩——一物降一物！"胡明熹边说边扬起了手，灰暗的脸色忽地明亮起来，眼睛里满是希望的光芒，发现新大陆似得激动得嚷嚷道："对了，让燕子明天去跟母亲讲，就这样决定了。"

"明熹！燕子准备高考呢，就算要她讲也得等考完试啊！谁知道这又将掀起什么浪潮。"苏鸥担心的说道。

"嫂子，什么事情得等我考完试？"苏鸥话音刚落，胡晓燕前脚已经迈进门口。

她也非常想念苏鸥，一阵倾诉衷肠。苏鸥便把事情告诉了胡晓燕，让她给母亲将从前的组长和经理换回来。

"就说这个？嫂子？"胡晓燕看着胡明熹说完就扭头对着苏鸥问，问完又看着胡明熹，一脸惊讶："这很简单啊！我明天跟妈妈说就是了。好了，我学习去了，拜拜。"说完，她抱了书本头也不回地走了。

剩下胡明熹和苏鸥在客厅里面面相觑，在他们眼里困难得几乎不可能的事，胡晓燕却一点也不放在心上！胡明熹笃定只要燕子说了肯定就没问题，苏鸥却认为这事没那么顺利。正当两人各揣想法的时候，胡译南又溜了回来，接着看他的电视。

第二天，苏鸥和胡译南送胡明熹和皮埃他们去机场。皮埃回国，胡明熹"送佛送到西"，陪同他回去，当然也顺带有自己的生意。这是这一年最后的一次出差，胡明熹说，他现在非常稀罕苏鸥和孩子相送，感觉意义非凡。

两个小时后，胡明熹和皮埃登机而去，文粒却从机场走出来。他全身包裹得密密实实的，除了一对眼睛。可就算只剩下那对眼睛了，苏鸥还是一眼就认出他来了：那是一双充满深情和无助的眼睛。才几天，那双热情洋溢的眼睛就凹陷进去，架在眼镜之后。苏鸥见后，几乎要悯然泪下。但当文粒看见苏鸥的一刹那，双眼还是灵光突现般闪烁了一下。

苏鸥二话不说推了他钻进汽车，回头拦了一辆的士，吩咐陪同回来的文老夫妇道："我们去医院，先带着孩子回去吧。"末了，她又叮嘱道："译南年纪小，还是暂时住小姨家，等文叔叔身体好了，再回来。"

和老人孩子道别，他们就径直往医院里去了。

第十六章 冤家路窄

苏鸥挽着文粒的手走在医院的走廊上。冬日和煦的阳光从走廊的尽头投射进来，把他们的背影拉得很长很长。文粒微笑的脸腮新增了细微的皱纹，和着眼角的旧纹在阳光下舒展。让苏鸥觉得永久不变的是，从他眼睛深处折射出的热情洋溢的光芒。几年前，当他们在医院的走廊上相遇时，便被对方深深吸引住，然而今天她居然挽着他走在走廊上。啊，这多么不可思议！苏鸥多么愿意就这样挽着他一直走下去，年复一年，一直走下去，一直走到他们生命的尽头……

"水疱充盈发亮，一开始是否只见红斑？"老中医睁着混浊的双眼问，老花镜垂在鼻翼间。

"是的，林老，所以一开始并不在意，过了两天就起小疱了。"文粒听了老医生的话，终于明白症结的来龙去脉。

"文医生，这是脾湿、心火亢盛、湿热博结而发呀。"

"呵呵，是啊，那天在北京，确实受了点火气的。"他像个局外人一样笑呵呵地说，斜眼瞥了一眼苏鸥，揶揄道。

"过敏，还兼受寒湿外邪，故而糜烂，现在开个方子。"老中医抬眼看了一下眼前的年轻人。老中医眼睑低垂，童颜鹤发，是个精神抖擞的细瘦老人。

苏鸥见医生有力地写下"龙胆草9g、柴胡9g、黄芩9g、连翘15g、生地黄30g、乌梢蛇15g"等这些药方字样，她细心数了数，总共有15种之多。

"每日1剂，水煎，分2次服，第3煎外洗患处20分钟，三天后过来换药。"老中医低吟，"洗完患处均匀涂上青石散，哦，于溃疡处涂抹，就这些吧。"

诊断完毕，文粒忽然恳请医生为苏鸥也把把脉调剂一下。"女人就该多些调养身体，养血养颜，这些天来你也劳经劳心的，用中药调养一下最好不过了。"他俯身对她耳语道。

苏鸥见他自己生病了，还记挂着自己，心里灌了蜜似地笑开了花，马上乖巧得像个小女生一样坐下来让医生把脉调理。

两人拎了一大摞中药去到医院门口时，只见袁小雅挽着她母亲的臂膀朝着他们的方向走来，真是冤家路窄。苏鸥见了，立刻把手从文粒的臂膀下抽出来，转身意欲躲避她们。文粒却一把拉住她，毫不忌讳地说："躲得了初一躲不过十五。凭什么要躲着她们？"

"现在不是时候，为什么要这样去面对？"苏鸥说完，甩开文粒，正准备往回走，但是来不及了。袁小雅的母亲已经快步跨过在寒风中瑟瑟发抖的雏菊，扯住她质问道："狐狸精，你这是要往哪儿跑？"

苏鸥涨红了脸，僵直着腰板挺着不动，她张大双眼，无助地望着文粒。

"阿姨，您好！"文粒手疾眼快，立刻从苏鸥的侧边挡了过来，拦在两个女人的中间。他戴着口罩，声音显得更弱了。

"哟呵呵，文大夫您咋的就变成这样子啊？还见不得人呐？"袁妈妈在文粒的拉扯下松开了抓住苏鸥臂膀的手，两片薄唇涂着猩红的唇膏，一张一合着，嘚瑟地质问道。

"阿姨？您是病糊涂了吧？您在叫我阿姨？"她伸出胖乎乎的手指指着文粒的口罩嘲弄。

"嗯，得了一种皮肤病。小雅，你还好吧？"文粒稍作解释，又问候正从大路边冲过来的袁小雅，仿佛这是他责无旁贷的责任。

"别在那儿猫哭耗子啦——谁不知道您过得滋润呀。这旧的不去，新的不来嘛，只可怜了您这身骨子了。瞧瞧，扛不住了吧？啧啧，得病了吧！"刚嘲笑完毕，袁小雅的母亲立马拉下脸，"告诉你们这对狗男女，是不是太心急了？现在就成双成对，小雅答应了吗？签名了吗？想得美，那协议，小雅压根不会签……"

"这，这可是小雅自己说的呀？她弄的协议书！"文粒慌张起来。

"妈，别说了。"

袁小雅听她母亲对着文粒这番羞辱，听了也臊红了半边脸。但她还是异常淡定，那天在苏鸥家里的泼辣劲荡然无存。当下，她只语不发，眼珠子朝文粒和苏鸥瞥去狠毒的余光，诡异一笑，拉着母亲从文粒身边擦肩而过。做母亲的正说在兴头上，哪里肯就范，一边被女儿推搡着拉扯着往医院里走去，一边大咧咧怨恨道："就你这狗熊样，才会给姓文的欺负成这样子……"

苏鸥和文粒眼看着母女俩的红绒衣消失在视线里，才缓过来，沉重地走出医院。

"不跟她一般见识啊，"文粒体贴地拉过苏鸥的纤手说。

苏鸥点了点头："如果骂上两句她就舒坦的话,我是不介意的。"她温柔地说，把头斜靠在文粒的肩膀上，"只是，小雅不知道什么时候才能放过咱们……"

"只要我们坚定了，没有不行的。"文粒握她的手更紧了，"大不了分居到了年限……"

"我等，"苏鸥抿着嘴，说着笑了。

他伸手刮了一下她的鼻尖，拉着她走得更快了，心里的阴霾一扫而空。

回家后苏鸥按医生的嘱咐照章做了，临睡前又将第三煎药给文粒泡了澡。文老先生夫妻见儿子的瘙痒有所缓解，心头大石落了下来，心里暗自庆幸听了苏鸥的建议，不计前嫌，回来治疗是多么明智。

第二天晚上，李嘉梅和文庆延携同胡译南过来看望文粒。李嘉梅说如果不是她和母亲反锁住门，胡译南早忍不住要过来了。

"这是母亲的一片心意，文粒——哦，大伯你收着，她说等过几日再过来看你。"李嘉梅说着将一大包山竹放在屏风下，她因为之前叫惯了文粒的名字，到现在都改不过口来。

"这是我和石头刚刚路过楼下水果店买的，新鲜得很，南方很少见这么新鲜的车厘子，我去洗来尝尝。"

"没事，叫名字也无所谓，称谓而已。替我谢过瑶姨！"文粒在客厅里回应着她，他母亲却给他睇过眼色去，小声暗示他："长辈尊次，是要分的。"文粒听了不屑地吐了吐舌头。

李嘉梅说完话就去了厨房，胡译南馋不住跟着去了，没等嘉梅洗好，拿了一个往嘴里一塞说："好吃，好吃。"

李嘉梅洗好装盘递给胡译南，他双手接了拿到客厅，放在了茶几上。

苏鸥正在给文粒上药，胡译南凑过来瞧了一下，同情地问："文叔叔，痛不痛啊？"

李嘉梅从厨房走出来，看见没人动她买来的水果，就"咦"了一声说："怎么个个都不爱动手？"

大家这才都停下手里的活，围着沙发坐下。

"妈，今天我们撞见袁小雅了。"文粒忽然说。

"撞见又怎么啦，不理会她就是了。"老太太说罢，捏起一个红的透亮的车厘子放到老先生的嘴里。

"她唯恐天下无人不知她的委屈，到处传播着她的苦楚，说大伯有多龌龊呢！"李嘉梅接着说，"奇怪的是，她今天还将QQ个性签名更改为'初见，君将悔，明珠也'。也不知道是什么意思？"

"哦，有具体的说法吗？"文庆延问。

"还不是祥林嫂般，细数如何对不起她之类云云。"

"都是我不好，"苏鸥沮丧道，"不是我的话，她也不至于如此痛苦。"

"好啦，是祸是福，命里自有注定。缘聚缘散，都是命运。我们家与她缘薄，老提她做什么？不提也罢。嘉梅，你母亲说改天教我做茯苓糕，你待会儿回去告诉她，我原材料都准备好了，就等她大驾光临。"文老太太一说完话，客厅里就沸腾起来了。

"奶奶，姨姥姥做的酥角最好吃了，还有我外婆，也会做！妈妈和我最爱吃外婆做的糕点了，对不对，妈妈？"胡译南看着他母亲，骄傲地对着文老太太说。

"嗯，是是是，小馋猫！"苏鸥笑眯眯说。

胡译南微微粗哑的声音再也盖不过电视里的嘈杂声了。这种悄悄的变化让苏鸥又是欢喜又是担忧，孩子的青春期马上来了，可是她并没有准备好如何面对孩子青春期将要来临的各种困惑。

当晚吃完水果，大家又聊了五年后中国将首次主办奥运会的话题。大家都热情高涨，文庆延还眉飞色舞地预言奥运会将会带动全国经济走上新台阶。

第二天，苏鸥早起照例检查文粒的病情，发现背后的一片已经开始结痂了，原先透亮绯红的疱疹也开始缴械投降。一些不长疹的地方，还保持着原来完整、健硕的肌理。

和一些肌肉发达的粗犷男相比，文粒就显得孱弱了。别说肌肉男了，连胡明熹都比他健硕。然而在苏鸥的眼里，文粒就是顶天立地的男子汉。

第十六章 冤家路窄

说起男人，苏鸥当然不会忘记昨晚胡译南变得低沉的嗓音，还有他种种随着青春期到来的迹象，她对些些变化都茫然无措，于是苏鸥跟文粒提及她的忧虑。

他却说："你多虑了！我也是从小男孩成长而来的，这是自然而然的事。不过，还是要跟他讲解讲解青春期带来的困惑及身心的变化。既然他的父亲忙于事业，孩子的事情就交给我好啦。你放心，我会从生理、心理好好辅导他，让他平稳度过青春期。再说了，学校里也有青春期课程的呀。所以啊，你就不用胡思乱想了。"

"真是及时雨啊！没有你，我都不知道要怎么办才好呢。"苏鸥帮他穿上衬衣，边收了药瓶子边说。

"你就这么谢我？连名字也没有？"他拉住她的手说。

她迟疑了一下，白皙的手犹豫地从他手心里抽出来，接着帮他拭去肩膀上并不存在的灰尘，戳了一下他短短的胡楂子的下巴："春种一粒栗，秋成万颗子。"说到这里，她停顿了一下，明眸如水，"我就取你这一栗，栗栗，好不好？"

"哈哈，好，我这一栗给你，收的可是万颗子哈，你到时不要耍赖了。"

"四海无闲田，农夫犹饿死。"文粒又接着戏谑道，"我是万颗子耕耘，只盼你还我一粒栗。嘻嘻！"

"哪里耕耘？"苏鸥懵懂地问他。

"你啊！哈哈。"文粒恶作剧地回答。

苏鸥听他说完，立刻回过意来，当下羞红了脸。她心里，想自己是那样地喜欢他，那样地爱他，他就像自己身体里流淌着血液一样自然，从第一眼见到他，她就知道这辈子注定要爱上他了。不要说一栗，即便是生命，她都可以给他。只是，她这辈子注定要先遇上胡明熹，注定要先有胡译南，然后文粒才会出现。这是她的生命里注定的事，她只是遵从上天的安排而已。当那种最原始，内心自然而然的爱来临的时候，她曾经那样惶恐，那样不知所措，认为自己在悖逆伦理道德。她十分害怕，试图逃避，噩梦连连。然而，几经曲折，他们又回来到起点，回到他们第一次相识的地方。原来他们一直在对方的心里等待，原来他们早已心心相许，原来他们的爱可以坚如磐石……

宿命里的事，不更改也罢，她这样想着，却羞赧得说不出口，只娇羞淬了他一口："美死你！"

"你是同意了？哈哈，我的心肝，小鸥，小鸟儿！"他轻轻地呼唤她，看她娇羞的样子，不觉更生爱怜。于是又伸手去拉住她的手，把她的手紧紧地攥在手心里，喃喃道："我的小鸟儿，不要离开我！"

他把脸埋进她的手心里，她看着他蓬松的黑发，耳畔响着他的话，不由心里柔情万分，伸手摩挲着他浓厚的黑发，温柔道："你可知道，选择了，除了你的家里人外，我是那么孤立无助。先是母亲和哥哥竭力反对。昨日上午，我去嘉梅家里的时候，嘉梅的母亲，我的二姨妈还语重心长地告诫我，'小鸥，你可知道，现在亲戚们都知道了你和文粒的事情了，他们都不知道这件事情的前因后果，但有一点是明确的，他和袁小雅结婚在先，你们认识在后。现在文家和我们家是亲家，但你是我外甥女，我心里更疼你——我看你何苦在这风口浪尖上？'你说，我们能在这些异样的眼光中生存下去吗？你会因而退却吗？还有小雅，可处置好了？"

听了她的话，文粒拥着她，感动地说："我知道，你说的我都知道，我和小雅已经约好年前办好所有的离婚手续。该处理的我一定会处理好，相信我。"

"嗯，正因为如此，我不得不离开一段时间，等你这手续办妥了，再做打算了。"苏鸥把头埋进他的胸怀里，轻声道。

"你又要去哪里？"他忽地吃惊道，"不许你离开我！"

"我依了姨妈建议，过几日和她、母亲、译南去张家界游玩，你不同意？"苏鸥看他脸有愠色笑呵呵道，"你够胆拦着吗？"

"不敢，那就只能折磨这只小鸟儿了！"他说着做张牙舞爪状，扑向苏鸥。苏鸥立刻咯咯笑着从沙发上跳起来，和他打闹做一团……

第十七章 钓鱼

离新年还有一周的时间。工厂里除了财务和业务部门外，其他的部门都休假过年了。平日里鼎沸的工厂一下子变得鸦雀无声，这种情形让苏鸥有些不适应。

晌午才过，冬日的阳光就准备回窝了。林嫂过来问晚饭事宜，苏鸥说公司今晚吃团年饭，就不用准备她的了。

早在两个多月前，林嫂告诉了胡晓燕她哥哥嫂嫂已离婚的事实。胡晓燕因为这个事情赌气不回家，寒假也住在学校里。她母亲迁怒于林嫂，把她也赶了出来，苏鸥就将她安置到自己的新厂里。有了林嫂，苏鸥这段时间就基本住到厂里了。这样既可以有自己的私人空间，也让文粒有更多的时间思考处理纷繁诸事，还可以避嫌，泱泱众口，苏鸥最不想卷入是非。还有一点，虽然自己和文粒的关系基本已经定下来，但还没办好手续，对着他的父母，反而觉得别扭了。

今天一大早，胡明熹说已经从美国回来了，打算过江城看她和胡译南。苏鸥爽快地答应了，安排在一家简便的茶楼见面。

与他同来的还有一个年轻的男客户，一头浓厚卷曲的金发，皮肤白皙光滑，一对会说话的绿蓝色的大眼睛睁得溜圆，鹰嘴般的鼻子，一举一动处处显得阳光磊落，一看就是那种修养极好的男生。

"介绍一下——我的太太，苏鸥。"胡明熹故意把太太两个字加重了语音，仿佛生怕别人不知道似的。他接着又对着苏鸥介绍说："这是皮埃的朋友，黎安，澳大利亚人，现居美国。"

苏鸥心里虽然不乐意他这样介绍自己，但在陌生人面前，她还是维护了他的自尊，不动声色地朝着黎安点了点头："您好！"

对方礼貌地鞠了躬，笑容灿烂地回了礼。

"小南呢？"胡明熹又问。

"马上要参加一场数学竞赛,这些天练得紧,这会儿还在跟培训老师学呢。"苏鸥回应道。

到江城来找她？当着客户面前提儿子，关心儿子的情况，胡明熹还是头一回呢。上次的客户皮埃是全陪，那次苏鸥已经说明了，也就仅此一次，下不为例。她实在弄不明白胡明熹葫芦里到底卖的什么药，如果这次还提那样的要求，苏鸥是坚决不会同意的。

她一边暗暗思忖着，一边盼咐侍应上茶。

三人刚刚依着沙发坐下，苏鸥就闻到黎安身上隐隐散发出来阵阵类似马厩里才能闻到的刺鼻马汗味。这种味道，在大冬天尚且弥漫在空气当中，如果换成盛夏，那不把人给熏死？苏鸥不禁微微蹙起眉头，身体下意识地轻轻往靠窗台的方向挪了挪。只听得胡明熹盼咐说：

"小鸥，明天我们去伯乐俱乐部，准备带着译南一起去。"

"哈？要去很久吗？"苏鸥一听有点不相信自己耳朵了，他——胡明熹，会带儿子去游玩？

"去两天吧！"他简短回答道，"孩子出门就是嫌烦，总有一大摞吃的、喝的、汗巾、内衣什么的，搞得人头晕脑涨！"说完一遍中文，又用英文对着黎安复述了一次，仿佛他是个带孩子的老手。

恰巧侍应端了点心进来，苏鸥接过她的茶点，顺手放在了餐桌上，忍不住轻轻一抿嘴，问道："你可知儿子读几年级了？"

胡明熹看了她一眼，正色道："几年级？两年前我跟你才送他去上一年级，这会儿不就是三年级。"

"听着！"苏鸥听他说完哭笑不得，心底却禁不住泛起阵阵酸楚："你儿子——胡译南，已经初——中——一——年——级——了！"她说得一字一顿，话里话外，透着悲凉。

骄傲的小虫从他的眼里隐匿了，尴尬与愧疚在他的脸上也仅仅昙花一现："时光如梭啊，岁月不饶人！看着你年轻，我竟忘记了年月！"他朝着黎安大声嚷嚷，浓郁的单丛茶的味道从他的嘴巴里弥漫出来，淡淡的马汗味渐微，黎安笑眯眯地回望着他，不住地点着头。

第十七章 钓 鱼

"明天正好弥补一下你们父子情缘。"黎安的话音刚落,胡译南就神采奕奕地和林嫂从门口走进来。林嫂说如果没什么事她就先回去了,苏鸥同意了。她刚一走,胡明熹就问:

"林嫂怎么在你这儿了?"

苏鸥免不得又把缘由说了一次。

"也好,难得你一直中意她,有她照顾你们母子最好。"说完满脸热情地看着他的儿子。

"爸爸!您回来了!哦,叔叔好!"胡译南看见他爸爸,不由得灿烂地笑起来,并下意识地快步到了胡明熹身旁,亲热地挽住了他爸爸的手臂。

"哇!半年不见,儿子,你怎么就长这么高了?!"胡明熹非常惊喜。他拍了拍胡译南的臂膀,父子俩轻轻地拥抱了一下。"越来越有爸爸的范儿啦!"他又拍了拍儿子的臂膀,骄傲的小虫又溜回踞在他的眼里。

"明天跟爸爸去骑马?"他命令式地咨询他的儿子。

"哦……不要吧!我明天约了同学!"胡译南坐在他爸爸旁边,稳重地一字一字地说,已然没有了孩子的味道,"妈妈,我明天跟同学去营地,然后一起吃饭。"

苏鸥这才惊奇地发现,胡译南说话的语调竟和文粒的如出一辙!

苏鸥对着胡译南建议道:"今晚妈妈要参加公司年夜饭,你爸爸又难得有时间陪你,既然不喜欢和爸爸去骑马,要不,你们去玩别的?"

"臭小子,要不和爸爸去钓鱼!"胡明熹讨好道。

"好!"沙哑的青春期男孩子的声音响过后,大家都释然了。

品过茶点,他们聊了些不关痛痒的话题。接近四点时分,靳平就打电话说在楼下等着苏鸥,去年夜饭暨年底总结会。

一行人回来玉海苑的家里,鸭舌帽、收短了的鱼竿、鱼饵、鱼篓子,都齐全地摆在了家里。

回到卧室,苏鸥将瀑布一样的长发朝后盘起做个发髻,别上一枚孔雀蓝的水晶发夹,刘海斜在一边,换上蓝色的绸缎料的旗袍,披上黑外套,走出走廊来。

胡明熹的眼里有小小的诧异,是的,这是文老太太教她的,胡明熹以前没见过她这种风格的装扮。

"都走吧!"苏鸥命令道。她先去公司,而后靳平送他们去野外的一处钓鱼的好场地——胡译南和文粒也常去的。

　　这工厂背后的不远处，一排排平时不常见的青枫正燃烧了般矗立在山麓下，清澈可见的红枫的影子，映红了整个半山腰，一直延伸到了水里，水面偶尔就有白鹭扑腾而过。

　　钓鱼是父子俩唯一一项保持良好关系的活动了，从胡译南还是个小小孩开始，就经常跟着胡明熹去钓鱼，后来就跟着文粒。

　　弄好鱼饵，正要甩竿，艾城陶瓷协会的秘书长张子峰像从灌木丛里忽地钻出来一般，飘忽在眼前。

　　"峰哥，你怎么在这里？敢情是催缴会费追到这儿来了？哈哈！"胡明熹看见他自然是很高兴。因为忙碌，他都快一年没踏进协会的大门了，但与张子峰是时有联系的。

　　"胡总见笑！协会是姜太公钓鱼，愿者上钩——从来都不会追缴什么费用的，再说协会有你们这些大腕持着，什么时候缺过钱啊。只是近几次的高尔夫赛总不见你，最近又在哪国忙啊？"他边说着边脱下黑色的手套，沿着溪畔顺流而走。

　　胡明熹只好把钓竿扔给了黎安，跟着他在溪边踱步。

　　"能去哪里？还不就在中东转圈子，我也是今天才回来的。"

　　"广东的协会预计在春季办个精品展，各个城市的协会都参加，这次来江城就是应江城协会邀请来互相探讨经验，江城、澳门之前就已经有组织好的参观组，香港和欧洲也在准备当中，你们应该早已经收到通知啦？"

　　"哦，我还未来得及回艾城。参加肯定是想的，只是目前我们产品都是以实用为主，精尖的路线还未曾开辟……"

　　"整个行业来看，我个人认为后续的路子，总要精尖的，何况胡总这样的国内外兼顾的行家……"秘书长仍旧笑呵呵道。

　　"回头让我好好考虑下，印度和中东，实用还是主要的，精尖——苏鸥好像说过。"

　　"胡总，兄弟啊，在国外扩展市场的同时，别忘了巩固国内的江山啊。胡太太这么端庄美妙，怎可让旁人剽窃了去……"

　　张子峰的一句话，像一块巨石在平静的湖面砸起了一阵波浪，把胡明熹听得愣在了一边。身后的斜阳里，胡译南的声音阵阵传来，他才幡然醒来："噢，

第十七章 钓 鱼

钓到鲩鱼了……"

苏鸥回公司看了看这一年的生产销售数据,再回到湘樱酒店的时候,天已经黑了。

刚刚到湘樱酒店,胡明熹就打电话说已经和孩子回来了。

刚挂了胡明熹的电话,李嘉梅也打来了电话,说她的母亲已经从鹿家镇过来了,问她是否现在过去。

"梅梅,我们今晚公司年夜饭,没那么快能回去。等结束了,给你电话。"苏鸥说完就挂电话了。

刚刚因为接电话,又忙着打招呼,这会儿坐在首席座上,她才有心思打量酒店的布置,整个会场一片喜庆,公司里一百多号员工悉数在座。

杨玉兰走上舞台,开始主持年会:

"回想酷热难挡的夏暑,严寒相逼的隆冬,无论多苦多累,这一年来,我们在座的每一位,没有谁放弃作为瑞达人的骄傲和坚韧。伴随着汗水而来的是丰收的喜悦,伴随着喜悦,我们不知不觉中来到了2003年……"

杨玉兰还是很能干的,现在有她和靳平在,江城公司的一切苏鸥都不用太操心。苏鸥正用欣赏的目光看着她的时候,听到她说道:

"现在请我们总经理苏鸥女士讲话。"

掌声潮水般响起,一路走过红地毯,镁光灯亮起来,她隐隐听到女孩子们的窃窃私语:"今天小鸥姐真是宛若天仙,活在当下的古典美人……"

换成十几年前,听到这样的美誉,她肯定会高兴得晕眩过去。然而今天,却只是莞尔一笑。她站在舞台中,心情振奋,满怀期待作了致辞:

"并肩而战的同仁们,过去一年来,我们没有因为工作的艰辛而放弃,我看到了坚持而忍耐的你;也没有人因为身体的不适而离开岗位,我看到了勇敢和担当的你;更没有人因为瑞达的种种不成熟而互相推诿、埋怨,我看到了感恩和豁达的你!我幸运看到每位在座的瑞达人,坚持、勇敢、担当、感恩和豁达!

这正是我们瑞达人的素养,我们的文化,我们与时俱进的法宝!

当然,我们的同仁远远不止我讲的这些优秀,时间关系,我只是蜻蜓点水略提一下。今晚,就让我们欢聚一堂,共同见证,度过这美好的时光。

现在,我宣布,晚宴开始。祝大家家庭幸福,新年快乐,吉祥如意!"

她话音刚落，掌声响起。苏鸥鞠躬，然后回到座位。她优雅地举起手里的酒杯，欢腾热闹的晚宴开始。

酒过一巡，杨玉兰安排了年度优秀员工、业务强兵等上台领奖，中间还穿插了抽奖节目。苏鸥看着员工们安居乐业，企业发展欣欣向荣，心里无比宽慰。当看到有些员工开始开怀畅饮，她就悄悄地走了。

刚刚出到酒店门口，就看见一辆熟悉的吉普车停在了路旁。

"上车吧！"文粒似笑非笑地看着她，像极了一个狡黠的孩子。

"文粒！"看着仿佛从天而降的他，她乐得心里像开了千万朵不知名的花儿。

她爬到副驾座上，两个人互相傻傻地对看着，都开心地笑着。

"看你！笑得像个傻瓜一样！"她嗔怪了一句，"怎么来了？"

"你说你不看我了，我就来看你咯！"听着他细细的声调，苏鸥觉得整个世界都是干净洁白的，完美无瑕。

"你也是个傻瓜！我们两个傻瓜！呵呵！"文粒续说着，"我们回去吧？"

"不能跟你一起回去！"

"怎么啦？"

"不想单独面对着你！怕自己会犯错误！名不正言不顺。"

"哇哇哇,这个时候你讲的什么话？！一个月前,不知是谁要满世界找我？"

"等你回去办好手续，我们再在一起吧，好不好？"苏鸥换了哀求的口气。

"不好，不好，就不好！"他嘟起嘴，脸扭到了一边。

"你那时候生着病呢！"

"我现在也生着病呢！"他听着她小声说着话，闻着她幽幽的体香，说不出有多留恋。

"你什么病？不是好了吗？"苏鸥说着，伸手摸了下他的额头，又拉了他的手，仔细瞧了又瞧，恨不得从他白净的肌肤里找出些红点来。

"这儿病着呢！"他握住她的手，放在了自己的心口。

她想挣回手去，却被握得更紧，仿佛他一松手，她就会消失了一般。他一把将她搂进了怀里。

"这些天，都做什么呢？"她不再抗拒，闻着他淡淡的体味，陶醉了。

"呃，看看这是什么？"他从旁边的公文包里掏了一份文件出来，边说道，

第十七章 钓 鱼

"新拟好的离婚协议书。"

"啊！袁小雅同不同意我都纠结啊！"苏鸥有点沮丧，她无数次想象着跟文粒光明正大地在一起，总觉得那是很遥远很遥远的事，遥远到没有边际。"都怪我，害得她迫不得已要离婚了。"苏鸥幽幽地说，责怪起自己来。

"怪我，都怪我！怪我没有坚持住不要跟她离婚。唉，可是不跟她离婚，怎么能跟你在一起呢？都怪我，我其实不该跟她结婚的，唉！唉！唉！是谁逼着我跟她结婚的啊？天哪，我为什么那么绝望，绝望到要跟一个自己不愿意结婚的人结婚？现在，这一刻，我想明白了。我的小鸟儿，我要的人就是你。这一次，我再也不听你的怂话了，无论你怎么样赶我，我都不走。我要守在你身边，哪怕什么事情都不做，什么话都不说，只要有你在——我能看见你。再艰难，我都要等你，哪怕等到我死去……"

"嘘！不要说了！不要说了！"她嗔怪道，"不许你说浑话！期望小雅能成全，我们会永远在一起的……"

街边的霓虹灯暗下去，行人逐渐稀少，寒冬萧杀。静静的夜空，北风呼啸而过，偶尔传来汽笛声。

"哈哈，周一见！"喝得醉醺醺的周娜和靳平打着招呼，钻进出租车里，扬长而去。

"……我必须得回去了！孩子在家里呢！对了，二姨妈来了找我呢。还有，我母亲明天也来了。真害怕她们问起你。她们总可以什么事情都以她们的角度出发把你窘个半死。好啦，亲爱的，我真的要回去了。"她含情脉脉地望着他说，伸手去拉车门。

"我送你回去！"他仍旧紧紧地抱住她，下巴抵着她的额头，用胡楂子摩挲着她的发际。

"不要！你等会儿还要值夜班呢。你回去吧，让靳平送我。"她说着，看了看手表，已经凌晨一点。

他仿佛没听见似的，嘴巴顺着她的鼻尖往下移。她心下惊骇，然而却无法抗拒他扑面而来的层层热浪，终究胶合在了一起。

手机适时地响起，苏鸥伸手去拿，被文粒按到一边去，他仍旧贪婪地索取着。

手刚刚放回去，铃音又响起。这次，苏鸥狠下了心挣脱了他的钳制，摁下了电话："喂，姐，怎么连电话都不接啊？你们还没散会吗？"

"唔，刚刚散了——"她竭力让砰砰乱跳的心平静下来，"你怎么这么晚了还没睡？"

"好心当成驴肝肺——不跟你讲了，要挂电话了！"李嘉梅在电话里埋怨道。

"好梅梅，不要生气了，怪我——"

"等了一整个晚上了，也不见踪影，担心你孤家寡人的，我懒得理你——"

"我——"苏鸥自知理亏，大气也不敢出，赔笑道，"好妹妹，忙起来忘了……"说完却朝着文粒又挤眉弄眼，文粒掩着嘴偷偷地笑。

"要不让石头去接你？"李嘉梅语气放缓了，关心道："太晚了，天气又冷。"

苏鸥听了暗暗惊奇，结了婚的李嘉梅竟变得让她有些不适应了：竟然也可以像母亲一样絮絮叨叨，细心如发，这是她认识的李嘉梅吗？

"梅梅，我——靳平送我呢，再说还有文粒——"苏鸥语无伦次，脸红了。

"你不是说不见他吗？"李嘉梅疑惑。

"不见，哈哈！"苏鸥说着看着文粒咻咻笑了。

"不见！"文粒冲着手机大叫着也笑了。

"死蹄子！下次再收拾你！"李嘉梅在电话里也哈哈笑了。

第二天早晨，没有太阳。

苏鸥和胡译南起来好一会儿，才接到胡明熹的电话，约好去胡明熹他们就榻的酒店喝茶。

黎安连连打着哈欠，说昨晚仿似在水面上漂了一夜，迷迷糊糊，真是累坏了。

"还去骑马吗？"苏鸥抿着嘴笑，对面英俊的小伙子身上的类似马粪的味道消失了。

"算了，不去了。再说，前天才从马场过来的，还是去BOSS的厂里参观，而后去故宫、长城……"小伙子已经描好路线，从北京到天津到秦皇岛，而后到西安，到湖南，最后回到艾城。

"哇，您是准备玩足三个月？"苏鸥瞪大了眼睛，张大的嘴巴都快合拢不上了，"明熹，你是陪伴到底？"

"唉，又是故宫、长城！都去到乏味了，还不如去艾城的西门小公园。"

第十七章 钓 鱼

胡明熹苦笑着悄悄对苏鸥说:"回去再说吧,确实不行,报团让他去好了,也不是什么大客户。"

"你就那破落样儿,嫌人家生意小就别哄人家来。"苏鸥笑着说。

"爸爸,你坏!"胡译南也笑着说他爸爸。

黎安听不懂汉语,看着他们三个笑,也跟着笑,苏鸥和胡译南就笑得更大声了。

"好啦,不许这么无礼貌。"胡明熹正色道,"小南长大了,要照顾妈妈了。"还没等胡译南回答,他又续说道,"爸爸天天在外面跑着,不能照顾你妈妈,妈妈辛苦了,又要做生意,又要拉扯你,你可要做个顶天立地的男子汉,帮妈妈遮风挡雨。"

胡译南听了安静下来,不肯定也不否定,默不做声吃起了点心。

胡明熹对着黎安嘀咕了几句,就叫苏鸥到餐厅外围一个靠近人工湖的走廊上的椅子坐下了。

"昨天去钓鱼的时候,有人告诉我,你和别人在一起了,我不信!"他看着水里的锦鲤,忧郁地续说道,"我说过,这一辈子就你一个老婆的!所以我不信!你来告诉我,这是假的!是假的!对不对?"

苏鸥看着他的眉头慢慢地紧辍在了一块,她不想让他难过,可她却没有办法。

"我们已经离婚了。"苏鸥轻轻提醒她的前夫。

"可我们是假离婚!假的!难怪,这么些年来,你不愿意和我亲热,还美其名曰'要等到复婚的那一日!'"胡明熹深深地吸了口气,语速又快又急,"我们明天就复婚。哦,不,今天就复婚,哦,不不不,现在就去。"他一开口就更急躁了。

苏鸥平静地看着他,心里掠过一阵不快,但还是缓缓道:"今天母亲就来了,我们明天去张家界。复婚的事,就算了吧。"

"三年前的这个时候,我们就说去张家界的。都是我窝囊,我不配做丈夫,做父亲,不配……"胡明熹痛苦地回忆着,用手捂住了脸,眉头琐得更紧了。

"你不要自责了,这不是你的错。鱼与熊掌不能兼得,你只是选择孝道而已。"苏鸥看着他扭曲的脸,心痛地安慰道,"好啦,让客户和孩子看到多不好,他们在等着我们呢。"

"嗯，等你张家界回来，我们就复婚。"他按住苏鸥的肩膀，诚恳坚定又霸道地说。

"回来再说——呃，算了吧，我没有这个打算的。"苏鸥很想告诉他有关于文粒的一切，然而话到嘴边又于心不忍。她不忍心看着胡明熹在自己面前痛苦的样子，于是心里打算用另外一种方式说服他死了这条心。

他只好与她并肩走回了餐厅，其实他听到张子峰说那句话后就幡然大悟了，该死的是这么些年自己奔波于生意，与她聚少离多，岳母就此对他耳提面命多次了，是自己过于自命不凡才失去她。但是，就今天如此，他还是笃定地相信自己，只要他再努力，她还将回到他的身边来……

中午十二点过，从茶楼里出来，胡明熹、黎安和苏鸥母子道别，回去艾城。苏鸥和胡译南回了工厂。

偌大的工厂除了门卫，几乎所有员工都放假了。宽敞的办公室，也只剩下苏鸥一个人。挂断了文粒的电话，坐在大班椅上，她习惯性地往后仰了仰身子，然后往外面走去。

工厂的西面就依着山脚，苏鸥自小就梦想有一个小花园，里面种满各色鲜花，如今真的实现了。穿过走廊，拐过厂房，她来到了靠近山麓的花园。

太阳有点偏西，但仍旧暖暖地罩着这片土地。

苏鸥欣赏了一会儿花园，感觉还是不够，索性折了几枝桃花回去。

书房里的白底翠绿石纹的花瓶子，那是她之前在艾城长住的时候最喜爱的花瓶子，里面常年养着月季、玫瑰或者康乃馨之类的花儿。如今，因为有了花园，空置了许久。

如今，白底翠绿石纹的花瓶就摆在对着小阳台的简易书桌上，纸上的油墨香、蔷薇花香，真叫她喜欢。

正沉醉，母亲打来电话说刚下飞机了。

她唤醒还在午睡的胡译南，去机场接了母亲。

休整一天后，他们一行人就朝张家界出发了。

第十八章 李嘉梅怀孕

冬日里早上的阳光弥足珍贵，和煦地照着办公桌上的仙人掌，使它透出剔透的绿。

"文医生，您的值班排表和医院的注意事项、通知。"后勤部的小李把文件放在了文粒的办公桌上，转身走了。

文粒在做着病人的住院资料，还没来得及看文件，只见梅利彬主任进来了。他赶往过道上一站，其他的医生就都围了过来。

"卫生局下了文件，佛山那边出现了一例非典型肺炎（SARS），传染性极强，凡接触过的人都很可能被感染。这病起得急，发热、畏寒，伴有头疼、关节酸痛甚至全身酸痛、乏力等。本来我们属于眼科，跟这病并不大联系。但局里高度重视，大家还是要引起注意：一经发现有发热的病人，一律送特殊门诊去。特殊门诊今天起临时设置在华佗厅。另外，如果发现有病人出现干咳、少痰、呼吸加速、气促等症状的也要高度重视。今天起，我们院里会比平时加强卫生消毒。你们也要多注意防寒保暖，防止被传染。"梅利彬主任一脸严肃地叮嘱着，"好了，主要的也就是这件事，今天都查过房了，有什么特殊情况的吗？"

"主任，那个——嗯，那个ICU通知今天有个捐眼角膜的手术。"

"哦，一会儿你拿齐了资料到我办公室来——嗯，其他人还有什么特殊情况的吗？"他话音未落，白大褂的兜里就有铃音响起，他拿出手机踱步到办公室外去了。房间里恢复了安静。

"哎，文医生，看看你的排班。"坐在文粒前面的马怀遥医生转过身来。拿起文粒的排班表仔细地看。

"怎么啦？你又要换班？"这个马医生的老父亲最近突然老年痴呆，他经常有突发事件就要跟其他同事换班。

"嘿嘿，没——"他话还没说完，文粒就接着说了："没关系，反正我也没什么事，有需要你就换吧。"

"年前，大年二十八、二十九我真有点急事，我跟你换春节的班？"

"换吧。"文粒简短地说，苏鸥准备去张家界过年了，他这会儿觉得做什么都提不起劲来。

"谢了啊，兄弟。"

"看来这次 SARS 还挺严重的哈，看看，发烧的病人都挪华佗厅去了。"阳光刺眼地照在办公桌上。蓝燕艳医生起身拉了下窗帘，看着楼下提着点滴去华佗厅的病人说。

"哪年的冬季不是多事之秋，不是流行感冒就是流行肺炎，苦的何止是病人，我每天回去都被老婆勒令消毒，哪里只是洗手，是要整个儿洗过的——"

"薛医生，让你浑身雪白雪白的！"蓝医生打趣地说。

整个科室哄堂一笑。

"喂——"文粒接起了电话。科室里一般都很安静，因为科室里的医生包括文粒，手机都是调在震音档的。

"嗯，眼泪是清的还是有其他颜色？……有点黄灰？看到很多暗点？……嗯，估计黄斑病变。这样，若伟，我周四出门诊，周四你带你爸过来吧。……嗯，门诊眼科，其他时间在住院部。周四，哦，是，那就明天。好，好，明天见。……哦，你十点过后来吧。哦，吃饭？不用啦，老同学，客气什么。现在说不准，明天过来看过再说，嗯，好好。"放下电话，他出神地看了好一会儿桌面上的仙人掌和它浑身的刺，心里想着在密密麻麻的细刺下面，藏着的却是浆肉的躯体。

午休的时候，文庆延兴高采烈地告诉文粒，李嘉梅怀孕了，晚上一家子要出去吃饭庆祝，叫他做好准备。一会儿母亲也打来电话说这件事，他在电话里听到母亲说话的声音都是笑的。要做伯伯了，他心里自然也高兴了好一阵子。

躺在休息室里，他望着铁架床底下三夹板做的天花，想着庆延要做爸爸了，有股惆怅在心底处暗暗涌了出来。虽然大多时候他觉得胡译南就像自己的孩子一样，可是如果什么时候苏鸥也怀上自己的孩子就更好了。他闭上眼，苏鸥的模样浮现在眼前，侧着身子，还是她的影子。唉，他叹了口气，拨通了她的电话。

怕影响到其他人休息，他悄悄溜到阳台上。

"在做什么？"他听到了她的声音，感觉好听极了。

"看报表呢。你怎么中午没休息啊?"

"想你了,睡不着。你怎么没休息?"

"嗯,准备休息了。粒,昨天看报纸说最近有个新型的肺炎在传染,已经有人死于这种病了。你在医院里,可千万要小心。"

"你放心,我们是眼科呢。"

"那也要小心点,我可不许你出什么幺蛾子。嗯,嘉梅说她有身孕了,你要做伯伯了。"

"是,今晚一家子吃饭庆祝呢,你也一起去吧。"

"才不去,我一个外人——你快快休息去吧,呃。"停了半晌,苏鸥才回话,梦呓一样温柔。

文粒听着这口气,仿佛看见苏鸥害羞的样子,心里越发澎湃了:"你说的哈,过了年我们就永远在一起!"

"嗯,——总是要妈妈同意的!你休息去吧,回头我们再说。"苏鸥说完就挂线了。

文粒一时没了睡意,就站在阳台上靠着围栏,看了看阳台下的绿得发亮的榕树叶。不一会,远处传来嘤嘤哭咽的声音,他知道医院又有病人去世了。医生们提了数次的意见,把休息室迁到医院的外围去,这样才不至于经常听到家属或号啕或咽呜的悲痛哭声,却迟迟不见有解决的方案。

这样悲戚的声音,虽是听惯了,但每次听到,还是隐隐地不快。他托了托架在鼻梁上的眼镜,转身走进宿舍,轻轻关紧了阳台的门窗。

从张家界回来后,苏鸥就安排母亲和自己在工厂里住下。这天,李嘉梅和她的母亲也从玉海苑过来,工厂顿时有了浓郁亲情的气氛。

晚饭后,天色尚早,一行人就到小花园去溜达。

时值三月阳春,日头比之前半月西下得晚些,微风拂过,带来了温润。花圃的周边,三叶草也开出了紫红的小花。

文庆延一路小心地搀扶着嘉梅,后者的小腹已经微微隆起。

胡译南一出门就拎着个手提箱,里面装满了春节期间没放完的烟花。薄暮时分,下班的人陆续回家去,文粒和他就在小花园的一隅,放起了烟花,玩得不亦乐乎。

"看你们完婚后我就回北京去了。"苏妈妈嗅着桃花说,"老二你看看,她就是主意大,这几年来发生这么大件事情,她居然全瞒着我!"

"我们天天见面的也不知道发生这么天大的事情呢,何况你远在北京!"嘉梅的母亲接上苏妈妈的话茬,接着又批评苏鸥说:"小鸥,不是二姨说你啊,你这就真是不对了,有什么事情,跟亲人们说说,可以帮忙出主意想想办法的呀。"

"哈哈,你们也不想想,就连我这个和她无所不谈的妹妹都不知道,何况你们!"李嘉梅笑哈哈说,"始终已经过去了,谁说这一定就是坏事呢?你们看看这俩——"说着指着不远处玩得起劲的文粒和胡译南。

"这小南真是喜欢文粒,在北京那会儿,连亲爹都不要,就要找文粒跟他滑冰去。后来斐儿跟我讲,仅仅就从孩子的态度的来看,这文医生还是不错的。"

"妈,你们那会儿到底跟文粒说什么来着?他居然真的自己跑去澳洲了,还惹得一身皮肤病!"

"也没说啥,就让他远远看着你和明熹,第二天一早明熹不是回来了?我悄悄打电话给他,估计他看到明熹和你在一起,他自己就会走了——果真那样!"苏妈妈远远看着玩得很默契的文粒和胡译南,叹息道:"还真的是爱啊!"

一堵蔷薇花栏栅截断了再往上行的去路,于是他们就往回走了,回到简易的家里,天也黑了下来。

一进门文粒就勒令胡译南去洗手,并交代道:"SARS蔓延得猖狂,大家都要主意讲卫生,有空熏些白醋消消毒,这段时间大家就不要外出了。"

"哎呀,我的同事们传得沸沸扬扬,说你们医院也有受感染的病人呢。"李嘉梅咋舌道,"可知道,一瓶白醋卖到上百元呢。"

"听说只卖了一天,第二天就被工商局压制下来,应该跟平常价格差不多,说是之前若是买贵了的人,可以去退款了。"李嘉梅的母亲在一旁补充道。

"文粒,那你怎么办?现在医务人员最危险了!"苏鸥望着文粒,担心地说。

"没事,我们是眼科,再说了因为我们是医生,更懂得预防,别担心好了。"

正说着,苏鸥的电话响了。"哦!明熹,怎么啦?欧洲的货暂时出不去?哦——我知道啦,你先别着急,我想想办法。"苏鸥听完电话,出神地看着从小花园里折回来的桃花,自言自语道,"文粒,这次SARS真的很严重,胡明熹出不了国,定好的产品也不能运送出去。"

第十八章　李嘉梅怀孕

"那他怎么办？"有人接住了她的话。

"还能怎么办，想让我帮他处理呗，他的产品和我们的风格根本不一样，就算勉强帮他，又能销售得多少？"

"我试试看，能否帮他搞出去，总不会全部物流都停止了吧。"

"哦，那你就试试吧，不要太为难，确实太困难了，就算了。"苏鸥嘱咐道。

"知道了，我现在就去找人，今晚要值班，我走了。"文粒说走就走，话刚说完，人就出到门外了。

"春天乍暖还寒，穿多一件。"苏鸥拿了他的厚衬衣，为他披上，又叮嘱道，"夜里没有病人就多休息，不要太操劳了。"

"知道了！你也要早些睡了。"他凑在她的耳旁轻声道，"美人就是睡出来的。"说完定定地看了她一会儿，才依依不舍地离去。

苏鸥吃吃地笑了，目送他的背影消失在大门口了，才回到了屋里。

"哎哟，这什么SARS，居然这么严重啊！我都这把岁数了，都没见过。"苏妈妈看着电视说，"电视里面讲的也全是这些内容。"

"就是，闹得人心惶惶，门都不敢出了！"李嘉梅的母亲附和道。

"文粒真能搞得定吗？"李嘉梅追着她的老公问。

"我哪能知道，哥哥总是有把握的才会去尝试吧。"文庆延边说着边拉了李嘉梅的手，从门外的长走廊上走回屋里。

"上次弄的这块土地的事，也是文粒帮忙才搞到的，希望这次也能顺利通过吧。"苏鸥跟在李嘉梅夫妻俩后面，也进了屋里。

一进屋里，看见胡译南跟着老人们在看电视就提醒他说："小南，明天回学校了哦，作业做好了没呢？"

"早做好了。哦，还有课文没背，好了，新闻结束了，我去背课文。"说完就一溜烟进了房间。

"小鸥，刚才说什么地，哪块地？什么文粒帮忙的？"苏妈妈看完电视转身问苏鸥。

"哦，就是现在这里啊——工厂啊，当时钱不够，亏得文粒以退出家族股份为担保才拿的贷款。"

"啧啧啧，这么大的事情居然我是最后一个知道的，真是女大不中留啊！"

"妈——还不是不想让您操心嘛，说了徒增您烦恼，还能干嘛？"

"总得让你哥知道吧？哎哟，我们是啥都不知道啊——直到春节前文粒追到了北京——你啊你！"苏妈妈说完反而扑哧地笑了。

"梅梅明天产检，我明天正好有个重要的会议要开，妈妈麻烦您明天陪梅梅去医院。"文庆延拉着李嘉梅在沙发上坐下，对他的岳母说。

"好好好，你安心做事吧，我陪她去就是了。"老太太慈祥地说。

"这样吧，我陪你去，二姨陪着妈妈，好吗？"苏鸥建议道，"那么今晚，二姨就在厂里陪妈妈，我和小南回玉海苑。"

"那求之不得！"李嘉梅高兴地叫起来，"姐有经验，我更安心了。"

商定之后，一家人又聊了会儿天。九点半后，苏鸥和胡译南就坐了文庆延的车子，和李嘉梅夫妻俩一起回玉海苑了。

第二天去到医院，早已人山人海。苏鸥心里暗暗想着，一边让李嘉梅坐在待检椅上，然后去排队挂号。挂了号回来，却看见袁小雅和她的母亲，春风得意地坐在李嘉梅的身旁，正拿了产检簿张扬地对她说：

"嘉梅，看看这是什么？"接着又得瑟道，"你叫你那个表姐死了这条心吧，我是不会跟文粒离婚让她得逞的，文家盼星星盼月亮终于盼到我肚子里的孩子了。她可以滚一边去了，哈哈哈。"

李嘉梅霍地抡起了巴掌，正要落下，却被苏鸥及时拉住。

"梅梅，你自己可身怀六甲呢。"苏鸥蹙着眉头轻声道，"跟她，不值！"

李嘉梅强忍住了，指着袁小雅咬牙切齿道："真想不到你居然是这样的人，枉费我李嘉梅当你是姐妹，我真是瞎了眼了。"

"好了哟，你个小蹄子，别太过分了哈！"袁小雅那个满脸横肉的母亲站起来指着李嘉梅呼喝道。

顿时，远的近的，就有一些人围拢了过来。

"哼哼，跟你才不值！梅梅，我难道不是当你是好姐妹，可你竟然引狼入室——"袁小雅手尖指着苏鸥，也大声呵斥道。

"此时此刻，我终于明白你的'初见，君将悔，明珠也'。是什么意思了，早就谋划好了。"李嘉梅愤恨地说。

"是的，你明知道文粒离不了婚，却让我跟他公开了好，好让众人知道你受了多大的委屈。"苏鸥恨恨道。

"岂止！我要让你和他也陷进两难之地，更是让你们也尝尝得而复失是什么滋味！哈哈哈。"袁小雅又扬起了手中的产检簿，得意地笑道，"这叫以其人之道还治其人之身！"

她刚刚笑完，就有年轻的护士过来呵斥她道："请你保持安静，不要骚扰其他孕妇。"刚说完，又有另一个年长一些的护士长模样的过来说："亏得是文医生的家人，文医生知道不给你气死了。"

"我并不认识你。"袁小雅瞟了一眼年轻的护士道，"你怎么知道我们是谁的家属？"

"产检簿上写着呢！"护士见她们不再争吵，说完就走了。她一走，围观的人也散开了。

"哼！岂有此理！"袁小雅嘟哝了一句，立刻从拎包里掏出了手机，打起了电话："喂！文粒，嗯，是我——不是，不是我有时间了，我倒想顺着你算了……是我有别的了……"她说到这里，忽然柔情万丈道，"我——有了——嗯，正在做产检呢，快50天了，对不起啊！是我一时任性，你原谅我吧……"她刚说到这里，空气中传来广播的声音："袁小雅，请到3号诊室就诊。"

于是她娇滴滴地对着电话说："哦，轮到我了……好，晚上见面说，拜拜！"说完挽了她母亲的手，面带胜利的微笑，趾高气扬地从苏鸥和李嘉梅面前飘然而去。

苏鸥想起那天气急败坏地跑到她家里撒泼的袁小雅，还有今天这副不可一世的样子，让苏鸥觉得她太可笑了，于是忍俊不禁。

第十九章 "非典"时期的爱情

晚饭时分,文粒打来电话说今天他们科室有一名护士被感染了,全科室要留院观察,不得回家。这意味着,整整一个星期,他都不能回来了。

看着满桌的饭菜,头顶上萦绕着生命受威胁的白色恐怖,苏鸥味同嚼蜡。所有人都低头扒饭,默不出声。

文庆延默默地夹了紫苏排骨放进李嘉梅碗里,文老太太也夹了一条牛油焗虾李嘉梅到她碗里,又低头吃饭。新生命的喜悦就这样冲淡了空气中氤氲的哀愁。

晚饭后胡明熹又打来电话,苏鸥走出去阳台接了。

"可有办法?"他在电话里叹气问。

"这种情况下可有什么好办法?先送一车过来我这边,跟我们的货一起摆着,卖到什么时候就什么时候吧。唉,再不然,只能搞些促销,你略微亏些或者平本了出货吧!"她望着远处小山丘红红火火的杜鹃花,一点也高兴不起来。

"只能这样样了,厂里的仓库早就放不下了,还临时在空旷的地方搭了简易的仓库放着,原来只说因为SARS严格验货,要排队出关,哪里知道现在简直就不可以出去了。若是再租仓库怕是连租金都要赔了。唉,人命关天的时期,就当让些利益给市民吧。"胡明熹在电话里断断续续地说道。

"听到你这么说,挺好。明天发货过来吧。"苏鸥想了想,又说,"还有,在艾城也可以尝试一下的,还有要马上停产了才行啊!"

"嗯,是的,在产这一批完结就停工。"

"燕子最近可好?"末了苏鸥又问。

"状态挺好,现在最担心因为疫情影响学校在中国的招生。"

"真希望这场灾难快快过去。今天收到小南学校的通知,从今天起,孩子不能接回家。"苏鸥说着,想起自己最亲的两个人都因为这场灾难而回不了家,而她却只能无所事事闲待在家里。她只能祈求上天怜惜她,千万别让他们出什么幺蛾子。

"燕子本来就不愿意回家,这下更遂她的愿了。我还有个不情之请,请你周末的时候去学校看看她,我怕她想不开,闷出病来。往常你在艾城,她最喜欢你。"

"这个你不说其实我都该去看看她的。好吧,周末看过小南后就去艾城看望她。"苏鸥说完抬手看了看时间,又接着说,"趁现在7点钟,还是休息时间,我要打电话给文粒了,他们科室今天起也被'禁足'回家了。"

"啊?!他没事吧?这么严重啊?"

"还好,暂时没事。好吧,大家都保重,再见。"苏鸥没好气地说,挂了电话。

薄暮已经笼罩了整个小区,垂柳青黝黝的柔指轻抚着湖面。三月,万物复苏, 却又遭SARS肆虐。

凌晨四点,苏鸥还是没有丝毫睡意,满脑子都是文粒。披上披风,坐在床头看电视,里面出现了叶欣的名字,这下把她的神经绷得更紧了,昨晚七点还与他通了电话,可十点后就再也打不通那个电话了。安好?可安好怎么连电话也不通了,她越想越害怕,心沉到无底洞去,手脚开始发抖。颤抖着褪去睡衣,换上大外套,她再也忍不住了——她非见他不可。

春寒料峭,医院里静的只有树影摇曳,只身来到黑黝黝的门诊大楼;大楼门口紧闭,里面死一般寂静,她站在那里,忍不住掩面哭泣。

有保安过来安慰并带她去了办公室。说明来意,苏鸥连同那个保安,都不能再出去与外界接触了。

"文医生夜里被送走了,具体去哪里我们也不知道。我们理解您的心情,为预防病毒进一步扩散,您和家人需要与周围的人隔离,希望您配合我们,谢谢您!"

她麻木地被告知,心如死灰。穿着防化服的"生化人"不知道什么时候到的,他们送她和保安上了一辆救护车,车辆送她回到玉海苑。她每走一步,"生化人"就在她足下喷洒着不知道名字的药水,直到回到家里。"生化人"退后一步,齐刷刷地恭敬地给苏鸥深深地一鞠躬:"这是您和家人这几天的生活必需品和卫生局文件，如需要帮助，请电话通知我们。感谢您的配合！"说完他们留下一个大箱子掩门而去。

"这么早你去哪儿啦？"老太太缓慢地从阳台上过来。

"嗯，好了。谢谢！"听到老太太的脚步声，苏鸥仿似活过来了，她掩面深深吸了口气，竭力让自己平静。文粒生死未卜，她不能让他的至亲受了惊吓。

哐当的关门声响过，苏鸥捏着文件颓丧地哆哆嗦嗦地开始看那些让她五雷轰顶的文字，手脚不停地颤抖着：

尊敬的江城第一人民医院的全体工作者及家属：

你们好！

接上级命令，很遗憾地通知你们，因为非典型肺炎（SARS）的进一步传播，全医院的医生及家属们，凡接触过非典病毒感染者的医务人员，全天候进行隔离，不得离开医院，其家属不得离开住所。隔离期间，如有发烧（含低烧）、咳嗽等症状的，立刻上报有关部门进行处理，不得擅自离开求医。

救助电话：××××××××

江城市卫生局　江城市卫生防疫中心
2003年3月28日

文老先生急急地戴上老花镜，手持放大镜，神态庄重，严肃地研究着文件，跟平时看《参考消息》的随意享受判若两人。

文老太太立在屏风一旁，眼巴巴看着苏鸥悲戚着脸从自己身旁走过。她六神无主地跟在后面，盼着她拿主意："该怎么办？粒儿到底怎么样了？"她心急如焚，说话也颤抖着。

"伯母，您别着急，会有办法的。"苏鸥看着那对望着自己求救的眼神，悲伤暂时隐去，觉得自己更应该安抚这个可怜的老人。

既然不能出去，唯有打电话了，第一个当然是李嘉梅。

"姐，正想打电话给你呢！我们也被禁足了，呜呜。"嘉梅说着呜呜哭泣了，"这样下去怎么办？我和宝宝的性命能保吗？我可不想死！"

第十九章 "非典"时期的爱情

"梅梅，别着急，听我说。"苏鸥沉重地说，"文粒科室接到感染者后就没回来过，我们被感染的几率不大。如今，你安心待在家里，比出去外面强多了。"苏鸥在脑子里搜索着一切可以让李嘉梅安心的话，怀孕的女人是脆弱的。"梅梅，还是让庆延来接电话吧。"

"你哥被感染了！"

"我知道。打他电话关机了。"停顿片刻，他又说，"父母亲要您多用心了。"

"这个你放心，我会看着他们。有个事，你得跟外界联系一下，现在你哥生死未卜。从目前情况推测，凶多吉少。凌晨的时候，我去过了医院，那些医生，个个都缄口不提，得托人去打听啊！"

"好，我联系甄伯伯，看他能否帮帮忙。"

"有消息了告诉我。"

放下电话，苏鸥回头，看见老太太双手合十，朝南口中念念有词，正向老天爷祈求着什么。老先生则一语不发，端坐在沙发上焦急地瞧着苏鸥，看见她一挂电话，立刻问："有结果了吗？"

"嘉梅他们也被禁足了！庆延打电话给甄伯伯请他想办法。"

"那只有这样了。"他说完，开了电视看，才一小会儿，就关了。然后背着手踱步，从客厅到阳台，再从阳台到客厅，两个来回后，又坐下来看电视，一小会儿，又关掉。如此折腾了一阵子，文庆延终于打来了电话。

"甄伯伯说一时半会儿没办法知道，他说院长的电话都是关机的。我想来想去，要不请小雅帮忙查查看，她自己包括她父母就在公共卫生单位。"

"庆延，那赶快。"苏鸥说，"我挂电话了。"

不一会儿，文庆延打来电话说，文粒找到了，"小雅说，在南区郊外十公里外，50年代初期关治麻风病人的麻风岛上。没有市长和卫生局长的批条，谁都不能进去。"

"完了。"苏鸥鼻子一酸，眼泪立刻流了下来，"你可有问清楚，他病情如何？"她喉咙发硬，哽塞不止。

"昨天下半夜送去抢救的。小雅只说了这些。"

"庆延，小雅还怀着文家的骨肉呢，你劝她不要太伤心了。"苏鸥说完这句话，再也忍不住放声哭泣起来了。

阳台外面，老太太听着苏鸥与文庆延的对话，依然双手合十向天祈祷，保佑文粒平安归来。

苏鸥跌跌撞撞地进了房间，反手一关，将自己锁在房间里，扑到床上号啕大哭起来。和文粒从相识到相爱的情景一幕幕在脑海里闪过，她在心里一遍遍向阎王爷乞求放过文粒。"你若去了，我便也不活了。"她心里想，"但是我知道你一定会活下来的，你答应过我的。"她一边哭泣一边念叨道。

忽然她坐了起来，想起那次在沙发上跟他玩闹，他认真地对她说过，这辈子要么她先走，要么手牵手一起走；她先走，是因为他要留下来善后，那么伤心的事情不忍让她去承担；手牵手一起走，是赴阴间的路上不孤独。

想到这儿她释然笑了，仿佛文粒只生了一场小病，就像上次的皮肤过敏，他好着呢，说不定晚上就回来。然而不到一会儿，绝望又占据了她的脑袋，泪水又湿润了双眼。

她自己躲在房间里一会儿哭，一会儿笑，一会儿自言自语，落在客厅的角几上的手机响过好几遍，她没有接听。这会儿，她真的觉得生命是这样的无常，事业在它的面前显得那样无足轻重，那样渺茫。文粒为什么是医生呢？她第一次觉得如果他不是医生，哪怕只是她工厂里的一名流水线工人也比现在好啊，起码，生命不会像现在一样受到威胁……可是，文粒愿意啊！她闭上眼睛，泪水很快流了出来。他愿意，他喜欢，那么，她苏鸥就陪着他吧！呜呜，到底他怎样了？她迷糊地想着，越来越麻木，任凭时间流逝，不知今夕何夕。

很快，晌午过去了，远处小山丘上的树冠上昏鸦徘徊。

"小鸥，开门呐。"听到老太太的敲门声，苏鸥这才猛然记起这世界上还有其他亲人。她这才从缅怀式的哀痛里醒过神来，伸手拭去挂在红肿的眼睛的泪珠，轻轻地嗯了一声，走去开门。

"来，喝些热粥吧。"老太太拉着她坐在了饭桌前。

苏鸥无比愧疚，早文先庆延跟她打好招呼，要她帮忙照顾好他的父母，现在倒是老人家照顾起她来了。内心强大的才是真正的强者，老人家才真正是经历过风雨沧桑的人。

"现在最让人欣慰的是小雅，她有了我们的孙子，谢天谢地啊，文家有后了。"老太太唏嘘道，"生命是无常的，愿粒儿能躲过这一劫，阿弥陀佛！"她祈祷。

第十九章 "非典"时期的爱情

刚刚拿起碗，电话就不失时机响了起来，苏鸥去接了。

打电话的是苏鸥的母亲，她这才想起母亲和李嘉梅的妈妈还一起在工厂里待着呢，这铺天盖地的变故让她差点缩进了只有自己的精神世界里。苏妈妈问今天怎么不见她人影，"打了足足有七八个电话了，就是不接，如果不是嘉梅确定你在家里，我真是着急要报警了！"

"文粒在医院里受感染了，凡跟他有过接触的人，都必须隔离。"苏鸥解释道，"上午太累了，睡着了，没接您电话。"

"真真小祸不断，你得注意些了，那文粒怎么样了？"

"也没什么，就在医院里接受隔离，一周后解除。妈妈，您和二姨也不要外出了。"苏鸥彻底清醒过来，说着劝慰的谎言，丝毫不用担心穿帮。刚才母亲说打过电话给李嘉梅，然而却语气淡定，不慌不乱，显然嘉梅已经哄过她们了。

"好，嘉梅交代过了，嘉兰也打来电话叮嘱了，只有你这没良心的小祖宗，对妈妈不理不睬的。"

"妈妈——对不起啊！"苏鸥羞愧得巴不得找地洞钻了，连连道歉。她多么想告诉母亲，文粒病得很严重，怕是朝夕不保了，她的心都碎了。

"要不明天我带着林嫂种的菜过来？反正你都不能出去。"

"别别，您千万不要出来，在厂里呆着，让林嫂每日熏醋。就这样啦，我在喝粥，拜拜啦。"苏鸥听到对方也说再见的时候，就挂了电话。

就这样三个人又惶恐又无聊地过了两天，还是没收到文粒好转的消息。老太太依旧每天去阳台祈祷念经，老先生习惯性地看报纸，打太极，偶尔写毛笔字。大家都心系一个人，但都没有人愿意提起。医疗机构每天早上都会送来一大箱日用品，并教他们每天用盘子装满白醋，放在蒸锅上烹蒸。水蒸汽合着醋味飘满整个屋子，角角落落，连人的毛孔里，也是酸酸的白醋味儿。

第三天苏鸥询问，可不可以把文粒的手提电脑送去给他用，对方回答要打报告。第四天有人来的时候，送来好消息，说文粒抢救过来了，并拿走了文粒的手提电脑。

三个相依为命的人高兴了好一阵子，老太太甚至在盘算着文粒出院的日子了。"粒儿出院后我们就回去老屋子住着吧，这些年真辛苦你了。"她慈祥地搂着苏鸥，"看看我们连累你连生意都没办法打理了。"

"您喜欢就这样住着呗。"苏鸥因为听到文粒好转的消息，仿佛全世界明媚起来,"今天我们应该包包饺子为文粒庆祝一下。"

"嗯,好好好。"老太太附和着,大家就动手了。

老太太洗菜,苏鸥剁肉,老先生擀面。

"哎哎,好久没见到小雅了,不知道她现在怎么样了。"老先生说着捻熟地擀着面,起落飞快,熟而生巧。

"是啊,上次离开后再也没见过了。"老太太摘去韭菜发黄的叶尾,爬满皱纹的手在洗菜盘左右移动。

苏鸥已经哒哒哒地开始剁肉了,一时间,厨房里恢复了一副生气蓬勃的情景。

"嗳,还有嘉梅,哎呀呀,她们俩谁的小孩大啊?小鸥,你知道吗?"

"应该嘉梅的大吧。"苏鸥笑着说,"有区别吗?"

"呵呵,如果小雅的大更好,长孙嘛……嗳,都好都好!"她说着忽地又停下手里的活儿,"你们说,她们怀的是男孩女孩呢?"

"嗯嗯呐,男的女的都好,都好。"老先生不住地点头,嘴里哈哈道。

"那小鸥,过几天我们可以出去了,你眼界好,帮我去挑挑毛线,我可要帮娃儿们织两件毛衣了。嗯,红色的,就红色的,红色的好看哇!"

"不来的时候都不来,要来了都来。老头子,到时候怎么带啊?嗳嗳,我帮庆延和嘉梅吧,小雅那边你去,嗳嗳,过几天要把小雅接回来才行了,总不能让她在娘家生产吧。"

"是是是,都听你的。咦,饺子皮模子呢?"老先生到处找饺子模子,橱柜上下翻了一遍。

苏鸥听他们的对话,说到孩子,兴奋的老人仿似连文粒都忘却了!更别提苏鸥了,看样子,他们压根没将苏鸥纳入他们家庭成员。苏鸥又暗暗伤心,说什么她最好,但有了孩子,她苏鸥什么都不是了。还有袁小雅,前几天他们还口口声声说她不回来就更好,如今却打了接回来的念想,善变的人……

她无精打采地剁好肉,和老人家一起包好饺子。直到吃过晚饭,老人家的嘴里上上下下还全是孩子、小雅、嘉梅之类的话题。苏鸥默默地忍受着这种似乎她视为文家外人的话题,尽管不久前老太太和老先生还说她就是他们家里至亲的人儿……

索然无味吃过晚饭后,苏鸥抱着电脑,试探性地打开QQ,看看文粒有否上线。

等了一夜,不见消息,她终于在昏昏沉沉中睡去。

第十九章 "非典"时期的爱情

4月,清晨的阳光和煦地照在卧室的阳台上,海棠花迎风招展。一阵急促的电话铃声催醒了梦中人。

"喂!"苏鸥有力无气。昨夜在文粒的QQ上留言后,她就一直在等待他的回复,也不知道什么时候,等着等着就睡着了。这会,她睡意正浓。

"你——起——床——了——吗?"细细的声线从沙哑的嗓音一字一顿地传过来,仿佛电影里临终的人儿最后的叮嘱。

苏鸥彻底地醒了,她一下就辨识到是文粒的声音。"你感觉怎么样?很辛苦吗?"她颤声问道,抓住电话的手抖动起来。

嘀嘀嘀,书桌上的电脑QQ忽闪着文粒的头像,苏鸥披着被子扑了过去。文粒说话不便,他们开始在QQ上交谈。

7:32

小鸥,今天终于拔下插在胸口的管子。我气喘不过来,说话胸口闷疼,咳嗽的厉害,还是打字吧。现在是浑身疼痛,犹如烹煎,我想十八层地狱里的炼狱也不过如此,什么是生不如死,也就如此吧……

你和家里人怎么样?

7:40

终于收到你的信息了,喜极而泣!但是看到这样的文字,我恨不得让自己替代你去受罪。苍天,你为什么如此不睁眼,救人无数的天使,却要遭受如此的磨难。粟粟啊文粒,你一定要让苍天还世界一个公道,给爱你的人一个公道,要坚强活下去啊,我一直在等你,我等你,听见了吗?

我和伯父伯母都好好的,我们待在家里;庆延和嘉梅也好好的,待在他们家里。我们在接受隔离,哪里都不能去。现在就等着你回来团聚。

7:58

昨天省里派专家来了,可是仍然有三位同事不幸去世!死亡一直笼罩在空气中,心情糟糕透了!我如果也遇不测,将我所有可以分得的财产,分成三份:你和译南,爸爸和妈妈,小雅和孩子,各一份。其实都不多,只是我的一份心意。

实在咳得难受，好些的时候，我将具体写下来。

你不要告诉爸爸妈妈，说我不严重就可以了。我不在了，就请你照顾好我爸妈了，感谢！

8:25

不要乱说！我们所有人要的是你活下去，听到了吗？——活下去！你说过，要走，也是我先走的！你不要欺骗我，让我孤苦伶仃地活在这世上！还有，难道你忍心你的孩子一出世就没了爹的疼爱吗？文粒，你没有这个权利！

8:40

不和你多说了，流质送来了！再艰难也得填好我的胃，不然真要对不住你们了！刚刚给小雅发去QQ，她没回复。解除禁足后，你让妈妈替我去看看她。

看见文粒在"流质送来了"的字眼后，还加上调皮和咧嘴的表情，苏鸥笑了。马上回复：

哈哈，好，你好好养病，记住每天要跟家里报平安。

她没有忘记刚刚的那些字眼，其实他在装着高兴哄她，"烹煎"、"生不如死"是何等痛苦的字眼！她想象着他躺在病床上，浑身插满管子的样子，眼泪又不自禁地流下来。她伤心了一阵子，走出房间来，老太太正在打理她的茶花，老先生在练太极拳。

"文粒有消息了，"她公布道。

"真的？"老人家欢喜地拢聚了过来。

"文粒有任务了，说过了禁足期，让伯父伯母替他去看看小雅。"

"嗯，是应该的，嗳嗳，明天就是第七天了，还要去东山妈祖庙拜妈祖，今天该准备准备了。"老太太点着头，"文粒怎么样？"

"他说挺好的，让您老不要担心。"

"阿弥陀佛，苍天有眼！"她正说着，门外响起了敲门声，不用说他们都知道，这个钟点，是养命的物资来了。

第八天清晨六点，玉海苑小区的小山丘上，杜鹃花漫山遍野。

在老太太的带领下，文庆延夫妇、苏鸥，连从来不进庙宇的文老先生，一齐去了东山区的妈祖庙。

当苦难不可预测，超越了人的承受力，那么就只有祈祷了。江城乃至全国的天空，再蔚蓝的天，也挡不住笼罩在人们心头的恐惧，瘟疫一天没有消除，这种惶惶不安就越来越重，重到妈祖庙的香火炉都快承载不住这些祈祷的香火。香烛密密麻麻地插在香炉上面，点点红星上飘出的香火味，熏得人流泪。

祈祷完毕，依照计划，去了袁小雅的家——一座复古的院落。她家坐落在一个错落有致的沿江别墅群中，位于江城最中心的母亲河潘江的江畔。阳光照在波光粼粼的江面上，别墅群雕刻的花岗岩防护栏巍然矗立，铺满江边的绿草地上的青草气息沁人心脾，院子周围的罗汉松挺拔玉立，风光令人心旷神怡。

苏鸥说这地方风光好，她就不去小雅家里了，李嘉梅也这样说。后来，就只有文老太太去了。

敲响高大辉煌的罗马柱下的木门，随着吱呀一声响，大门开了一条裂缝，一个盘着长发的胖脸探出门外来。

"喔，亲家母啊！我来看看小雅。"

"哎呀呀，原来是您啊！不好意思哦，小雅刚刚做完手术，不方便见人。"门缝里面的人回应道，丝毫没有请进去的意思，"那，您等一等，我去拿份东西来。"不等目瞪口呆的文老太太回话，圆脸不见了。

"不好意思哈，让您久等了。这是协议书，我们小雅同意了，名都签好了。我们家正发愁要怎么送出去呢，您来了正好，来了正好，拿回去吧，拿回去吧。"她嫌恶地说，准备关门。

"哎哎，您倒说清楚，怎么回事？小雅手术？"文老太太用身体抵挡住那扇即将关闭的门，着急问，"什么病呢？"

"流产啊！"胖女人不屑地说，"快拿了协议书走人。"说完，又去拉门。

"什么？！流产？"文老太太似乎不相信自己的耳朵，惊叫起来："文粒同意了吗？怎么说流产就流产了呢？你让我进去看看小雅，让我进去！"

"别装傻了，我闺女回来这么久了，你们文家人来过吗？来的是要离婚协议!说有了身孕了,这才屁颠屁颠来了个老太太,哼!"胖女人边说边更用力地拉住木门,巨大的躯体挡在文老太太面前,别说老太太了,怕是一只苍蝇也难以逾越她那道防线。

"唉,年轻人的事情我们怎么懂!小夫妻之间怄气是常有的,你这做长辈的怎么搅和进去呢。小雅啊,小雅!妈来看你啦!"文老太太见武斗不过袁老太太,就伸长了脖子叫嚷起来。让她沮丧的是,一遍遍呼唤声过去了,可屋里却了无声息,只有偶尔的飞鸟长鸣在静寂的小区回应。

"小雅啊,活生生一条命啊,我命苦的孙子啊,你的狠心的娘啊,怎么下得了手啊!嗳嗳,我怎么就这么命苦!"文老太太想着文粒还在医院里,他的骨肉却这样就没了,万一文粒再有个三长两短,他就没后了!

"哎哎,还恶人先告状了,离婚书也是你儿子先签了名在上面的!"扯住门的手松开了,圆脸蛋气势汹汹地坚守在门缝里。

"小雅不是说死也不离吗?"

"哼哼,不离等死啊?看看贵公子,都在什么地方了?你们这些晦气的人,别站这儿了,以后我们井水不犯河水。那个,阿姨,快快用消毒水冲冲门口,楼下的白醋蒸多两瓶。"袁小雅的母亲话一说完,再也忍耐不住,她把文老太太往外一推,哐当一声,就将门关上。被关门声吓了一跳的文老太太握着协议书,站在寒风中,气得发抖。

她终于无趣地走出来,一行人闷声沿着江边走出那个堂皇的小区,为那个无辜的小生命心酸,为文粒打抱不平,但事实摆在眼前,又能如何。

"哎呀!"李嘉梅一个踉跄,她身边的文庆延手疾眼快一下扶住了她,路上所有人的目光一下集中在她身上。苏鸥这才看仔细,嘉梅的小肚子已经很明显鼓起来了。这当然也没逃得过老人家的双眼。一家人开始对李嘉梅嘘寒问暖,新生命的存在让这一家人在苦难中获得精神上的欣慰。

回到玉海苑的家里,QQ上已然有了文粒的留言:

9:15

恍如过了一个世纪,生与死,只隔一线。

亲爱的,我在。

苏鸥心口一热，马上回复道：

10:10
在就好，你在，天在，地在，我在。今天一大早我们去了东山区的妈祖庙祈祷。回来后，伯母按你的嘱咐去看过小雅了。
你今天好些了吗？

10:25
早上到现在，咳嗽少了好些了，烧也全退了。小雅还好吗？对不起，她怀孕了，我不该让她签协议书。唉，不签协议书，我又对不起你。

10:30
不要自责了，她出尔反尔，明明早就知道自己有身孕，却故意说要离婚。"我要让你和他也陷进两难之地，更要让你们也尝尝得而复失是什么滋味！"这是她对我说的原话。欲加之罪，何患无"计"。何况，她已经去做了人流手术了，离婚协议书也签了。刚刚怕你伤心，没打算告诉你，但转念之间，又怕你埋怨我不告诉你，还是说了。你还是多多保重自己吧。今天我拍了小山丘上杜鹃花和邻居家的三角梅，开得正盛，让你眼馋眼馋。

苏鸥打完字，就将漫山开得灿烂的杜鹃花和隔壁阳台上垂在栏杆外一簇火红的三角梅图片发了过去。

"小鸥，过来帮我起线。"文老太太刚才在回来的路上顺便买了毛线，应李嘉梅的要求，大红色改成了天蓝色，正张罗着准备开织。

苏鸥只好起身离开书桌，走到走廊的尽头时，忽地感到一阵恶心，不由得转身去了洗手间。

从洗手间出来，文老太太将早已准备好的热水递到她的手中，"怎么啦？"老太太关切地问。

苏鸥微微一笑，忽地脸红了，温柔涌上心头，她已经有一个多月没来例假了……

她的书桌上的QQ头像又在闪烁着：

10∶40

  唉，那协议原本我就签好了名给她的，一开始她死活不肯签，现在想通了。这样更好，没有了愧疚。谢谢她，只是，可怜我那个没出生的孩子……

  你其实也该离我远去——即便我没死在SARS上，也会因为它而终身残废，这么多（你想象不到）药水短时间打在身上，肉体凡夫是承受不了的。所以，小雅的选择是对的……花儿很美，谢谢你在我最艰难的时候的陪伴，无以为报！

看完这几行字，苏鸥匆匆起身去了楼下药店，以之前怀胡译南的经验，她心下估摸她的第二个宝贝已经来到这个世界。但保险起见，她还是买来早孕测试纸。半小时后，她安稳地坐在书桌前，既慌张又激动，既羞怯又骄傲。

11∶03

  将来，我们也可以有小宝宝。呵呵，如果将来我们有宝贝了，是叫什么名字呢？

11∶05

  那当然。"几回花下坐吹箫，银汉红墙入望瑶。"呵呵，如果将来有宝贝了，若是男孩，就叫望遥；若是女孩，就叫望瑶。

11∶15

  好，这名字好听，遥、瑶……你要好好歇息了，刚刚好起来，不要太劳累了。

  下午要处理胡明熹的事情了——滞留的货就先发到江城的公司来吧；还有他的养母，去世了……

第二十章 小瓷扇

13年后。

江城机场，阳光明媚。

"姑姑，姑丈，来，请坐。"安置好黎安和胡晓燕，胡译南自行坐到了驾驶室上。

"你妈妈和爸爸可好？"胡晓燕边扣安全带边问。

小伙子的脸廓棱角分明，睁着明亮的大眼睛，正全神看着前方的路况："妈妈挺好的，爸爸每天坚持去上班，一会儿您看见了就知道了。下周三我和妈妈要去北京领全国最佳陶艺创意奖，到时您和姑丈也一起去吧。"

"小南，不错噢。年纪轻轻的，出成绩了哦。"胡晓燕啧啧称赞道，"你做的是什么产品？"

"嗯，就是运用陶艺表现雕刻；主色是银灰，塑造了一个像藤条编织的果盘和一块平铺在果盘上面，绣着牡丹的丝绸方巾。方巾的两头缀有流苏，流苏垂在果盘外……"胡译南细数家珍娓娓道来。

"将陶艺做成藤条和丝绸的质感？藤条倒是好理解，有的是粗线条的纤维，但丝绸轻薄柔顺的质感，怎样用陶泥表现出来？"

听到质问，小伙子连忙将手机递到他姑姑的手里："打开相机模式，里面最后几张便是！"

"哇！一幅陶制品，不同厚度，不同质感，但编织的果盘却即便细如发丝也清晰可见；还有方巾流苏——燕子，你看，丝绸般的光泽和细腻，栩栩如生；如此高难度，难怪小南获大奖了！恭喜啊！作品在家里否？好想马上就去见识一番！"黎安用蹩脚的中文殷切道。

"呵呵，不在。亚太经合组织（APEC）峰会的时候，就摆进会议厅作为国宾摆设用品了。"小伙子腼腆地笑着。

"小南，这些精湛的工艺就是从意大利学的？"胡晓燕又问。

"嗯，其实中外糅合吧——在中国美院的时候学的是绘画，去意大利学的是雕刻，所以就有了这件作品，哈哈！"

"安，去吗？"胡晓燕问金发中夹着些许白丝的黎安，"侄子的至高荣誉啊！"

"北京？呃嗨，当然啦！其实十几年前，就想去了，只可惜……"

"只可惜了一场瘟疫。"胡晓燕笑着接着话茬说，"没有那场瘟疫，我们怎么会认识？"

"对，那场瘟疫让我打消了去北京的念头，却跟着你哥哥去看望了你……"说到这儿，他转向胡译南道："译南，那天原本是你妈妈要去看望你姑姑的，因为她被禁足了，所以我跟你爸爸去看望了她。"

"还有我，您和爸爸也来看望我了。记得那时候学校不给放假，天天吃一种中药，天天消毒，天天量体温。第一个周末，您和爸爸就来看望我了，谎说妈妈出差了……"

几个人评论完胡译南的作品，又回忆些陈年旧事，不觉就进入一个高档的小区，顺着蜿蜒的人工溪流，来到了一栋崭新的别墅前面停下来。

打开爬满各色蔷薇花的栅栏，左边花基里的是一米多高的茶树，右边是色彩斑斓的波斯菊。靠近门口，一棵腰杆粗的罗汉松站岗似的静静守护着家门，一个头发斑白的中老年人坐在藤椅上看着报纸。

"爸爸，我们回来了。"听到声音，老人放下报纸，摘下眼镜，抬头看过来——腰杆笔直，依稀文老先生的样子。

"回来就好，进屋里去吧。"老人不利索地站起来，跟胡晓燕夫妻俩打过招呼。胡译南赶忙过去扶住了他，稍稍站稳了，他才机械地迈步进屋去，一进屋子就喊："小鸥，客人到了！"他的声线依旧温柔，只是夹了些许苍老。

"来了，来了。"清脆的回应声响过，一位身着黑色百褶裙子、湖蓝色旗装，挽着发髻的妇女从楼上赶将下来，一看见胡晓燕就高兴地喊叫起来："燕子！啊，真的是燕子！"

"嫂子！快下来！"胡晓燕的眼神随着苏鸥从二楼下来，激动地快步迎上去，两个人忘情地拥抱在一起。

"哎呀，记得从前老说想变成嫂子的模样，现在看看，可比嫂子优雅多了！"苏鸥现在的确褪去青春的活泼，有的只是沉稳的韵味。

一伙人正说着，一个扎着马尾巴的小姑娘从外面满面春风地进了客厅。

"瑶儿，过来，见过姑姑和姑丈。"苏鸥对着刚进门的小姑娘说。

"姑姑？哦——我知道您是谁了，从昨天起妈妈一直在念叨，说的就是您呢！"小姑娘一刹那的诧异后，立刻热情回复道。

"呐，燕子，这是我和文粒的女儿，文望瑶。"

女孩子规规矩矩地摆好鞋子，步履轻盈地向大厅走去。来到苏鸥面前，亲昵地挽住了母亲的手臂。

"来来，姑姑看看，哎哟，的确是翻版的嫂子，在微信视频里看得没有现实的真切！"胡晓燕笑起来，"真是盗版苏鸥啊！"

"姥姥也这样说，你们个个都这样说。"小姑娘羞赧地嘟囔。

一番寒暄过后，黎安悄悄在胡晓燕耳边嘀咕了一下。听罢，胡晓燕笑起来说："这有什么？直接说就行了。"于是转头对着苏鸥说，"嫂子，黎安想去参观你们的产品，做生意人就是这样，三句不离本行啊！"

"这个简单，那就去公司坐坐，晚饭也在公司吃好了。"她捋捋裙子，在沙发上坐下。文望瑶挨着母亲坐的沙发扶手坐在上面，右手搂住苏鸥的脖子。其他人也都找了位置坐好。苏鸥拉过她的手，望着她轻轻说："去叫林嫂不要张罗晚饭了，然后打个电话给靳平叔叔，告诉他有贵客到，要在公司小餐厅吃饭。"

"好咧——"小姑娘把"咧"字拖得老长，脚丫一伸人就溜到客厅的过道去了。

"瑶瑶，让林嫂煮我的份儿。"文粒还没来得及补充，小姑娘的影儿就不见了，但轻快的"知道了"的回应声却脆响在客厅上。

胡晓燕听文粒这样说，心下纳闷，忐忑不安地想是不是因为她和黎安的到来让医生不高兴了。她愧疚的眼神刚一冒头，就被眼尖的苏鸥一眼扫去了。

"噢，我行动不方便，极少出去活动，大家不要介意。"文粒顿了顿，善解人意道。

说到文粒的腿伤，苏鸥叹了一口气。"13 年前他捡回来一条命，从医院出来的那一刻起，我们就有目的性的预防他会有后遗症。尽管十分细心，他的股骨还是出现了问题，行动已然有些不方便。幸好听说这两年有一种新的治疗方法，叫什么——DCR血融治疗？我正想了解一下美国这方面的技术，若比国内更好，就去美国治疗，正好麻烦你来相助，怎样？"苏鸥斜头微笑着，想来听听胡晓燕的意见。

"那还用你说，自从上次你在微信上跟我讲过这事后，我就找人了解过这方面的事情了；确实是有这种技术，至于两种医疗方案之间的差别，你还是亲自问过才行。这是医生的联系方式，你拿着吧。"胡晓燕说着，从褐色的手提包里抽出了一张写着中英文的纸张给了苏鸥。

苏鸥接过纸张，轻蹙的眉头舒展开来。她轻轻吁了口气，微笑着对正看着自己的文粒说："呐，你自个儿联系了，你是医生，懂的比我们多多了。"说着，就把纸张递给了坐在对面的文粒。

她刚一起身，文望瑶便从走廊回来，步履轻快道："妈妈，都办好了。"

"走吧。"胡译南在望瑶刚一离开的时候，就出去门口接了个电话，走进来的时候看见母亲和妹妹已经站起来了，便招手道。

于是一干人等，除了文粒外，其他人都陪着胡晓燕夫妻出去了。

展厅就设在办公室二楼。一进展厅大门，就看到一块接连到天花板的山水木雕屏风，屏风的面前是一个三米高一米五宽，底里是青花釉的双金耳大花瓶；贴着瓶口的瓶耳，是镶嵌着用紫檀木雕刻的两只腾云驾雾的瑞龙，口吐青釉火珠，须根如发，龙身细微的鳞片和爪子尖处轮廓勾勒清晰；龙尾挂着打磨得溜圆的紫檀木大圆环；瓶身镶嵌的紫檀木雕刻着百子祝寿图，孩儿们一颦一笑，仿似对人致以挚诚的问候。

"哇！这也是出自你们的手笔？"黎安惊叹道，忍不住用手在孩儿的脸上轻轻地抚摸了一下，丝毫不在乎"请勿触摸"的红牌就挂在警戒线上。

"这是去年的作品，足足花去了我和各位师傅两年的时间才打造完毕。"胡译南自豪地说，"里边请。"

随着胡译南的领引，从屏风的右侧进去，屏风的背后摆设的是极具中国风的明代款式酸枝木座椅，各个座位的椅背，镶嵌着山水画风的青釉瓷。茶几是酸枝的枝干，还是青釉瓷的台面。贴墙的是一整排的货架，每排六层，每层上面摆设的是一个个美轮美奂的各式瓷器，在镁光灯的照射下，方方正正地绕着屋子的墙壁围了一圈，把整个座椅茶几围在了正中心。

"慢慢看吧，从汤匙碗碟到花瓶玩物，这里总共有36753件，没有陶器，全是精制瓷品。"苏鸥像某个博物馆的管理人员一样，自豪又专业地介绍道。

听着每件出品的年份和制作流程的介绍，黎安看得津津有味。胡译南一直陪伴在侧，不时加以讲解。苏鸥和文望瑶则陪看累了的胡晓燕坐在旁边休息。

苏鸥打开了镶嵌在屏风后面的电视机，六平方米的大液晶面上播放的是公司的简介、工厂实况和瓷器制作的某些流程，最后是胡译南的获奖作品《果盘》的制作简介和作品展示。

"真是盛大的硕果啊！"胡晓燕感叹道，"想不到嫂子发展得这么神速，哥哥可是远远赶不上的了。"

黎安看完后提议到公司各部门转转，当下几个人走出展厅去。留下苏鸥和胡晓燕有一句没一句地聊着。胡晓燕端着茶杯呷了一口，低头看着杯里茶水漫漫的流动。

"嫂子，您还恨我妈妈吗？"胡晓燕舔舔嘴唇，小心翼翼地问。客厅一下子安静了，阳光透过左侧的窗子，斑斑驳驳打在茶几上。

"在那个苦难的日子，我是埋怨过。"

苏鸥看着茶几上长势旺盛的绿萝，若有所思："可是，厄运与机会从来相伴而来，我后来的这一切，也是拜她所托。"苏鸥笑着，眯了眯眼睛。

胡晓燕却还是低着头，紧了紧手里的杯子："除去结婚那年，我这几年来不回国，也都是因为她。我恼她毁掉了我温暖的家，从七八岁开始，嫂子就一直待我如亲生女儿，教我认字，教我做人的道理，培养我的真善美；想想我的童年，每每陪在灯下读书的，不是她，而是您！她和大嫂整天不是在家里就是去别人家里打麻将，就是到处嚼舌根。这也就罢了，可恨的是，竟然把我最挚爱的人赶出家门去……那样的家庭我留在那里有什么用，所以我选择宾夕法尼亚大学。我要逃避，逃得远远的，打算永远都不回来……"

"傻瓜……恨她做什么。没有她，就没有你。"苏鸥挪到胡晓燕的身旁，搂着她安慰道，"这些事情不是你的错，你不要拿它来惩罚自己；那是别人的错，哪怕那个人是你的母亲。你之所以耿耿于怀，是太在意那个人的身份是你的母亲。你希望你的周围，你的至亲是美好无瑕的，可是，这是不可能的。你知道，人非圣贤，谁都有过错。如果你想通了，你就会原谅她，就如同我一样。

其实,你不放过的,是你自己……"

"可是这些年来,我却没有哪天不在想念她,想她的时候,最是揪心,痛苦却爱。现在,我才明白,有种维系,就算你逃到天涯海角,遁逃入地,也无从摆脱;它就像你身上的气味,有呼吸,便存在;就像我和她,像二哥和她。"胡晓燕从哽咽说到双眼擒泪,提到胡明熹,已经泪流满面了。"二哥一生下来就被她抛弃,却一辈子活在她的阴影之下……"

"那是他不肯走出来,他愿意服从……"苏鸥说着,眼角也湿润了。

"那是他无从逃脱。那种服从,我深刻理解。"胡晓燕依靠在苏鸥肩膀上。苏鸥静静地听着她的呢喃,听她断断续续地呜咽着,听到后面,坐直了腰。

半响后,胡晓燕忽地问:"那么,明天您愿意和我一起回艾城看看她吗?二哥说她已经病入膏肓了……"

苏鸥却没有回答,呆呆看着茶几上的绿萝。过了片刻,她说:"让小南去吧,看望奶奶,是他做孙子的本分。有些事情,就让它永远成为过去吧。"

两人又聊了一会儿,聊完陈年旧事,又聊国内外时事,接着刚聊到胡晓燕的三个男孩子,文望瑶敲了敲门走进来:"哥哥让你们快下去,要吃晚饭啦。"苏鸥朝着望瑶点点头,与胡晓燕收好东西,就随着走了出去。

一行人从公司出来,夜幕已经降临。马路上川流不息的人流与车辆,立刻将刚刚从展厅里带出来的艺术气息冲刷得不知所踪,仿佛刚刚还在九天寰宇,顷刻回到平凡人间。

第二天,星期天。清晨,布谷鸟欢叫。

"燕子,既是喜欢,小瓷扇就送给你吧。"胡晓燕正专注地看着客厅左侧壁橱上的一把小扇子,苏鸥忽然说话,把她吓了一跳。

"嗯,那就谢谢啦。"胡晓燕不客气道,"我那时正年少,真的不知道你竟经历这些苦难。"

"这是小南的一番孝心,纯属为纪念我和文粒认识二十周年制作的,可花费了他不少心思。"

"看得出来,纸质般的淡黄色,赵孟頫的楷书。"胡晓燕清一清嗓子,念道:

> 红豆
> 昨日廊里仙葩降，
> 梦里翩跹难相忘。
> 一世倾情艾城寻，
> 红豆一双三生伴。

"啧啧，简直就是一把真扇子啊！这首诗我是熟稔的，只是当初不知竟是文粒医生为你所作。"她说完龇着嘴笑。

"鬼丫头！看看，译南这孩子是很用心做的。来，来，拿出来包好。"苏鸥说着在柜子底下拿出包装盒，小心地包装起来。

"早啊！"黎安也揉着惺忪的双眼，从大厅右侧的楼梯走了下来。

"什么东西啊？"他打着哈欠问。

"嫂子把扇子送给我们，"胡晓燕笑眯眯道。

黎安一听，立刻清醒过来："还送啊？昨天已经送了一大箱子了，这么多，怎么拉得动？"

"放小南车里，没问题的。"苏鸥笑呵呵安慰道。

"这是一把很有意义的扇子，是要拿回去做留念的。"胡晓燕又解释道。

"大家早啊！"胡译南也从楼梯走下来，清晨的阳光把他颀长的身影拉得更长，投影在电视机背景墙上，一直摇曳到壁橱前。

"好了，人齐了，准备吃早餐吧。"苏鸥合上盒子，边说边示意胡译南去电视机下面的抽屉里拿封口胶纸。

"望瑶和文医生呢？"胡晓燕一直称呼文粒为医生，其实她心里一直仍认为苏鸥应该是和她哥哥在一起的。

"瑶儿七点就去学校了，她们学校八十周年校庆活动，她可忙了。文粒应该就在屋外，我去叫他，大家好准备吃早餐了哈！"苏鸥说完，扇子也包装完毕，于是交到胡晓燕手上，自己往门口走去。

胡译南和黎安洗漱去了。胡晓燕拿了扇子装进壁橱旁边的一个大旅行箱里。

相见时难别亦难，又到了分别的时候。胡晓燕和黎安与苏鸥夫妻告别。苏鸥和文粒一直看着载着胡译南和他的姑姑、姑丈的黑色奔驰车消失在公路的远处，才互相挽着手回到屋里。

"老头子,今天礼拜天,我们去纪念公园转转?"苏鸥笑容可掬地问文粒。纪念公园是为纪念抗日战争时期在江城牺牲将士而建,幽静庄严,风景优美。因为离住所近,他们便经常去那里散步。

"叫上庆延和嘉梅?"文粒边说着,边拿起报纸微颤着腿坐在木沙发上。

"还看?走吧,已经打了电话啦,他们马上过去。"苏鸥说着为他披上一件单层马甲。

阳光下,两个身影长长地映在大门口的墙角上。影子里一只大手一只小手,十指相扣,一会儿映在蔷薇花围篱上,一会儿掠过路边花基旁边浓密的三叶草丛。那个高大一些的身影一瘸一拐,两个影子却始终相随相追,步履虽然蹒跚,却坚定不移……